Elias Redolatti

Sicht der Dinge

Buch

Ausgerechnet Pankow-Süd. Lennarts neuer Kiez hat wenig vom typischen Berliner Flair. Keine Szenebars, keine Start-ups, keine Touristen. Aber immerhin ist sein WG-Zimmer günstig, vom Dach aus kann man den Fernsehturm sehen, und seine Mitbewohnerin Emma lässt sich auf einen Flirt ein.

Nach einem tödlichen Sturz jedoch kippt die Stimmung in der WG. War es ein Unfall - oder etwa Mord? Was genau ist mit den Vormietern passiert? Und was verheimlicht sein anderer Mitbewohner Bastian?

Auf einmal ist alles ganz anders.

Autor

Elias Redolatti, Jahrgang 1972, aufgewachsen in Schleswig-Holstein, unternahm erst einen Ausflug ins Filmgeschäft in Hamburg, bevor er im Disneyland Paris die Liebe fürs Leben fand. Nach einem Studium am Deutschen Literaturinstitut in Leipzig lebt er seit 2002 in Berlin.

Elias Redolatti

Sicht der Dinge

Roman

Bibliografische Information der Deutschen Nationalbibliothek:
Die Deutsche Nationalbibliothek verzeichnet diese Publikation in der
Deutschen Nationalbibliografie; detaillierte bibliografische Daten sind im
Internet über dnb.dnb.de abrufbar.

Herstellung und Verlag:
BoD – Books on Demand, Norderstedt

ISBN: 978-3-748117889

Optische Täuschungen ergeben sich aus der Tatsache, dass Wahrnehmung auf unvollständiger Information beruht.

Wikipedia

Wohnungsnot

Die Erfahrung bestimmt die Lage, in der die Figur vorzugsweise wahrgenommen wird. Bei längerer Betrachtung des Bildes kippt der Necker-Würfel.

1.

Sie schwamm hilflos mit den Flügeln schlagend in der trüben Brühe. Patsch, patsch, patsch. Ich griff nach der Flasche.

Woher wissen wir, dass stimmt, was man uns erzählt? Müssen wir nicht irgendwann aufhören, alles zu hinterfragen? Unwissenheit kann ein Segen sein.

Ich schlug mit den Briefumschlägen in meine offene Hand.

Was sagt man, wenn jemand stirbt, jemand, den man zu kennen glaubt, über den man aber so wenig weiß wie über seinen Nachbarn, seinen Mitbewohner?

Ich sage, ich werde den Anblick der verdrehten Gliedmaßen nie vergessen. Wie die Hände auf dem Eis. Patsch, patsch, patsch.

Wo soll ich anfangen? Was soll ich erzählen? Sie können die Wahrheit erfahren. Oder meine Sicht der Dinge.

2.

»Was sollten wir noch über dich wissen?«

Ich rutschte auf meinem Küchenstuhl nach vorne.

Was mussten sie wissen? Dass ich immer schon in WGs gewohnt hatte, seit ich zuhause ausgezogen war? Dass mein Mitbewohner das WG-Zimmer gekündigt hatte, weil er die

6

Wohnung ausschließlich für sich haben wollte? Dass ich verzweifelt war, weil nur noch zwei Wochen blieben, bis die erste Frist verstrichen war, bis zu der ich ausziehen sollte? Und dass ich keine Lust hatte, um Verlängerung zu betteln?

Es war die zehnte oder elfte Besichtigung insgesamt und hoffentlich die letzte. Facebook sei Dank. Ein Zimmer in Berlin zu finden, war nicht mehr so einfach wie vor ein paar Jahren. Je mehr Menschen nach Berlin wollten (ich war ja auch kein gebürtiger Hauptstädter), umso knapper wurde der Wohnraum, das war eine ganz einfache Rechnung. Man müsste mehr Wohnungen bauen, aber es würde vermutlich nie reichen. Zu viele wollten in die Hauptstadt.

Eine eigene Wohnung hatte ich mir längst abgeschminkt. Eigentlich war ich eine gute Partie. Fester Job, Mitte Dreißig, kein Migrationshintergrund. Aber es gab immer jemanden, der mehr verdiente, und wenn man sich in eine Schlange mit 80 oder mehr Wohnungsinteressenten reihte, um eine gut geschnittene, helle Zwei-Zimmer-Wohnung in Friedrichshain zu besichtigen, konnte man sicher sein, dass ein doppelverdienendes Pärchen oder ein Arzt oder ein IT-Spezialist mit dreimal mehr Netto darunter waren und den Zuschlag erhielten.

Leider lag ich mit meinem Gehalt als Designer jetzt nicht besonders weit über dem Mindestlohn. In einer anderen Stadt sähe das bestimmt anders aus, aber wer will schon woanders leben?

Also blieb nur geteilter Wohnraum. Und bei meinen Bewerbungen hatte ich sie alle gesehen: Die Zweier-WG mit einem Geschäftsmann, der eines seiner Zimmer untervermietete und dafür erwartete, dass ich in seiner Abwesenheit putzte. Die Kiffer-WG, in der es aussah, als sei seit den 70er Jahren nicht mehr geputzt worden. Die Berufsjugendlichen-WG aus hängengebliebenen Althippies, die sich nach hübschen Studentinnen für den zweiten Frühling sehnten und einmal im Monat putzten. Die Hedonisten-WG mit Partystudenten, die jemanden zum Mitfeiern suchten und einmal im Jahr putzten. Die Öko-WG mit vier Veganern und Veganerinnen, die von mir verlangten, ebenfalls vegan zu leben, dafür würden sie putzen. Die syrischen Studenten, die Katzenliebhaberin oder die Engländer, bei denen sich die Frage nach dem Putzen nicht einmal stellte.

Selbst als eine WG sympathisch genug erschienen war, hatten sie mich nicht genommen. Vermutlich war ich zu alt gewesen, zu jung, zu uncool oder zu nerdig. Zu groß war die Auswahl an Suchenden und zu klein das Angebot.

Mich rettete mein verzweifelter Post auf Facebook. WG gesucht. Wer kennt jemanden, der jemanden kennt, der ein WG-Zimmer frei hat? Normalerweise nutzte ich Facebook nicht für solche Aufrufe, ich postete ab und zu ein Bild von Orten, an denen ich gewesen war, ganz ohne Gesicht. Den Birnbaum in Ribbeck, der Biergarten im Treptower Park, die Kreuzgewölbe in der S-Bahnstation Heidelberger Platz.

Ich fand auf Facebook interessante Konzerte, markierte meine Lieblingskollegen David und Serkan und manchmal auch noch andere, meistens Ex-Kollegen, damit wir uns auf dem Konzert trafen und im Anschluss ein Bier trinken gehen konnten.

Nach der letzten Absage einer WG, in die ich gerne eingezogen wäre, weil das Zimmer direkt im Schillerkiez lag, startete ich dennoch einen Aufruf. Es meldete sich Emma, die Freundin meiner Arbeitskollegin Antonia. Ihr Mitbewohner sei gerade ausgezogen. Ob ich Lust habe, mich mal vorzustellen. Es sei wie bei der Jobsuche: Die Empfehlung einer Freundin sei besser als ein unbekannter Bewerber.

Die Wohnung lag schon in Pankow, also dem Stadtteil Pankow. Zum Bezirk Pankow gehörten noch Buch, wo keiner hinzog, und Weißensee, wo die ganzen Familien hinzogen, denen es in Prenzlauer Berg zu teuer geworden war, drüben, auf der anderen Seite der Wisbyer Straße, die der ADAC und die AFD gerne zur Stadtautobahn ausgebaut hätten.

In Pankow-Süd war es noch bezahlbar. Die Frage war nur, wer da wohnen wollte. Als ich Emmas Einladung gefolgt war, hatte ich mich von der U-Bahnstation zur Zielstraße mit Google Maps orientiert. Ich kam mir vor wie ein Tourist. Noch nie zuvor war ich in dieser Gegend gewesen.

An der Tankstelle die Wohnstraße überqueren, an einer heruntergekommenen, halbverfallenen Brauerei vorbei, die offensichtlich saniert werden sollte. Hier lagen Gebäude in Trümmern. Die Rückseiten hatten anscheinend noch großformatige Graffiti geschmückt, jetzt fehlte die Hälfte und ein großformatiges Bauschild informierte über Bauherrn und Architekten.

Erste oder zweite Querstraße links. Wo der Trödelladen ist, hatte sie geschrieben. Du kannst es nicht verpassen. Vor dem Schaufenster blieb ich stehen. Schaukelpferde, Blechschilder, Lampenschirme, DDR-Spielzeug, Lego in Tüten, alte Kommoden. Irgendwo in der Tiefe des Raumes eine Gitarre, Möbel, alte Fahrräder. In der Tür klebte ein Schild. Geöffnet montags und donnerstags von elf bis achtzehn Uhr. Genau das hatte ich erwartet.

Hier tobte echt das Leben.

Das Haus war teilsaniert, das heißt, irgendwann in den Neunzigern waren die Kohleöfen durch eine Gasetagenheizung ausgetauscht worden. Erstes Geschoss war Hochparterre.

Ein klassischer Altbau, der zwar den Krieg überstanden, in der DDR aber stark gelitten hatte.

Im Hausflur hinter der schweren, vermutlich zuletzt vor 50 Jahren gestrichenen Eingangstür hingen acht Briefkästen unterschiedliche Form, Farbe und Größe an der Wand. Graffiti verunzierte die Wände, der Putz bröckelte. Auf den Treppenstufen braunes Linoleum, das zur Mitte hin beinahe weiß abgetreten war und zu den Seiten hin lange keinen Wischmopp mehr gesehen hatte.

Die Klingel war vor 28 Jahren mal erneuert worden, ebenso hatte man die Briefschlitze in den Wohnungstüren zugenagelt. Der Rest schien original von 1910 zu sein.

»Was genau arbeitest du?«, fragte Emma. Sie hatte gesagt, sie würden ein Interview machen. Sie und Bastian, ihr Mitbewohner. Aber ich hatte nicht erwartet, dass sie sich mir gegenübersetzen würden, Notizzettel in der Hand, wie die Jury bei DSDS. Deutschland sucht den Supermitbewohner. Castingshow in Zeiten der Wohnungsknappheit. Aber irgendwie hatten sie ja Recht. Man sollte sich schon sehr genau ansehen, mit wem man zusammenwohnt.

Schwarzer Vollbart, die Brille mit dem dicken schwarzen Rand, seine Retro-Sneaker. Bastian war einer der Typen, die im Spiegel als Hipster bezeichnet wurden, aber das wäre eine oberflächliche Betrachtungsweise gewesen, der erste Eindruck.

»Ich mach was mit Medien«, begann ich und grinste. Ich hatte beschlossen, mit offenen Karten zu spielen. Vermutlich hatten sie diesen Einstieg in das Bewerbungsgespräch schon häufiger gehört. Dieser Satz konnte in Berlin inzwischen nur noch selbstironisch Verwendung finden. Ich mache was mit Medien. Ende der Neunziger und kurz vor dem Platzen der Internetblase, von dem inzwischen nur noch auf Wikipedia und im Handelsblatt geschrieben wurde, hatte es ausgereicht, seinen Job auf diese Weise zu beschreiben, und jeder hatte große Augen bekommen. Selbst in den Nullerjahren in Berlin war es noch cool gewesen, was mit Medien zu tun zu haben. Jetzt konnte es dir passieren, dass du blöd angemacht wurdest, weil man dich für einen Gentrifizierer hielt, der ins hippe Berlin zog und so die Mieten hochtrieb.

Meine beiden Gegenüber verzogen keine Miene.

»Jetzt sag nicht Start-up.«

»Ich sage: digitale Werbung.«

Bastians Augen funkelten angriffslustig hinter seiner Brille. »Du steckst also hinter Big Data, Bewegungsprofilen und totaler Transparenz?«

Das war nicht ganz richtig. Ich war Pixelschubser. Grafiker. Designer. Ich machte die Layouts, bearbeitete JPGs, erstellte Animationen, setzte Konzepte meiner Kollegen in Bilder um. Ich war Handwerker in einer Digitalagentur. Mit einem befristeten Vertrag. Das war so in der Werbung, und die Tendenz ging sogar dahin, immer mehr Freiberufler für Projekte zu beschäftigen. Nur wenn eine Agentur mit kontinuierlicher Arbeit beauftragt war, brauchte man feste Mitarbeiter. Wir arbeiteten für Automobilhersteller und Telekommunikationsunternehmen. Newsletter erstellen, Webseiten bauen, Content einpflegen. Maintenance - Wartung — so nannten wir das. Ich machte in manchen Wochen nicht einmal eine Überstunde. Für Werbung war das ganz untypisch. Glamour sah aber auch anders aus. Preise würden wir mit unserer Arbeit nie gewinnen. Aber das Leben bestand eben nicht nur aus Goldenen Nägeln.

»Ich bin nur der Angestellte. Wenn du so willst, baue ich den Todesstern, aber verantwortlich ist das Superhirn des bösen Imperators.«

»Du steckst trotzdem hinter den ganzen E-Mails, die ich nicht haben will.«

»Ich bin der Designer. Ich lass das Ganze gut aussehen. Auf der dunklen Seite der Macht sitzen die Strategen.«

»Klonkrieger also«, sagte Emma.

»Wäre dir ein Rebell lieber?«

Eine Sekunde lang fürhtete ich, das Gespräch würde kippen. Aber dann sah ich Emma verschmitzt lächeln. Bastians anfangs vor der Brust verschränkte Arme öffneten sich. Die Hände auf die Knie gelegt, beugte er sich vor: »Hättest du gesagt, du bist Lehrer, hätten wir dich gleich rausgeworfen.«

Ich legte den Kopf schief. »Auch Sportlehrer?«

»Die erst recht.«

Am Ende geben ja nur Details den Ausschlag für eine Entscheidung. Niemand kann dem anderen in den Kopf sehen, um zu wissen, ob er nur eine Rolle spielt. Vorstellungsgespräche sind Werbung in eigener Sache, verbunden mit der Hoffnung, dass hinter der glitzernden Verpackung ein Inhalt steckt, der den Erwartungen entspricht. In meiner Agentur tat ich jeden Tag nichts anderes. Ich feilte so lange am Produkt herum, bis ich sicher war, dass es sich besser verkaufen ließ.

Hoffentlich hatte ich meiner Verpackung genügend Glanz verliehen, hoffentlich wirkte mein Dreitagebart cool und nicht ungepflegt und meine Sneakers nicht zu betont jugendlich, hoffentlich fiel das Gel in meinen mittellangen Haaren nicht zu sehr auf. Das T-Shirt hatte ich aus der Hose gelassen, das Handy war dringeblieben. Doch Selbstzweifel waren gar nicht angebracht. Schließlich war ich Marketingprofi.

»Und was macht ihr so?«

Emma sagte freimütig: »Ich arbeite im Kletterwald Jungfernheide. Voll nice, ab 19:00 Uhr habe ich frei. Ist zwar wenig Geld, aber mit dem Trinkgeld reicht's. Vorher habe ich nach meiner Ausbildung in einem Hotel am Empfang gearbeitet.«

»In welchem?«

Sie nannte das Hotel, einen Fünf-Sterne-Kasten, mit vollem Namen. Es klang wie auswendig gelernt. Der Job sei ihr zu stressig gewesen. Immer nur Schichtarbeit und Überstunden, immer nur in geschlossenen Räumen, da hatte sie auf das Geld verzichtet und half nun im Kletterwald den Touristen beim Aufstieg. Legte Gurte an. Erklärte die Funktion der Haken. Der zweite Haken lässt sich erst öffnen, wenn der erste gesichert ist. Dazu steckst du den Stift in das Loch und drückst. Nicht zu zweit auf eine Plattform. Zur Toilette immer ohne Gurt. Nicht rauchen.

Im Sommer sei sie fast jeden Tag da und würde Geld sparen für den Winter, wenn sie zum Freeclimbing auf die Südhalbkugel flog.

»Ohne die niedrige Miete könnte ich das gar nicht machen.«

Ihr durchtrainierter Körper konnte sich wahrlich sehen lassen. Ein schmales, sehr hübsches Gesicht, eingerahmt von kurzen, aschblonden Haaren, darin eine niedliche Nase über sehr vollen, blassroten Lippen. Sie als muskulös zu bezeichnen, wäre unfair gewesen, aber einen Ringkampf mit ihr hätte ich nicht gewonnen.

Mein Blick wanderte zu Bastian. Er lächelte nur. »Ich mache meinen Master in BWL.«

Auweia. Ein langweiliger BWLer. Aber es machte keinen Unterschied, was er studierte. Ich wäre vermutlich auch eingezogen, wenn Bastian einen Handyladen betrieben hätte.

Anschließend folgte ein kleiner Rundgang durch die Wohnung. Drei Meter fünfzig hohe Decken, ein Schlauchbad, abgezogene, honiggelbe Dielen, frisch gestrichene Doppelkastenfenster, und vor dem französischen

Balkon zur Straße ein schmiedeeisernes Gitter, das nur noch von der Farbe zusammengehalten wurde. Die Küche war von IKEA. Im Flur hingen auf Leinwand gezogene Fotos von Berlin, Paris, New York.

Das freie Zimmer ging nach Norden zur Straße, die nur von Anliegern genutzt wurde. Der Vormieter war Mitte des Monats ausgezogen und hatte bis auf einen seltsamen Geruch nichts hinterlassen. An den bis zur Unkenntlichkeit übermalten Stuckresten hingen Spinnweben, aber die Dielen waren sauber abgeschliffen und die Türrahmen glänzten makellos. Die letzte Sanierung lag noch nicht lange zurück. Ich hatte genug WGs gesehen, die sich mit den Gegebenheiten ihrer Vormieter arrangiert hatten. Einziehen, verwohnen, ausziehen. Mit den Jahren kam da einiges an Patina zusammen.

Bastian hatte sich als Hauptmieter das beste Zimmer ausgesucht. Es war etwas größer als die anderen beiden, hatte noch Stuck an der Decke und führte nach Süden zum ruhigen Innenhof, auf dem die Mülltonnen überquollen und die vergessenen Fahrräder verrosteten.

Das Bad hatte noch Doppelkastenfester, aber immerhin stand eine relativ neue Badewanne quer davor. Ich konnte schon Emma vom Baden mit Blick auf die Sterne schwärmen. Hoffentlich war sie keine von denen, die immer nur froh über die Möglichkeiten waren und sie doch nie nutzten. So wie man ein SUV kaufte, mit dem man theoretisch durch die Wildnis fahren konnte, es aber nie tat, weil sich nie die Gelegenheit dazu ergab. Aber es war ein geiles Gefühl zu wissen, dass man es jederzeit könnte.

Ich fragte noch nach der Kaution und dem Verhältnis zum Vermieter. Die Höhe der Miete würde lächerliche 300 Euro warm betragen, inklusive 50-Mbit-Internet und Strom.

Dass sie Nichtraucher waren, schloss ich aus der Abwesenheit von Aschenbechern. Mehr war mir nicht wichtig. Weinflaschen hatte ich auf dem Küchentisch gesehen und in der Ecke einen Kasten Wasser. Eine Spülmaschine und eine Mülltonne, vor der zwar die obligatorischen Pfandflaschen standen, aber alles hatte seinen Platz, war sauber. Eine WG, nach der ich gesucht hatte. Ich erwähnte noch meine Vorliebe für Rosé. Die beiden nickten.

»Wir rufen dich an«, sagte Bastian und brachte mich zur Tür. Das Treppenhaus roch nach nichts. Ein Segen für ein Mehrfamilienhaus. Vermutlich würde man es bemerken, wenn jemand in seiner Wohnung verweste, nachdem er vereinsamt gestorben war.

Mein Fahrrad stand noch im Flur. Auf der Straße kaum was los. Kein Parkplatz frei, aber durch die fehlenden Restaurants und Kneipen wirkte es sehr unbelebt. Der Prenzlauer Berg, wie man ihn kannte, lag jedoch gleich hinter der Wisbyer Straße.

Ich war erst 2002 nach Berlin gezogen und hatte mich damals anfangs wie ein Tourist gefühlt. Die anderen waren alle schon dagewesen, als Berlin noch ein Trümmerfeld gewesen war. Wenn man sich mit denen verglich, die schon länger in einer Stadt wohnten, konnte man das nur kompensieren, indem man die Stadt anders erlebte, intensiver, besser, genauer.

An manchen Wochenenden, nachdem ich mich von meiner letzten Freundin getrennt hatte, oder besser sie sich von mir war ich mit der Ringbahn gefahren und an jeder Station ausgestiegen. Der Ring war erst im Jahr meines Zuzugs wieder geschlossen worden – immerhin hatte ich diese Baulücke noch erlebt. An jeder Station hatte ich einen Blick auf die Netzspinne geworfen, überlegt, auf welchem Weg ich nach Hause käme, und war dann zur nächsten

Station weitergefahren. Ich hatte alles getan, um nicht in die leere Wohnung fahren zu müssen.

Ich sah mich noch einmal um. Das Haus was das letzte unsanierte Gebäude in diesem Abschnitt der Straße. Meine alte WG hatte in einem topsanierten Altbau gelegen. Eine Gegend, die ich bislang als meinen Kiez bezeichnet hatte. Eine Querstraße weiter hatte es vor ein paar Jahren Straßenkämpfe zwischen der Polizei und Autonomen gegeben. Da war es um besetzte Wohnungen gegangen, die geräumt werden sollten.

Alle sollten bleiben, nur nicht diejenigen, die später kamen.

Auf der Straße saßen meist gutaussehende, hippe Menschen an Biertischen und bestellten Essen aus handgeschriebenen Speisekarten und eisgekühlten Wein zu Literpreisen, die sich denen von Druckertinte näherten. In meinem alten Kiez hießen die Backshops Kornblume und die Friseure Haarspalterei. Um die Ecke fanden sich das Badeschiff, der Freischwimmer, die Simon-Dach-Straße, das RAW-Gelände.

In Pankow-Süd hingegen gab es Janny's Eis, Lidl, Vandéll-Friseure, deren Namen ich vermutlich nie aussprechen konnte, und eine Kleingartenkolonie namens Bornholm II. Ab U-Bahnhof Vinetastraße nahm das Leben rapide ab, je weiter man die Berliner Straße, wie die Verlängerung der Schönhauser Allee hieß hinunterlief. Ein Späti, ein Bürgerbüro der Grünen, eine Änderungsschneiderei, eine Eckkneipe mit Happy-Hour rund um die Uhr. Viele Geschäftsräume standen leer und der letzte Bäcker in einer Querstraße schien schon ewig geschlossen.

Die Dichte an DriveNow- und Car2Go-Mietwagen aber war auch hier erstaunlich hoch. Ebenso wurde man, wenn man sich über Gehwegradler ärgerte, mit »Fresse halten« beschimpft. Müll wurde mit dem Schild *Zu verschenken* auf die Straße gestellt. Hundehalter vergaßen grundsätzlich, die Haufen aufzuheben. Und seit im März eine Filiale eines hippen Eishändlers am U-Bahnhof eröffnet, ein Fotostudio zur Selbstnutzung um Kunden warb und die Sanierung der Brauerei begonnen hatte, war auch hier ein Hauch von Veränderung zu spüren.

Vielleicht war das Viertel ja wirklich im Kommen.

3.

»Was ist denn da drin?«, keuchte Bastian auf der letzten Stufe. Sein Karton schwankte bedrohlich.

»Ganz vorsichtig, das ist der Rotwein«, ächzte ich zurück und überlegte bereits, ob er die richtige Temperatur hatte. Ich trank nicht viel Wein, kannte mich damit nicht einmal besonders gut aus. Ich kaufte den Wein normalerweise nach dem Etikett. Ein Freund, der schon lange nicht mehr in Berlin lebte, hatte mich früher einmal zu Weinseminaren in eine Weinhandlung am Gendarmenmarkt geschleppt.

Gute Weine für unter zehn Euro. Weinreise durch Spanien. Riesling & Co. Aber ich hatte mir das alles nicht merken können. Am Ende kaufte ich den Wein doch wieder nur nach Etikett und war froh, beim nächsten Einkauf im Spezialitätenmarkt um die Ecke noch zu wissen, was ich zuletzt gekauft und ob der Wein geschmeckt hatte.

Wir schleppten meine Kisten und Kästen aus dem Kleintransporter, den ich bei einem der stadtbekannten Vermieter für ein paar Stunden geliehen hatte. Es war das letzte Wochenende im April, Ende des Monats, an dem früher die Berliner zu Dutzenden oder sogar Hunderten umgezogen waren. Inzwischen konnten es sich die Hauptstädter kaum noch leisten, so einfach die Wohnung zu wechseln, weil man mit dem neuen Mietvertrag auch gleich 20 Prozent mehr Miete zahlen musste.

Noch am selben Abend nach meinem Vorstellungsgespräch hatte Emma angerufen und zugesagt. Ich hatte vor Erleichterung fast geheult.

Wie Emma bekam ich von Bastian einen Untermietvertrag. Im Hauptmietvertrag stand lediglich Bastian, weil die Hausverwaltung keine Arbeit mit ständig wechselnden Hauptmietern haben wollte. Sie war mit einer WG einverstanden. Ob das zu Bastians Nachteil oder Vorteil gereichte, wollte ich mir in diesem Moment nicht ausmalen. Wenn wir uns vertrugen, war alles gut. Ich überwies mein Geld direkt an Bastian und verließ mich darauf, dass er die Vermieter bezahlte. Sollte einer verrücktspielen, wäre es für Bastian einfach, ihn rauszuwerfen. Sollten wir jedoch mit ihm Probleme haben, wären wir seiner Willkür unterworfen. Oder müssten ausziehen. Als Hauptmieter wäre er jedoch auch für jeden Ärger verantwortlich, der in und mit dieser Wohnung passierte.

Tausche Freiheit gegen Verantwortung.

Eine Entscheidung, die in diesem Moment leichtfiel. Man denkt in manchen Momenten ja häufig nicht weiter als bis zum Ende des Monats.

Später fragte ich nach den anderen Bewerbern für das Zimmer und wie knapp die Entscheidung für mich gewesen sei.

»Die anderen Bewerber?«, hatte Emma erwidert und gelacht. »Wir haben allen anderen gleich nach deinem Besuch abgesagt. Da hat nicht nur Antonia ein gutes Wort für dich eingelegt – mir hat auch dein Facebook-Profil gefallen. Und bei Google habe ich auch nichts Auffälliges über dich gefunden.«

Viele Sachen hatte ich nicht aus meiner alten Bleibe mitgebracht. In meinem Zimmer in Friedrichshain war wenig Platz gewesen. Ich hielt es dennoch nicht für selbstverständlich, dass meine neuen Mitbewohner beim Umzug halfen. Schließlich ist das der Moment, in dem sich bei Freundschaften die Spreu vom Weizen trennt, oder besser: die Rückenkranken von den Altruisten.

Zum Einladen hatte ich David und Serkan aktivieren können, Kollegen, die ich zu meinem Freundeskreis zählte, weil wir in der Vergangenheit nicht nur nach der Arbeit einen trinken gegangen, sondern uns sogar mal am Wochenende getroffen hatten, um zusammen Billard zu spielen oder um die Häuser zu ziehen, was sich meist darin erschöpft hatte, in eine Kneipe zu gehen und zu quatschen, bis es Zeit wurde, in einem Club die Besinnung zu verlieren und es mit den Öffi sicher nach Hause zu schaffen.

Serkan und David waren an diesem Samstag etwas verkatert, aber halbwegs pünktlich gekommen, hatten meine schon seit Tagen gepackten Kartons und zerlegten Möbel wortlos in den weißen Kleintransporter mit der blauen Robbe darauf getragen und sich literweise das bereitgestellte Mineralwasser in den Hals gekippt.

Kaum war die letzte Kiste eingeladen, hatten meine Kollegen sich verabschiedet. Emma und Bastian hatten dann das gleiche Spiel in meinem neuen Kiez in Gegenrichtung wiederholt.

Ich musste den Transporter in zweiter Reihe parken, da vor dem Haus ein großer Umzugswagen stand. Zwei starke Männer trugen Kisten und antiquiert aussehende Möbel auf die Straße. Das Treppenhaus wurde zur unfreiwilligen Begegnungszone, die bis in die dritte Etage reichte. Ein Blick in die Nachbarwohnung offenbarte ungefähr 40 Jahre Mietverhältnis, in Auflösung begriffen. Nächster Halt:

Seniorenheim. Die nächsten Mieter waren vermutlich 60 Jahre jünger, machten irgendetwas im Internet und zahlten doppelte Miete.

Am frühen Abend schließlich, nachdem ich den Transporter zurückgebracht und mich erschöpft auf einen der wackligen Stühle in der Küche hatte fallen lassen, empfingen mich Emma und Bastian mit einer Flasche Wein. An diesem Abend hätte ich zwar auch nichts gegen ein kühles Bier gehabt, aber ich wollte das Bild des distinguierten Weintrinkers nicht gleich am ersten Abend zerstören.

So goss Bastian uns in der Küche einen trockenen Chardonnay ein, die Tür zum französischen Balkon stand sperrangelweit offen, und ich versuchte, die gestapelten Kisten in meinem Zimmer zu ignorieren, die danach schrien, ausgepackt zu werden. Ich hasste es, umzuziehen, doch ich ahnte damals noch nicht, dass Emma es noch viel weniger mochte.

»Auf uns«, sagte ich mit erhobenem Glas. Bastian kratzte sich den Vollbart, bevor er nippte, und als er das Glas auf den Tisch stellte, atmete er tief durch.

»Nett.«

»Nicht gut?«

»Doch, klar«, sagte Emma und nippte noch einmal. Bastian schmatzte. »Ist noch Bier im Kühlschrank?«

Emma hustete. Ich stellte mein Glas ebenfalls ab.

»Hey. Das ist ein teurer Chardonnay.«

Bastian grinste wie ein Kind, welches mit der Hand in der Keksdose erwischt wurde. »Ich kann doch einen Chardonnay nicht von einem Riesling unterscheiden.«

»Ich dachte, ihr seid Weintrinker.«

Bastian lächelte andeutungsweise und schob seine schwarze Brille zurück auf die Nasenwurzel. »Wie kommst du darauf?«

Ich sagte ihm, ich hätte keine Bierflaschen gesehen, als ich zum Interview in der Küche gesessen hatte, dafür aber die Weinflaschen. Und als ich betont hätte, ich tränke sehr gerne Rosé, sei ich sicher gewesen, dass sich beide einen Blick zugeworfen hätten.

»Da hast du uns wohl missverstanden.«

Ich grinste. »Dann trinkt ihr mir den Wein wenigstens nicht weg.«

Sie lachten, holten sich ein Bier aus dem Kühlschrank, und ich lachte mit und wusste, dass ich zuhause war. So leerte ich meine Flasche Wein allein, bald landete eine Tüte Chips auf dem Tisch, und Kronkorken klingelten.

Emma schwärmte von der Brauerei an der Ecke, in der es so tolle Pizza gäbe, vom Klub der Republik, der dort vor ein paar Jahren im Trafohäuschen aufgemacht habe und wo man tatsächlich tanzen gehen könne, nur leider würde der Ende des Sommers schließen, dann käme das große Geld, mit dem wieder ein Stückchen wildes Berlin und Kreativität wegsaniert würde. Totsaniert, ergänzte sie.

Bastian sagte, wenn man die Brauerei nicht saniere, käme der Verfall. Das Dach würde einstürzen und alles würde nur noch umso teurer oder es fände sich nicht einmal ein Investor, und die Brauerei würde dann eben abgerissen. Ich wollte beiden Recht geben.

Obwohl niemand fragte, erzählte ich von meinem früheren Kiez in Kreuzberg, unvermeidlichen Rollkoffern, Airbnb und Luxussanierung, bis wir alle keine Lust mehr auf das Thema hatten und einen Moment lang schwiegen.

»Wie spät ist es?«, fragte Bastian.

»Wieso?«

»Wenn Herr Kassulke schläft, können wir es ihm zeigen.«

»Nach neun«, sagte ich nach dem Blick aufs Handy. Was wollten sie mir zeigen? »Wieso? Und wer ist Herr Kassulke?«

Bastian griff in die Chipstüte und stopfte sich den Mund voll. Seine ersten Worte gingen in einem Nuscheln unter.

»Was?«, fragte ich.

Emma sprang ein und lenkte ab. »Natürlich zeigen wir es ihm. Komm, nimm dir was zu trinken mit.«

Kichernd schlichen wir aus der Wohnung und zogen die Tür hinter uns zu. Es war ruhig im Treppenhaus, in dem es sehr nach Essen roch.

»Es gibt einen Dachboden?«

Bastian lächelte spöttisch. »Da oben ist ein Dachgeschoss, nach dem sich jeder Immobilienentwickler die Finger leckt. Staubig und leer.«

Emma lief voraus und ich fand, dass ihr der unsichere, schwankende Gang gut stand.

»Wie habt ihr den entdeckt?«

»Zufall. Die Hausverwaltung hat jemanden durch das Haus geführt. Ich habe mich angeschlossen.«

»Und jeder hat Zugang?«

Eine Treppe noch bis zum Investorenhimmel. Keuchend nahmen wir den letzten Absatz. Die Tür war von gleicher Gestalt wie die Wohnungstüren, nur weniger übermalt. Eigentlich sah sie aus, als sei sie seit dem letzten Krieg nicht ein einziges Mal überstrichen worden.

»Und mein Schlüssel passt auch?«

Bastian drehte sich auf dem Podest um.

»Schlüssel?« Er nahm den Türgriff in beide Hände, stemmte die Füße in den Boden und hob die Tür ein wenig an. Das Holz knackte, es knirschte, dann schwang die Tür in den Raum dahinter. Dunkler Muff strömte uns entgegen.

»Lichtschalter?«

»Quatsch«, sagte er und ließ etwas klicken. Ein heller Finger wies in die Dunkelheit. Grobe Dielen auf dem Boden. In den Ecken gestapelte Dachziegel. Holzbalken ragten in den leeren

Raum. Es roch staubig, aber trocken. Bastian ging mit der kleinen Taschenlampe voran, dahinter Emma. Ich war versucht, sie um die Hüften zu fassen, als machten wir eine Polonäse. Die Dachluke lag versteckt in einer Gaube. Der Riegel knirschte rostig. Einer nach dem anderen schlüpften wir hindurch.

Zwischen unserem Haus und den auf den ersten Metern fensterlosen Quergebäuden der Nachbarhäuser erstreckten sich bestimmt zwanzig Quadratmeter Dach, bedeckt mit rissiger Teerpappe, uneinsehbar von drei Seiten. Auf der vierten Seite breitete sich die Stadt aus.

Unter uns der schäbige Innenhof, nach Süden hin durch eine Ziegelmauer getrennt von durchsanierter Blockrandbebauung, darüber ein freier Blick auf das Lichtermeer, in dessen Mitte der Fernsehturm prangte. Irgendwo rechts von uns, hinter den Häusern entlang der Hauptstraße, rappelten U-Bahn und Tram.

»Boah, wie geil«, flüsterte ich und setzte mich neben Bastian. Emma nahm im Schneidersitz hinter uns Platz. Ich hörte sie aus der Flasche trinken.

»Dit is Balin, wa?«, sagte Emma und es war ihr anzuhören, dass sie nicht in dieser Stadt geboren war. »Wenn Herr Kassulke wüsste, dass wir hier oben sind, würde er die Polizei rufen.«

Ich sah Bastians Augen blitzen.

»Ich wollte eigentlich, dass du unvoreingenommen die Menschen kennen lernst. Aber Herrn Kassulke wirst du anders vermutlich gar nicht kennen lernen.«

Während unter uns die Stadt nicht zur Ruhe kam und sich am Horizont nur noch ein letzter lila Schimmer zeigte, erzählten sie die ganze Geschichte.

Herr Kassulke wohnte in der Etage unter uns. Er war pensionierter Bahnbeamter und lebte anscheinend seit seiner

Geburt in diesem Haus. Er war mindestens 80 Jahre alt, in Emmas Augen sogar über 90, und hatte in der Vergangenheit häufig sehr empfindlich auf Lärm reagiert, auch wenn es nur ganz kleine Partys gewesen waren, wie Bastian schmunzelnd erzählte.

Dann stand Herr Kassulke entweder vor der Tür, klopfte mit einem harten Gegenstand in seiner Wohnung an die Heizungsrohre, dass es nur so dröhnte, oder rief gleich die Polizei. Anfangs hatten Emma und Bastian sich noch über den alten Mann geärgert, doch irgendwann verstanden, dass er einfach skurril war und ein Teil ihres Hauses.

»Und immer wieder sagt er: Setzt euch nicht aufs Dach. Das ist nicht nur verboten, sondern auch gefährlich.«

Emma äffte den Alten nach: »Was da allet passieren kann. Ihr stürzt runter oder kracht durch die Teerpappe, wa, oder eine Flasche fällt in den Hof und erschlächt jemanden…«

Bastian nippte von seinem Bier. »Weißt du noch? Als wir mit Philip zum ersten Mal hier oben saßen?«

»War das, nachdem wir die Böden gemacht haben?«

Die Wohnung musste in einem erbärmlichen Zustand gewesen sein, als sie eingezogen waren. Drei Tage lang hatten sie die Dielen abgeschliffen, bis sich der Staub in jeder Pore ihres Körpers festgesetzt hatte. Eine schöne Vorstellung: Emma in der Dusche und wie sie sich den Staub abwusch.

Sie hatten Tage damit zugebracht, die ziemlich heruntergekommene Wohnung zu sanieren. Die Wände gestrichen, zweimal, um den Gilb zu übertünchen. Die Dielen abgezogen, bis sie beinahe an einer Staublunge krepiert waren. Noch tagelang, so erzählte Emma, hatte sie beim Naseputzen den feinen Staub in der Nase gefunden.

»Die haben vorher einfach irgendeine graue Farbe auf das Holz gepinselt. Und die Decken sahen aus. Das war nicht mehr charmant, das war einfach nur eklig. Philipp hat von uns am meisten gelitten. Das nächste Mal, hat er gesagt, kauft er sich eine Neubauwohnung, in der er nichts mehr machen muss.«

Philipp war der dritte Mitbewohner gewesen, ebenfalls ein BWL-Student, mein Vormieter. Er hatte Bastian durch sein Studium kennen gelernt.

»Ist ja erstaunlich, dass er so viel Arbeit reinsteckt und nach einem Jahr schon wieder geht.«

Gerade in Berlin, wo jeder froh sein sollte, überhaupt noch bezahlbaren Wohnraum zu finden. Inzwischen konnte ich ja selbst ein Lied davon singen.

»Der hat in München einen Job gefunden und ist von heute auf morgen weg. Wahrscheinlich arbeitet er jetzt als Consultant und hat seine Eigentumswohnung. Aber mich musst du hier mit den Füßen voran raustragen«, lachte Emma. Bastian schnaubte. Ich nahm es als Zustimmung.

»Ich habe hier so viel Staub geschluckt und Lösungsmittel eingeatmet, das muss ich erst noch ein paar Jahre abwohnen. Weißt du, wie Farbe in den Haaren klebt? Schlimmer ist nur Sperma.«

»Ist das so?«, fragte ich und Emma kicherte verlegen, als sei ihr erst jetzt bewusstgeworden, was sie da gesagt hatte.

»Auf jeden Fall war das die Hölle. Und meine Finger sahen vielleicht aus. Haben uns eigentlich die Vermieter was dazugegeben?«

Bastian räusperte sich. In der Ferne jammerte die Sirene eines Krankenwagens. Ein anschwellendes Heulen, das von der gegenüberliegenden Hauswand zurückgeworfen wurde, verkündete von der nahen Einflugschneise des Flughafen Tegels. Daran hatte ich vorher überhaupt nicht gedacht. Aber auch daran gewöhnte man sich, vor allem bei dieser Aussicht.

»Nein, keinen Cent. Ich hatte den Eindruck, als sei die Erlaubnis zur Eigeninitiative schon Belohnung genug gewesen.«

Allmählich versandete unser Gespräch. Nach ein paar Minuten spürte ich die Müdigkeit. Der Umzug steckte mir tief in den Knochen. Ich war es gewohnt, einen Stift über ein Grafiktablett zu führen. Sport gehörte wieder auf meine To-do-Liste.

In meinem Zimmer empfingen mich die vollen Kartons wie eine der zwölf Aufgaben des Herkules. Ich plante es für das Wochenende ein und legte mich tatenlos ins Bett.

Wie die beiden wohl zu Beziehungen innerhalb der WG standen? Ich konnte mir nicht vorstellen, dass Bastian noch keinen Gedanken daran verschwendet hatte.

Bevor ich einschlief, dachte ich noch, was für ein Glück ich doch mit meinen Mitbewohnern hatte.

4.

Ich war mit Anfang zwanzig nach Berlin gekommen und hatte die ersten Jahre als Dauerstudent verbracht. Ohne Vorstellung davon, was ich aus meinem Leben machen sollte. Zwar war ich für Soziologie eingeschrieben, damals hatte es noch den Diplomstudiengang gegeben, doch ich hatte die meiste Zeit auf Partys zugebracht.

Berlin in vollen Zügen genießen – das war meine Devise gewesen. Meine Eltern hatten mich finanziell ein wenig unterstützt, den Rest des Geldes verdiente ich durch Nebenjobs. Manchmal arbeitete ich in einer Bar, manchmal als Host auf einer Messe.

Nach über fünfzehn Jahren hatte ich eine andere Sicht auf Berlin gewonnen. Für die einen war die Hauptstadt noch immer ein Spielplatz, auf dem sie all das tun konnten, wozu sie Lust hatten. Party ohne Ende. Jede Nacht ein neuer Club. Wer nicht ins Berghain kam (dazu gehörte ich), fand auch so genügend Plätze, um sich auszutoben. Es musste ja nicht gleich der Kitkat-Club mit Gangbang-Partys sein. Man konnte sich auch im RAW nachts um zwei um Jacke und Handy erleichtern lassen.

In den vergangenen Jahren hatte sich die Begeisterung ein wenig abgenutzt und war Müdigkeit gewichen. Vielleicht war ich einfach älter geworden, aber ich empfand das Überangebot inzwischen erdrückend. Manchmal sehnte ich mich nach meiner Kleinstadt zurück, nach Überschaubarkeit, doch sobald ich bei meinen Eltern zu Besuch war, schwand die Lust auf Provinz spätestens in dem Moment, in dem ich die sterbende Innenstadt sah, die leeren Gewerberäume, die Ein-Euro-Shops, den moralischen Verfall. Die sanierten Plätze schienen zu groß geworden zu sein für die wenigen Menschen, die dort noch wohnten.

Wie hatte Rainald Grebe gesagt? Wenn du zur Ostsee willst, musst du durch Brandenburg. Nimm dir Essen mit, wir fahren nach Brandenburg. Seine Hymne auf Berlin hatte mich die letzten Jahre ebenso begleitet wie die bitteren Lobgesänge auf die Hauptstadt von Peter Fox. Halleluja Berlin. Alle wollen da hin. In das Drecksloch, in dem jeder einen Hund, aber keinen zum Reden hatte.

Ich war großstadtmüde geworden in manchen Momenten. Doch ich konnte hier nicht weg. Jede andere Stadt würde enger erscheinen, weniger dynamisch. Es fing beim Protest gegen die A100 an und hörte nicht bei Zalando und dem Protest dagegen auf. Hier wurde Weltpolitik gemacht und über den Müll in den Parks diskutiert.

Natürlich hätte ich das auch in Stuttgart haben können oder in München, Hamburg oder Köln. Doch die Wahrheit war, dass es in Berlin noch unvergleichlich billig war. Solange ich ein WG-Zimmer für 350 Euro bekam, würde ich hierbleiben.

5.

Ich faltete den letzten Umzugskarton zusammen und stellte ihn an die Zimmertür. Von dort aus betrachtete ich mein Werk. Alle Bücher hatten im Regal Platz gefunden. Erst durch den Umzug war mir wieder klargeworden, wie viel Ballast ich mit mir herumschleppte. Bücher, die man in seinem Leben nur einmal las. Vinyl-LPs, die man nicht mehr abspielte, seit der Plattenspieler den Geist aufgegeben hatte. Die Comicsammlung, die wohl nie vervollständigt wurde, weil die fehlenden Hefte inzwischen so teuer geworden waren, dass sie zusammengerechnet dem Wert eines fabrikneuen Mittelklassewagens entsprachen. Fotoalben, die darauf warteten, digitalisiert zu werden, wenn man sich nur aufraffen könnte, die Negative zu einem Datenrettungsunternehmen zu schicken.

So viele Dinge, die man in den Keller bringen könnte, um sie nach einem Jahr, wenn man sie keinen Tag lang vermisst hatte, bei eBay oder im Mauerpark zu verkaufen. Falls sie überhaupt jemand haben wollte.

Wie musste es erst dem alten Ehepaar gegangen sein, das die Wohnung nebenan bewohnt hatte? Wie sie jetzt wohl lebten? In einem Seniorenheim mit einem kombinierten Wohn-, Ess- und Schlafzimmer. Die Kinder hatten vielleicht schon alle Möbel verkauft, sich einverleibt, was noch verwertbar war und im Pflegeheim nicht mehr gebraucht wurde. Ein Bild von der Urgroßmutter würde dort an die Wand passen, ein Lieblingssessel. Aber der Ballast, der das Leben ausmachte, war weg. Jetzt konnte der Tod kommen.

Ich klopfte an Bastians Tür.

Er saß am Rechner, wie immer, und bevor er sich umdrehte, wechselte er auf den Windows-Startbildschirm.

»Sag mal, gibt es hier eigentlich einen Kellerraum?«

»Wieso?«

»Ich will meine restlichen Sachen irgendwo unterstellen.«

»Messie?«

»Irgendwann ist Vinyl wieder viel Wert.«

»Alternative Geldanlage also.«

Bastian grinste. Beim Aufstehen schob er seinen Bürostuhl nach hinten. »Du wirst enttäuscht sein. Unser Kellerraum ist etwas rustikal.«

Er klappte seinen Laptop zu, ehe ich auch nur einen Absatz hatte entziffern können. Warum bist du so neugierig?, schalt ich mich in Gedanken.

Wir gingen über die Hintertür in den Hof, in dem die Mülltonnen standen, Fahrradleichen und Laufräder. Direkt an der Mauer befand sich eine Luke mit zwei großen, rostroten Klappen. Mit seinem Wohnungsschlüssel entriegelte er ein Schloss, das ich zwischen den Griffbügeln lediglich für eine funktionslose Antiquität gehalten hatte. Gemeinsam hoben wir die Klappen an und ließen sie knirschend zur Seite fallen. Ein dunkles Loch gähnte uns an, roch nach Kalk und Staub und Muff. Bastian stieg die ersten Stufen hinunter und drückte auf einen Lichtschalter, der auf den Putz geschraubt war, irgendwann bei einer oberflächlichen Instandsetzung. Ich hatte Angst, er könne abfallen und wie ein Auge am Sehnerv von der Wand baumeln.

Wir nahmen die staubigen Betonstufen und mussten achtgeben, dass wir uns nicht die Köpfe stießen. Am Ende der kurzen Treppe ging es links und rechts tiefer in die Katakomben. Schnaufend blieb Bastian stehen, schien sich orientieren zu müssen, und bog dann links ab. Ich fand es skurril, dass ich innerhalb von wenigen Tagen erst das Dachgeschoss und dann den Keller kennen lernte.

Jeden Mieterkeller verschloss eine der typischen Holzgittertüren, die man vermutlich in jedem Berliner Keller fand. Vor jeder Tür baumelte ein anderes Vorhängeschloss. Eine Nummer suchte ich vergeblich. Eng geschraubte Holzlatten verbargen die Verpackungen von Computern und Mikrowellen, brachen Umzugskartons, Wintersportgeräte und Autoreifen in horizontale Fragmente. Dinge, die man gerade nicht braucht. Was man ein Jahr lang nicht vermisst, kann man wegwerfen.

Nur einer war leer. Vermutlich der des alten Ehepaars. Die Tür stand offen. Bastian drückte sie im Gehen zu und blieb an der nächsten Ecke stehen. Der Verschlag hatte nicht einmal eine Tür, eine Nische in einer Ecke, wo der Putz bröckelte und eine staubige Schicht auf dem groben Estrich gebildet hatte. Dort standen ein paar Bananenkisten mit Büchern und ein altes Fahrrad.

»Und wo habt ihr eure Sachen, für die man im Zimmer kein Platz hat und nicht wegwerfen will?«

»Dokumente, Fotos und Filme liegen auf der Festplatte und in der Cloud. Ich habe keinen Platz für Nostalgie.«

»Echt jetzt? Und die anderen Mieter haben alle einen Keller? Nur wir nicht?«

Das konnte ich nicht glauben. Jede Wohnung hatte einen Kellerraum mit Tür. Selbst die miesesten Löcher. Bastian lächelte müde, als hätte er diese Diskussion schon mit meinem Vormieter und Emma geführt.

»Die Preisfrage: Wie viele Türen müssten hier sein?«

Ich zählte im Geiste nach.

Pro Etage zwei Wohnungen, bei vier Etagen machte das acht. Dazu der Trödelladen im Erdgeschoss. Es müsste also neun Kellerräume geben.

Wir begannen auf der linken Seite. Langsam schritten wir die Türen ab. Nach drei Türen war Schluss. Eine Stahltür an der Stirnseite war Nummer vier. Auch sie war mit einem Vorhängeschloss gesichert. Ich hatte eine solche Tür schon einmal in einem Selfstorage-Lagerhaus gesehen. Vermutlich hatte der Trödelheini dort sein privilegiertes Lager.

Wir drehten um und gingen an der Treppe vorbei auf die rechte Seite. Dort befanden sich vier Verschläge. Es waren insgesamt also acht Räume.

»Was sagt die Hausverwaltung dazu? Das ist doch keine Reise nach Jerusalem. Wer zuerst kommt, kriegt einen Raum und der letzte muss seine Sachen verscherbeln?«

»Frag mich nicht. Als ich die Wohnung übernommen habe, war der Keller irgendwie kein Thema gewesen. Sollen wir mal im Mietvertrag nachsehen? Oder fragen, ob wir den freien Kellerraum bekommen können?«

Ich winkte ab. Ich gab ihm ohnehin insgeheim Recht. Ich hatte viele Dinge ein Jahr lang nicht benutzt. Meine CDs gehörten dazu.

Schließlich stellte ich meine Kartons in die Nische, ich stapelte sie vielmehr, und was ich dort nicht unterbringen konnte, verkaufte ich bei eBay Kleinanzeigen.

6.

Wir gewöhnten uns schnell aneinander. Und mit Gewöhnung meine ich, dass es keine Reibungspunkte gab. Dazu gehörte, dass wir abwechselnd den Müll herunterbrachten, Bastian sein Altglas in den Container im Hof und Emma ihre Espressomaschine abwusch. Sie nutzte eine dieser achteckigen Dinger aus Alu, die man in Italien auf die Herdplatte stellt.

Wenn ich morgens in die Küche kam, Emma stand schon mit einem Espresso am offenen Balkon und sah hinunter auf die Straße, hörte ich am liebsten Radio Eins. Anscheinend hörte sonst niemand Radio, denn der Sender war nie verstellt. Es waren solche Kleinigkeiten, so wie wir unsere Grenzen im Kühlschrank respektierten, die Schuhe an der Tür auszogen, und die Post auf den kleinen Tisch im Flur legten, wo der WLAN-Router ständig blinkte. Wir waren eine Berufstätigen-WG, das war von vornherein klar gewesen, aber ich war dennoch überrascht, dass wir auf eine überraschende, sehr freundschaftliche Art miteinander harmonierten.

In meiner vorherigen WG war es ein Nebeneinander gewesen. Meinen Mitbewohner hatte ich nie zu sehen bekommen, weil er einen ganz anderen Rhythmus hatte. Spät aufstehen, spät nach Hause kommen. Manchmal hatte er sich nachts noch in der Küche etwas zu essen gemacht und die Musik aufgedreht, ohne Rücksicht, ohne schlechtes Gewissen, als sei er allein auf der Welt.

Wenn ich abends mit verpixelten Augen aus der Agentur nach Hause kam, fand ich Emma manchmal in der Küche sitzen und sich etwas zu essen machen. Sie war das Gegenprogramm zu meinem Werberalltag. Unberührt von Photoshop und dennoch zielgruppenorientiert. Sie wollte nichts verkaufen, denn der einzige Call-to-Action am Ende lautete: jetzt abschalten. Emma machte auf dem alten Herd kleine Gerichte, die sie Tapas nannte. Pflaumen im Speckmantel. Kartoffelomelette, gebratene Sardinen, Tortillas.

Einmal setzte sich auch Bastian dazu, nahm sich ein Bier aus dem Kühlschrank, und wir quatschten wir bis spät in die

Nacht und es schien, als wollte keiner von uns ins Bett, um nicht noch einen klugen Kommentar zu verpassen oder ein Wortgefecht, das Bastian und ich uns lieferten.

Ich erfuhr nicht viel von seinem Studium oder was er sonst so machte, dafür erzählte ich von meiner Arbeit. In meinen Augen arbeitete ich tatsächlich für die dunkle Seite der Macht, musste ein Produkt verkaufen, hinter dem ich nicht stand. Ich besaß nicht einmal ein Auto, hatte nie eines besessen, und musste Hochglanzbilder von übermotorisierten SUV bearbeiten, Fahrzeuge, die immer mehr versprachen, als sie in Wirklichkeit halten konnten. Wer konnte denn in einer Stadt etwas mit 280 km/h anfangen, mit 320 PS, mit Vierradantrieb? Niemals würden die Käufer dieser 50.000-Euro-Schlitten das tun, was ihnen die Werbung versprochen hatte. Und weil dieser Frust bei den Autoverkäufern stieg, rasten sie auf Autobahnen oder Landstraßen, drängelten und dröhnten durch die Straßen.

»Aber am Ende ist doch der Käufer selbst verantwortlich. Werbung macht die Dinge transparent«, sagte ich provozierend. »Die Entscheidung liegt doch beim Käufer.«

»Das nennst du Transparenz? Werbung verspricht dir doch Dinge, die gar nicht stimmen.«

»Natürlich stimmen die Werbeversprechen. Ein Auto fährt 280. Über menschenleere Straßen und an einsame Strände. Wenn sie denn leer und einsam sind.«

»Aber im Alltag stehst du mit der Karre halt im Stau.«

»Solange du ein mündiger Verbraucher bist, erwarte ich, dass du selbst herausfindest, was Werbeversprechen und was Wirklichkeit ist.«

»Und die Verbrauchswerte? Kann ich die auch nachprüfen?«

»Nein, da musst du dem Hersteller vertrauen. Wenn er dich belügt, hast du Pech gehabt. Das ist bei Lebensmitteln nicht anders, zum Beispiel bei Bioprodukten. Entweder vertraust du dem Hersteller, dass er wirklich seine Tiere gut behandelt und sein Gemüse ohne Pestizide anbaut oder du prüfst alles nach. Aber das kannst du gar nicht.«

»Das ist doch ein schiefer Vergleich«, sagte Emma. »Ein Biohersteller belegt seine Behauptungen mit einem Siegel.«

»Und wer prüft, ob das Siegel zu Recht draufklebt?«

»Gibt's da nicht Behörden?«

»Das heißt, du musst darauf vertrauen, dass die ihre Arbeit richtig machen.«

»Und das sollte ich nicht?«

»Doch, darum geht es. Du musst Vertrauen haben, weil du nicht alles nachprüfen kannst. Vor ein paar Jahren gab es in meiner Heimatstadt einen kleinen Skandal. Auf dem Wochenmarkt stand immer ein Bauer, der seine Bioeier dort verkaufte. Meine Mutter fand, man müsste den kleinen Bauern fördern. Also kaufte sie jede Woche immer mindestens zehn Eier, auch wenn sie viel teurer waren als im Supermarkt. Eines Tages jedoch schlug mein Vater am Frühstückstisch die Zeitung auf, wir hatten ein Abo für unser lokales Blatt, das hatte wiederum mein Vater entschieden, um, ihr werdet es erraten, die heimischen Journalisten zu unterstützen. Und da las er in der Rubrik Lokales, dass ein Eierproduzent seinen Betrieb dichtmachen musste, weil er im großen Stil Eier aus Käfighaltung umetikettiert hatte. Zu Bioeiern. Und dreimal dürft ihr raten, wo er sie verkauft hat.«

Emma atmete zerknirscht aus. Bastian und ich sahen uns an und ich wusste, dass er die Sache ebenso sah wie ich. Bastian machte sich nichts vor, er war wie ich Realist, manchmal zum Erbrechen ehrlich. Ich hätte ihn nicht zynisch genannt, aber er war mit seiner kritischen Art nahe dran. So wie ein Journalist neutral bleiben musste, weil die Medaille immer zwei Seiten hatte, und wenn man sich für eine entschied, musste man zwangsläufig die zweite verleugnen. Er war der nüchterne Betrachter, den nichts mehr überraschen konnte und der sichtlich auf Distanz blieb.

Ich fragte mich, ob er schon einmal verliebt gewesen war. Liebe, so hatte ich einmal gelernt, lässt dich bedingungslos für eine Seite Partei ergreifen. Aber vielleicht waren die BWLer immer so. Sie waren zahlengetrieben. Kalte Fakten zählten, nicht Emotionen. Aber war man deshalb ein langweiliger Mensch? Einer meiner Kollegen in der Agentur, ein Texter, hatte am Deutschen Literaturinstitut in Leipzig studiert. Ein Dünnbrettbohrerstudium, wie er bei einem Bier erzählte. Ein Studium, von dem am Ende keiner wusste, wozu es nütze war, nicht einmal die Dozenten. Einer der Leiter hatte in einem Interview gesagt, das Diplom könne man sich im Klo aufhängen.

Der Texterkollege hatte es trotzdem in der Regelstudienzeit hinter sich gebracht, aber die Fragen seiner Freunde und anderer Kommilitonen, die wissen wollten, was man mit so einem Studium wird, hatte er irgendwann nicht mehr erstragen. Natürlich wurde man kein Schriftsteller damit, das war kein Beruf, sondern eine Berufung. Und dass er später einmal in der Werbung landen würde, hatte er sich auch nicht vorstellen können. Also hatte der Kollege erzählt, er studiere BWL, nur um den Fragen nach seinen beruflichen Zielen zu entgehen. Und tatsächlich hatte niemals jemand nachgefragt.

Auch Bastian fragte man nicht nach seinem Berufswunsch. Er war wie ich Mitte 30, er hatte anscheinend spät seinen Bachelor gemacht. Aber nie fand ich heraus, was er vorher gemacht hatte. Und ich wusste auch nicht, wie er sein Studium finanzierte. Ob er ein Stipendium bekam oder Bafög, ob er in einem Unternehmen arbeitete oder von Ersparnissen lebte. Er sagte es einfach nicht. Das fand ich seltsam in einer Stadt, in der sich so viel um Arbeit drehte. In Berlin, so kam es mir manchmal vor, gründete man entweder sein eigenes Unternehmen oder arbeitete in einem Start-up, und dann redete man auch darüber. Aber vielleicht war er ja auch beim Bundesnachrichtendienst beschäftigt und durfte davon gar nicht erzählen.

So wenig Bastian von sich preisgab, so viel wusste er bald über mich. Manchmal erzählte ich von meiner Arbeit, von Kundenfeedback und wie man damit umging.

»Du kannst dich ärgern, dass dich der Kunde nicht versteht, dass er sich widerspricht, weil er im Briefing andere Angaben gemacht hat, und du kannst es auch einfach akzeptieren. Ändern kann man den Kunden ohnehin nicht.«

»Ist das nicht frustrierend?«, fragte Emma.

»Nur, wenn du es persönlich nimmst. Wenn du verstehst, dass die Hierarchie auf Unternehmensseite schuld daran ist, kannst du damit leben. Die schieben doch die Schuld nur auf die Agentur, um ihre eigene Inkompetenz zu verbergen.«

»Marketing«, sagte Bastian verächtlich. Und wieder fragte ich mich, womit er eigentlich sein Geld verdiente.

»Apropos Marketing in eigener Sache.« Ich drehte mein Glas auf dem Tisch, als Emma schon in ihrem Zimmer verschwunden war. »Läuft eigentlich was zwischen dir und Emma?«

Mein Mitbewohner stutzte. »Wie kommst du denn darauf?«

Mein Grinsen fiel eine Spur zu gewollt aus, das spürte ich. Plötzlich war mir meine Frage peinlich.

»Da hast du mich falsch verstanden. Ich bin einfach total unsensibel und würde es nicht mitbekommen, falls du und Emma was miteinander habt. Deshalb frage ich.«

Hatte ich genug Humor in die Worte gelegt? Keine Ironie?

Bastian lehnte sich zurück. »Lass mich dir eine Gegenfrage stellen: Eine Beziehung innerhalb der WG – meinst du, das klappt?«

War das ein Nein? Oder wollte er mir zu verstehen geben, dass mich das nichts anging?

»Fragt man sich das, wenn man sich verliebt?«

»Man kann die Liebe auch suchen.«

»Hast du sie gesucht?«

»Nicht hier. Und du?«

Es gab nur eine Antwort, die ihn zufriedenstellen würde.

»Ich habe ein Zimmer gesucht, keine neue Beziehung.«

Bastian nickte kaum merklich. Näher als an den Abenden kurz nach meinem Einzug kam ich Bastian später nie wieder. Und das war vielleicht eine der Hauptursachen für unsere späteren Probleme.

7.

Zu meiner Einzugsfeier wurde ich von Emma geradezu gedrängt. Sie wollte meine Freunde kennen lernen.

Freunde, hatte sie gesagt, sagen mehr aus über uns als unsere Familie. Ich hatte Serkan und David eingeladen sowie drei oder vier andere ehemalige Arbeitskollegen, die ich nicht als Freunde bezeichnet hätte, aber ganz gerne sah. Ich war nicht so der Typ für Beziehungen. Vielleicht arbeitete ich deshalb auch in der Werbung. Meine Agentur war ein bisschen zur Ersatzfamilie verkommen. Und auch was die erotische Komponente von Beziehungen anging, war ich etwas unterbelichtet.

Seit drei Jahren war ich Single. Vielleicht eine Handvoll Mal hatte ich in dieser Zeit Sex gehabt. Manchmal hatte ich eine Bekanntschaft aus einem Club mit nach Hause genommen oder ich war zu ihr in die Wohnung gekommen.

In der Regel war es auf schnellen, unverbindlichen und recht harmlosen Sex hinausgelaufen, als sei der Orgasmus nur eine Pflichtübung gewesen. Selten stimmte die Chemie auch noch am nächsten Morgen. Nachts sind alle Katzen geil, und am nächsten Morgen kam häufig der Kater. Etwas Festes hatte sich aus diesen wenigen One-Night-Stands nie entwickelt. Irgendwie hatte ich das auch nicht vermisst. Meine Freiheit war mir immer besonders wichtig gewesen. Selbst entscheiden, wann ich aufstand, was ich am Wochenende machte, wen ich traf, wo ich meinen Urlaub verbrachte.

Mehr als dreißig Leute waren schließlich zu unserer Party gekommen, und ich war froh, dass wir nicht noch unsere Facebook-Kontakte informiert hatten, das heißt: Emma und ich, denn Bastian war nicht bei Facebook. Natürlich nicht. Dieses Unternehmen, hatte Bastian ein paar Tage zuvor in der Küche gesagt, macht doch mit unseren Daten was es will. Emma unternahm einen halbherzigen und vergeblichen Versuch, ihm von Privacy-Einstellungen zu erzählen.

Aber er hatte auch ohne Facebook ein paar Freunde aktivieren können. Sie machten einen sehr harmlosen Eindruck. Vor ihrem Eintreffen hatte ich noch damit gerechnet, dass Bastian ein paar coole Typen eingeladen hatte, die in einer Band spielten oder ihr eigenes Internet-Start-up führten, doch die drei Typen waren ebenso gesichtsbehaart wie wortkarg. Sie standen in der Küche und schwiegen mit einem Bier in der Hand in die Runde. Gegen Mitternacht gingen die drei und zwei andere Bekannte kamen. Eine Frau Ende zwanzig mit sehr maskulinen Gesichtszügen und ein gutaussehender Mann im gleichen Alter begrüßten Bastian herzlich und mischten sich in die Unterhaltungen der anderen Gäste.

Na also, dachte ich, geht doch.

Ich beschickte meine AirPlay-Lautsprecher mit unterschiedlichen Playlisten und konnte dank Spotify jeden Musikwunsch erfüllen.

Emma hatte viele Freunde aus dem Hotel und ihrem Kletterpark eingeladen, die meisten gutaussehend und jung. In der Hotellerie, hörte ich später von ihr, wird niemand alt. In der Werbung, würde ich entgegnen, auch nur in den seltensten Fällen.

Wir hatten im Hausflur einen Zettel zur Info aufgehängt, das heißt, Emma hatte eine Einladung auf einem DIN-A4-Blatt ausgedruckt und zur Party eingeladen. Auf meine Frage, ob sie alle im Haus kenne, hatte Emma geantwortet, es sei doch eine gute Gelegenheit, alle besser kennen zu lernen. Falls Bastian das für eine gute Idee hielt, so ließ er sich das nicht anmerken. Er hob nur skeptisch die Augenbrauen, als wolle er sagen: Kommt doch eh keiner.

Wer denn kommen würde, fragte ich, und Emma nahm die Finger ihrer rechten Hand zur Hilfe.

»Tobias kommt doch bestimmt«, sagte Emma, »und der Musiker und seine Freundin, wie heißen sie, Mike und …«

»…Bridget. Die sind doch nie zuhause. Vielleicht Olga.«

Im vierten Stock wohnte neben einer Familie mit zwei Kindern auch eine alleinerziehende Frau namens Olga, deren ziemlich rüstig aussehende Mutter regelmäßig den kleinen Sohn hütete, aber mit niemandem ein Wort wechselte. Bastian vermutete, dass sie kein Deutsch sprach.

»Das sagst du nur, weil du ihren Nachnamen nicht aussprechen kannst«, hatte Emma beim Schreiben der Einladung gesagt, und Bastian hatte mit den Schultern gezuckt, als wollte er sagen: Mehr will ich gar nicht wissen.

Die Party ließ sich langsam an, Olga kam tatsächlich auf ein Bier vorbei. Ihr Deutsch war mit einem starken russischen Akzent versetzt, ihre Zurückhaltung war noch ausgeprägter.

Relativ schnell verschwand sie wieder. Auch Mike und Bridget, die beiden Amerikaner, ließen sich blicken. Sie war extrem hübsch und vielleicht Ende zwanzig. Ihr Freund, ein ziemlich breiter, etwas untersetzter Typ mit Zickenbart und dichten, schwarzen Haaren, schien deutlich älter.

Auffallend war, dass sie nicht Bastian begrüßten, sondern Emma, als sei Bastian nur irgendein zufälliger Gast.

Nachdem mich Emma den beiden vorgestellt und betont hatte, ich sei der Anlass für die Party, kam ich mit den beiden Amerikanern ins Gespräch und erfuhr, dass er Schlagzeug in einer Band spielte. Alternative Rock. Ein bisschen wie Radiohead, manchmal wie Jack Johnson. Ein Mix, was ganz Neues. Seinen Lebensunterhalt bestritt er als Angestellter bei Native Instruments, einem Softwareunternehmen, das, wie Mike betonte, schon seit Mitte der Neunziger bestand und daher kein Start-Up sei, also gar nicht mit Zalando & Co. vergleichbar.

Ich hatte davon noch nie gehört, aber es gab so viele kleine Unternehmen in Berlin, dass ich mich deswegen nicht schlecht fühlen musste. Das Unternehmen stellte Software für die Musikproduktion her, und als ausgebildeter Musiker war er natürlich der perfekte Mitarbeiter. Ich fragte mich, welchen Jobtitel er hatte. Executive Supervisor Musical Coding. Oder Digital Instrument Marketing Manager.

In unserem Gespräch ging beinahe unter, was seine Freundin machte, außer gut auszusehen. Sie arbeitete als Englischlehrerin in einer Sprachschule, die darauf spezialisiert war, in größeren Unternehmen die Mitarbeiter fit für die Globalisierung zu machen.

Ich freute mich darüber, dass mein Englisch, das ich in den vergangenen Jahren nicht so wirklich gepflegt hatte, nicht ganz eingerostet war. Ein Hoch auf die Brandenburger Schulen.

Die Wohnung war schließlich angenehm gefüllt und das Bier fand reißenden Absatz, so dass ich hier und dort die Gelegenheit zum Smalltalk mit einer von Emmas Kolleginnen nutzte. Was machst du so? Seit wann bist du in Berlin? Oh, hier geboren? So etwas gibt's noch? Wohnungssuche, schlechte Bezahlung, tolles Nachtleben, so international.

Im Flur stehend, mit dem Rücken zur Küchentür, rang ich verzweifelt mit den Worten, als es wieder an der Tür klingelte. Bastian öffnete. Zögerte. Über seine Schulter sah ich eine attraktive Frau. Sie sah etwas müde aus, aber ihre Haut im Gesicht war glatt. Ihr Alter konnte ich deshalb nur schwer schätzen. Vielleicht Mitte oder Ende Dreißig. Sie hatte Ähnlichkeit mit Katrin Bauerfeind, der Fernsehmoderatorin und Schauspielerin.

Ihre Augen wirkten wach, das dunkle, zu einem Zopf gebundene Haar war stumpf, wie nachlässig gefärbt. Ihre Zähne blitzten beim Sprechen zwischen den stark geschminkten roten Lippen, und das würde sie noch häufig tun. Reden. Ohne Unterlass. Sie hielt eine Flasche Wein hoch, sagte etwas. Meine Gesprächspartnerin schien meine schwindende Aufmerksamkeit nicht zu bemerken, denn sie plapperte weiter von einem Gast, der mit dem Schuh auf Insektenjagd gegangen war und dabei das ganze Hotelzimmer verwüstet hatte.

Bastian baute sich an der Tür auf, sichtlich angespannt, und ich konnte an der Art, wie er seine rechte Hand an seinen Hinterkopf legte, den Moment der Irritation erkennen. Mein Mitbewohner sagte etwas, das ich nicht verstand, die Frau schien etwas zu beteuern, was Bastian zumindest für den Moment überzeugte, denn er machte einen Schritt zur Seite und ließ sie eintreten.

Bevor ich mich fragen konnte, wer sie war, erregte mein Gegenüber meine Aufmerksamkeit in der Erwartung, ich würde verständnisvoll den Kopf schütteln und sagen, wie unverschämt manche Gäste doch seien.

An diesem Abend machte ich noch viel Smalltalk, erzählte von meinem Job und fragte nach der Arbeit meines Gesprächspartners, betonte die Coolness der Stadt und untermauerte den Wandel mit Beispielen, doch in Gedanken war ich bei Emma, die ständig auf ihr Handy sah und Nachrichten tippte.

War bei ihr beim Griff in den Kühlschrank, beim prüfenden Blick auf meinen Laptop und während ich an der Tür zum Badezimmer wartete, das mit fortschreitender Stunde immer deutlichere Spuren der Party aufwies. Die Musik donnerte durch die ganze Wohnung. Es wunderte mich, dass Herr Kassulke noch nicht erschienen war.

Die attraktive Frau mit der Weinflasche stand anfangs etwas verloren herum. Mehrfach sah ich sie nachschenken. Ich wollte glauben, dass sie den Wein aus einer angebrochenen Flasche genommen hatte, aber irgendwie konnte ich mir auch vorstellen, dass sie nur ihren eigenen trank.

Einen Moment lang keimte etwas wie Mitleid auf. Offensichtlich kannte sie kaum jemanden auf dieser Party, doch dann wurde sie von einem Typen ohne Bart und mit Mütze angesprochen, der mindestens ein Bier zu viel getrunken hatte. Von da an sah ich sie noch häufiger nachfüllen.

Dafür blieb ich vergeblich auf der Suche. Emma stand immer bei einem anderen Typen oder bei einer ihrer Freundinnen oder in einer Gruppe. In der Küche. In ihrem Zimmer. Auf dem Flur. Lachte, kicherte, prustete, erzählte mit Händen und Füßen. Doch jede Sekunde, in der sie nicht mit mir sprach, vergrößerte die Vorfreude auf einen weiteren gemeinsamen Abend in der Küche, auf die bevorstehende Zeit mit meiner Mitbewohnerin.

Zu den Gästen aus dem Haus gehörte auch Tobias, der sich förmlich mit Handschlag vorstellte und fragte, ob ich der Neue in der WG sei.

»Steht das auf meiner Stirn geschrieben?«, fragte ich zurück. Erst grinste er, dann zeigte er auf Emma, die an der Küchentür lehnte und herüberwinkte, bevor sie wieder auf ihr Smartphone starrte.

Tobias war Ende Vierzig, trug einen ungepflegten, graumelierten Dreitagebart und eine Ballonmütze. In welchem Zirkus trittst du auf, wollte ich ihn fragen, aber ich konnte mich gerade noch zurückhalten.

Er sei ja seit einem Jahr zuhause kreativ, in seiner Wohnung im ersten Stock, seit sein Atelier in einer denkmalgeschützten Remise an einen Investor verkauft und zu einem Loft umgebaut worden war, für 4.500 Euro pro Quadratmeter. Die Käufer hatten Schlange gestanden, noch ehe er seine Sachen gepackt hatte.

»Zehn Jahre habe ich da gemalt«, sagte er zerknirscht, »und dann schmeißen die mich von heute auf morgen raus. Ich hätte mich wehren sollen, irgendwie habe ich den Arsch nicht hochgekriegt. Und jetzt? Guck dich um, überall werden die Mieter rausgeklagt. Hier, gleich um die Ecke. Hast du gehört, was die Eigentümer mit dem Haus an der Wisbyer, Ecke Schönhauser machen? Unten ist eine Spielhalle, früher war da mal ein Humana drin. Seit drei Jahren ist das Haus eingerüstet, wird aber kein Stück saniert. Und jetzt wurde den letzten Mietern gekündigt, angeblich, weil sie verbotenerweise Tische und Stühle auf dem Balkon stehen haben. Das ist doch krank. Der Investor will doch einfach nur hochwertig sanieren und die Wohnungen dann als Eigentum teuer verkaufen. Und die Mieter können sich das gar nicht leisten. Wie bei meinem Atelier. Ich war so doof, dass ich nicht wenigstens eine Abfindung verlangt habe. Man müsste was machen, eine Bürgerinitiative gründen.«

Man müsste, dachte ich, man sollte, man bräuchte auf jeden Fall erst einmal was zu trinken.

Mich ermüdete diese ganze Diskussion über Investoren und knappen Wohnraum und Betongold. Lieber redete ich über die neue Staffel von *Game of Thrones*, über nervige Kunden und schlechte Arbeitsbedingungen, über das nächste Konzert im Festsaal Kreuzberg. Womit mich Tobias allerdings köderte, waren seine Bilder. Viele meiner Designer-Kollegen malten nebenbei oder fotografierten. Einer von meinen Kontakten veröffentlichte regelmäßig erotische Fotos auf Facebook, eine andere schickte immer wieder Termine von Ausstellungseröffnungen, auf denen sie ihre Collagen zeigte.

Meistens klickte ich nur auf den Gefällt-mir-Button, manchmal schrieb ich auch einen bewundernden Kommentar darunter. Vielleicht, so hoffte ich, bekäme ich die Anerkennung zurück, wenn ich endlich einmal meine Kurzgeschichten veröffentliche, an denen ich nach der Arbeit schrieb. Geschichten über Zeitreisen, Astronauten und die Welt in 2000 Jahren.

Aber da ich nur auf dem Weg zur Arbeit in der S-Bahn schrieb, kam ich nicht wirklich voran. Manchmal redete ich mir ein, ich sollte nicht versuchen, auf so vielen Hochzeiten zu tanzen. Schließlich war ich Designer und kein Texter, auch wenn ich immer gerne meine eigenen Headlines in die Layouts schrieb, bis der Copywriter sie durch seine Texte ersetzte. Aber Headlines und Prosa sind ja zwei verschiedene Schuhe.

Gegen zwei Uhr fand unsere Party ein jähes Ende. Die Bude war noch immer voll, durch die Küche schwebten

Schwaden, die nach illegalen Substanzen rochen, und die Musik hatte tranceartige Züge angenommen.

Anfangs dachte ich, jemand hätte den Bass aufgedreht, doch das Donnern war zu unrhythmisch. Dann überlegte ich, ob irgendwo in einem unserer Zimmer eine Gegenparty stattfand. Bastian kam aus seinem Zimmer und stürmte in die Küche. Die Musik wurde leiser, aber das Hämmern blieb. Jetzt erst verstand ich.

Jemand klopfte gegen die Wasserleitungen.

Bastian erschien wieder in der Küchentür. »Hat ziemlich lange gedauert heute. Normalerweise ist er schneller.«

Unsere Gäste sahen irritiert, als hätte jemand im Club das Licht angemacht.

»Der ist vermutlich vor dem Fernseher eingeschlafen und jetzt erst aufgewacht«, spottete Emma. Wer, wollte ich fragen, obwohl ich die Antwort längst ahnte. Unsere Gäste murmelten, lachten. Es war wie ein Film ohne Soundtrack.

»Mach mal wieder lauter«, rief einer der Gäste, doch Bastian stand nur an der Tür und lauschte. Hob die Hand.

»Das letzte Mal hat er gleich die Polizei gerufen.«

Mir entging nicht Bastians Blick zu der Frau, die erst später gekommen war. Diese, inzwischen sichtlich sehr betrunken, mit rotweinblauen Lippen und unsicherem Gang, hob die Augenbrauen. Spöttisch, als wollte sie sagen: Habe ich doch gewusst. Doch es lag noch etwas in ihrem Blick, etwas, das mich beunruhigte. Angriffslust.

»Gib doch zu, dass er dir egal ist«, fauchte sie plötzlich unvermittelt in die Stille. Ihre Stimme war vom Alkohol deutlich lädiert. »Komm, dreh die Musik wieder auf und zeig, wie egal dir die Leute aus dem Haus sind.«

»Äh, Marina…«, begann Emma, deutlich nüchterner. Die Gespräche um uns verkamen zu einem Hintergrundrauschen.

»Du willst die Wahrheit einfach nicht sehen, oder?« Marina, die Frau mit der Weinflasche, die unbekannte Besucherin, beugte sich vor und sah Emma an. In ihrem Glas schwappte die Neige bedrohlich nah unter den Rand. »Aber du wirst es schon noch merken, wenn du auch auf seiner Abschussliste stehst.«

Erst jetzt löste sich Bastian aus der Erstarrung. »Du gehst jetzt besser.«

Er schien zu überlegen, ob er ihr das Glas aus der Hand nehmen sollte, doch Marina kam ihm zuvor und knallte es auf den Küchentisch. Der Rotwein spritzte heraus und besprenkelte ihre Hand.

»Ich hätte nicht kommen sollen.« Einen Augenblick später rauschte sie aus der Küche. In die Stille knallte die Wohnungstür.

Nach diesem Ereignis verlor die Party an Schwung, oder besser: sie löste sich im wahrsten Sinne des Wortes auf, als hätte laute Musik die Sprachlosigkeit übertönt. Einer nach dem anderen verabschiedete sich, und ziemlich bald räumten Bastian, Emma und ich die ersten Flaschen weg.

Die Arbeitskollegin von Emma war ebenfalls gegangen, ohne auf Wiedersehen zu sagen. Vielleicht hatte ich doch zu viel von meiner Arbeit erzählt und zu wenig nachgefragt. Was auch immer.

Lediglich einer von Bastians Freunden und die junge Dame mit den markanten Gesichtszügen und kurzen Haaren, die anscheinend ebenfalls zu Bastians Freundeskreis gehörte, waren geblieben und halfen jetzt beim Aufräumen.

»Was machen wir jetzt mit dem angebrochenen Abend?«, fragte ich und goss eine halbleere Bierflasche in die Spüle. Ich wollte Informationen. Über Marina. Über das Klopfen an den Heizungsrohren.

Emma lehnte mit einem Bier an der Tür. »Lass uns aufs Dach.«

Bastian rieb sich die Augen unter seiner dicken Brille. »Ohne mich.«

Sein Kumpel und die junge Dame mit den kurzen Haaren hoben ebenfalls die Hände, um zu sagen: ohne uns. Der Zwischenfall hatte Bastian eindeutig die Stimmung verhagelt, was ein wenig überraschte. Ich hatte ihn für abgebrühter gehalten. Aber vielleicht erfuhr ich von Emma mehr.

Wir ließen Bastian und seine Freunde zurück, und die Aussicht auf Emmas ungeteilte Nähe machte mich kribbeliger als der Blick auf den Fernsehturm.

Auf dem Weg nach oben ging sie voran. An den Türen unserer Nachbarn vorbei. Im Treppenhaus war es ruhig, die Schuhe auf den Regalen wurden kleiner, die Angeln der Tür quietschten verräterisch laut. Im Dachboden knarrten die Dielen. Emma kicherte, ich spürte ihre Nähe.

Ich hatte während des Studiums in einer WG gewohnt, in der zwei Mitbewohner erst eine leidenschaftliche Beziehung geführt und sich dann getrennt hatten. Einen solchen Rosenkrieg wollte ich nie wieder erleben. Aber wo die Liebe hinfiel…

Routiniert öffnete Emma die Dachluke und kroch hinaus. Die Hintergrundbeleuchtung der Stadt warf tiefe Schatten. Der Rand des Daches war kaum zu erkennen. Mir war es ganz recht, dass wir die Beine nicht baumeln ließen.

»Also, jetzt bin ich gespannt«, sagte ich, nachdem wir uns nebeneinander auf die raue Teerpappe gesetzt hatten, die Bierflaschen fest umklammert, als würden sie uns vor dem Absturz bewahren können.

»Worauf?« Emma lächelte mich von der Seite aus an. Ihre Nasenspitze leuchtete, die blonden Haare schienen zu glimmen. Mehr sah ich nicht von ihr.

»Was war mit Marina? Wie hat sie das gemeint, dass du die Wahrheit nicht sehen willst?«

Emma verzog den Mund. Bevor sie antwortete, nahm sie einen Schluck aus der Flasche. Mich fröstelte. So schön die Aussicht hier oben auch war, in der kältesten Stunde des Tages wehte hier ein frischer Wind.

»Ich glaube, sie und Bastian hatten mal was, aber das war vor meiner Zeit. Da müsstest du ihn mal selbst fragen.«

Ich spürte plötzlich die Nervosität in meinem Bauch. »Vor deiner Zeit?«

»Ja, bevor ich eingezogen bin.«

Erleichterung ersetzte die Nervosität. Der Gedanke, dass ich erleichtert darüber war, dass Bastian und Emma kein Paar war, behagte jedoch ebenso wenig. Beziehungen in WGs waren tabu. Oder nicht? Wo die Liebe hinfiel….

»So ganz glücklich scheinen die sich dann aber nicht getrennt zu haben.«

Die Bestätigung meiner rhetorischen Frage hatte ich eigentlich von Emma erwartet. Zu unserer beiden Überraschung kam sie von hinten.

»Wir waren nie zusammen«, sagte eine verrauchte weibliche Stimme. Emma und ich drehten uns um. Jetzt löste sich ein Schatten aus der Ecke neben dem Fenster, durch das wir gestiegen waren, und der Hauswand zum Nachbargebäude.

Im fahlen Hintergrundlicht der nächtlichen Stadt erkannte ich das zum Zopf gebundene Haar und die sehr weibliche Silhouette von Marina. Sie schwankte leicht. In der Hand hielt sie eine kleine Schachtel. Als sie sich neben Emma setzte, knackte etwas. Hoffentlich waren es Marinas Knie und nicht der Dachstuhl.

»Sorry, wir haben dich gar nicht gesehen«, flüsterte Emma deutlich verlegen.

»Ich hätte mich früher bemerkbar machen sollen«, erwiderte Marina, oder besser: nuschelte sie. »Aber ich hatte Angst, euer Mitbewohner würde noch kommen.«

Mitbewohner. Nicht Bastian.

»Der hatte keine Lust«, sagte ich.

Von Marina wehte der Hauch kalten Zigarettenrauchs herüber. Was sie wohl mit ihren Kippen machte?

»Und jetzt seid ihr beiden Turteltäubchen ganz allein?«

Marina beugte sich zur Seite. Emma lehnte sich unwillkürlich nach hinten.

»Jetzt ja nicht mehr«, sagte ich. Emma kicherte. Marina setzte sich wieder gerade hin. Ich erkannte gerade noch, wie ihr Lächeln vom Gesicht verschwand.

»Lacht nur. Ihr wollt die Wahrheit über …« Die folgende Pause wirkte ungeplant. Marina schien erst jetzt überlegen, ob sie einen Namen nannte. »… die Wahrheit ja nicht sehen.«

»Welche Wahrheit?«

Ich hätte es auf sich beruhen lassen sollen. Zu viel Wissen belastet, das war nicht nur ein dummer Spruch. Aber darüber würden Emma und ich uns noch häufiger streiten. Auch und vor allem mit Bastian. Unsere Nachbarin zog die Beine an und umfasste die Knie, wie um sich zu wärmen.

»Ich erzähle euch mal eine Geschichte. Die Einordnung müsst ihr selbst vornehmen. Aber ihr beide seid clever, ich glaube, ihr versteht, was ich meine. Also, die Geschichte geht so: Da gab es eine Frau, attraktiv, alleinstehend, glücklich. Eines Tages spürt sie, dass ein neuer Bewohner im Haus ihr nachstellt, sie immer wie zufällig vor dem Haus trifft, ihr zum Einkaufen folgt, manchmal spät abends vor ihrer Wohnungstür steht, um nach Eiern, Mehl oder Milch zu fragen. Sie spürt, dass er mehr von ihr will. Sie findet ihn anfangs ganz nett, aber je länger er ihr nachstellt, wie ein Stalker, um so unheimlicher wird er ihr. Irgendwann sagt sie ihm, dass er sie bitte in Ruhe lassen soll, da sie von ihm nichts will. Er tut so, als sei alles ein Missverständnis, und die Frau denkt, jetzt sei alles okay, aber dann geht es erst richtig los. Post verschwindet aus dem Briefkasten, jemand dringt heimlich in ihrer Abwesenheit in ihre Wohnung ein und durchsucht ihren Kleiderschrank. Anrufe von unbekannten Telefonnummern auf ihrem Handy in der Nacht folgen, und wenn sie rangeht, hört sie nur obszönes Stöhnen und Keuchen. Der Mann, der in der Wohnung unter ihr wohnt, spielt nachts auf einmal immer wieder laute Musik, klaut ihre Schuhe, terrorisiert sie regelrecht, und alles nur, weil sie ihm einen Korb gegeben hat. Und die Polizei sagt, sie könne nichts tun, solange niemand angegriffen oder bedroht wird.«

Nach diesem langen Monolog holte Marina tief Luft. In meinem Kopf rotierten die Gedanken. Ich konnte kaum glauben, was sie uns da gerade erzählt hatte.

»Und das ist jetzt die Wahrheit über… wen genau?«, fragte ich, obwohl ich die Antwort kannte. Ich konnte es nicht einfach auf sich beruhen lassen.

Durch unsere Nachbarin ging ein Ruck. »Das werdet ihr schon noch herausfinden. Denkt mal drüber nach, bevor ihr hier weiter rumturtelt«, fauchte sie. Unvermittelt stand sie auf. Schwankte. Kam der Dachkante bedrohlich nahe. Eine Sekunde lang fürchtete ich, sie würde einen Schritt zu weit gehen und in die Tiefe stürzen. Doch sie fing sich wieder.

»Männer können so grausam sein, vor allem, wenn sie nicht bekommen, was sie wollen.«

Mein Blick wanderte zwischen Emma und der Frau, die sich ausdruckslos vorbeugte, nach ihrer Zigarettenschachtel griff und ohne ein weiteres Wort zur Dachluke ging. Nach einem Klappen war es wieder ruhig.

»Kannst du mir erklären…«, begann ich.

»Nein, kann ich nicht. So gut kenne ich sie auch nicht. Ich weiß nur, dass sie gerne mal einen zu viel trinkt, und dann wird sie launisch.«

»Also meint sie Bastian gar nicht?«

»Ich weiß nicht. Ich höre die Geschichte zum ersten Mal.« Langsam löste sich der Knoten in meinem Bauch wieder.

»Jetzt verstehe ich auch, warum Bastian jetzt nicht so enthusiastisch war, als ich die Leute aus dem Haus eingeladen habe.«

Sie lachte. Meine Neugier war für den Augenblick gestillt, die Kälte wurde unangenehm. Irgendwann wurden die Pausen zwischen unseren Sätzen länger und der helle Streifen am Horizont wechselte von lila zu blau.

»Lass uns gehen«, sagte sie schließlich. »Bastian sagt, wenn man hier einschläft, kann das lebensgefährlich sein.«

Es klang, als würde sie es nicht glauben. Aber niemand musste sie auf die nahe Dachkante hinweisen und die fünf Stockwerke freier Fall. Sie war alt genug. Auf dem Weg nach unten tippte sie erneut und mit sichtlicher Verärgerung eine Nachricht in ihr Smartphone. Anschließend gestand sie, sie würde mit ihrem Freund chatten, der sich wieder einmal seinen Beteuerungen zum Trotz, nicht hatte blicken lassen, weil er mit seinen Kumpels irgendwo versackt war. Anscheinend brach er häufig seine Versprechen und hielt Verabredungen nicht ein. Meine tröstenden Worte klangen hoffentlich authentischer als gemeint.

In der nach Party riechenden Wohnung war Bastian schon nicht mehr zu sehen. Er hatte anscheinend mit seiner Bekannten die größte Unordnung beseitigt, den Rest würde ich morgen machen. Müde und ohne viel Aufhebens verzogen wir uns nacheinander ins Bad und danach in unsere Zimmer. Betäubt sank ich in mein Bett und dachte an Emma.

Schloss die Augen, fuhr Achterbahn, bis mir schlecht wurde, und machte die Augen wieder auf. Die Übelkeit schwand.

»Nie wieder Alkohol…«, hörte ich mich flüstern. So viel hatte ich doch gar nicht getrunken. Ich griff nach meinem MacBook, das neben meinem Bett stand, weil ich darüber meine Serien streamte, nach denen ich süchtig war. Jetzt eine Runde *American Gods* zum Einschlafen, bevor ich mich mit dem großen weißen Telefon unterhalten musste, weil mir das Bier wieder hochkam. Ich hätte es nicht mit der Berliner Luft mischen dürfen, die irgendein Gast angeschleppt hatte. Ich schwör, es war der Likör. Ich loggte mich bei Netflix ein, startete die letzte Folgen, die ich noch nicht bis zum Ende gesehen hatte, und legte mich mit dem MacBook auf dem Bauch in die Kissen. Sekunden später fielen mir die Augen wieder zu.

8.

Als ich aufwachte, befand sich das MacBook im Ruhezustand. Die Straßenlaterne dröhnte gelb. Ein leichter Wind wehte durch mein offenes Fenster. Hinter meiner Stirn pochte es hartnäckig. Immer wenn ich zu wenig Wasser zum Alkohol trank, bekam ich zuverlässig in der Nacht zwischen zwei und drei Uhr Kopfschmerzen. Ein Arzt hatte mir mal erklärt, ich sei das perfekte anatomische Beispiel dafür, wie Alkohol die Durchblutung der Hirnhaut störte.

Beim Aufstehen wurde mir schwarz vor Augen. Im Flur brannte kein Licht. Langsam rollte ich zur Küche. Die Bretter flüsterten unter meinen Schritten. Der feine Schmerz glitt zwischen Nasenwurzel und Augenhöhle wie ein kleines, dünnes Messer. Ich füllte ein Glas mit Wasser und trank hastig. Auf dem Rückweg hörte ich das Stöhnen, Klatschen von Haut auf Haut.

Ein kleiner Stich fuhr mir ins Herz. Emma und Bastian? Also doch? Jetzt erst sah ich, dass die Tür zu Bastians Zimmer nur angelehnt war.

Leise schlich ich näher. Tiefes, gutturales Brummen, Flüstern, Keuchen, Pause, Flüstern und Schmatzen. Und wieder klatschende Haut.

Im Zimmer war es dunkel. Das macht man nicht, rief es in meinem Kopf, man beobachtet seine Mitbewohner nicht beim Sex. Doch ich konnte nicht widerstehen. Vorsichtig spähte ich in Bastians Zimmer. Durch den winzigen Spalt zwischen Tür und Rahmen sah ich genau auf das an der rechten Seite des Raumes stehende Bett.

Die beiden Menschen waren nackt, ihre Haut glänzte kalkig blau, ihre Kleider waren ein dunkler Haufen auf dem Boden. Die vordere Person wippte unter Bastians Stößen nach vorne. Durch den Winkel konnte ich keine hängenden Brüste sehen, nur den Kopf der Person, die Schultern, die Arme. Ich erkannte kurze Haare und spürte, wie sich die Erleichterung in meinem Bauch in ein Kribbeln zwischen meinen Beinen verwandelte.

Emma hatte lange Haare, aber die junge Dame, die Bastian noch beim Aufräumen geholfen hatte, passte gut ins Bild. Ihre Finger krallten sich in die Matratze. Bastian umklammerte ihre Hüften und zog sie auf sich, immer wieder.

In diesem Moment spürte ich auf meinem Gesicht den Luftzug durch den Spalt. In seinem Zimmer war auch ein Fenster geöffnet. Die Tür schwang eine Handbreit auf und klappte dann geräuschvoll zu.

Ich schreckte auf und huschte, so lautlos es ging, in mein Zimmer zurück. Dort drückte ich behutsam die Tür ins Schloss und lauschte. Bastians Zimmertür klickte. Dann war es wieder still.

Mieterinitiative

Die Übertragung von *relativ kleiner* und *relativ größer* auf die beiden blauen Kugeln in direkten Vergleich ist falsch. Beide blauen Kugeln sind bei der Ebbinghaus-Illusion gleich groß.

1.

»Und? Wie fühlt sich das Leben hier an?«

David schielte auf die Baustelle hinter dem Zaun. Wir waren nach der Arbeit in die alte Willner-Weißbierbrauerei um die Ecke gegangen. Man konnte den Eindruck gewinnen, als sei die Welt außerhalb des S-Bahn-Ringes für ihn eine Todeszone. Pankow, genannt Prypjat. Weil die Menschen hier total verstrahlt waren. Und ihre Langeweile ansteckte. Dabei war hier längst schon alles kontaminiert.

Serkan schlenderte mit einem neuen Bier quer durch den Biergarten, der an diesem Maiabend wieder aus allen Nähten platzte. An langen Biertischen saßen schicke Menschen, aßen Pizza von Papptellern und tranken Allgäuer Büble und Pilsner Urquell.

Vor zehn Jahren hatte der gescheiterte Karstadt-Retter Nicolas Berggruen das Ensemble gekauft und zur Zwischennutzung freigegeben. Nachdem er es fünf Jahre lang hatte vor sich hin gammeln lassen, hatten Künstler, Gastronomen und andere Macher das Gelände gepachtet. Der Trödelmarkt war ausgezogen, und die Räume wurden für Ausstellungen und Events genutzt. Zur Berliner Straße hin, die den Pendelverkehr aus dem Norden absaugte, war ein Biergarten entstanden, im alten Zollhaus eröffnete eine Pizzeria, die L'Antica Dogana.

Selbst Serkan und David, die beide in Friedrichshain wohnten, kannten Emils Biergarten (benannt nach dem Gründer der Brauerei), und waren einverstanden gewesen, sich das mal anzusehen.

Im letzten Jahr jedoch, und das hatte ich schon gegoogelt, bevor ich eingezogen war, hatte Berggruen die Brauerei an einen Berliner Investor verkauft, der das Ensemble bereits lautstark sanierte. Die Künstler hatten zum Jahresende ihre Ateliers verlassen müssen, nur der Biergarten und die Pizzeria hatten bis zum Herbst noch eine Galgenfrist bekommen.

»Es ist schick, siehst du doch«, grinste ich und prostete meinen Kollegen zu, nachdem Serkan sich in einen der glücklich ergatterten Liegestühle mit Heineken-Werbung auf dem Segeltuch hatte fallen lassen.

»Da bist du ja gerade nochmal rechtzeitig hergezogen, oder?« Serkan schob seine Sonnenbrille über die Stirn. Er trug wieder eines der T-Shirts mit hyperkreativem Aufdruck: *No Wummen, no cry*. Statt Bob Marley prangte ein stilisiertes Maschinengewehr auf der Brust. »Nächstes Jahr musst du wieder mit der Teerpappe im fünften Stock Vorlieb nehmen.«

»Wenn das Dachgeschoss nicht auch plötzlich saniert wird«, unkte David. Hinter den Bäumen, die den Biergarten von der Straße abschirmten, ratterte erst eine U2 den Viadukt hinab in den Tunnel, dann bretterte eine Straßenbahn vorbei. Angeblich würden auf dem Gelände der Brauerei nur Büros und Ateliers entstehen. Für Wohnungen, fand ich, war es hier auch zu laut, aber inzwischen konnte man ja sogar an den Durchgangsstraßen alles vermieten, was Bad und Küche hatte.

»Ich lade euch rechtzeitig ein. Genießt es, solange es da ist.«

Wir unterhielten uns noch eine Weile über die Veränderung der Stadt. Berlin, so fand Serkan, hatte in den letzten Jahren im gleichen Maße an Popularität gewonnen, wie es an Charme verloren hatte. So viele Clubs hatten schließen müssen, so viele Baulücken, Brachen, Freiräume waren verschwunden. Gesichtslose Neubauten hatten ihren Platz eingenommen. Die Touristen schien es nicht zu stören.

In den vergangenen fünfzehn oder mehr Jahren hatte ich alles von der Stadt mitgenommen, was ich mit beiden Händen greifen konnte. Partys bis zum Morgengrauen in unsanierten Altbauwohnungen, Konzerte in den unmöglichsten Locations von abwegigen Punk- und Rockbands. Ich war in Clubs auf Koks eingestiegen, auf Abrisspartys abgestürzt und im Volkspark Friedrichshain auf einem Kronkorkenteppich aufgewacht.

Die zwölf Stühle von Ionescos Stühle in irgendeinem abgefuckten Theater über TwoTickets, ein Teamouting im Dunkelrestaurant, Ausstellungen von Helmut Newton im c/o Berlin, Demo für Barack Obama am Stern, Demo gegen rechts am Alex, mit meinen Eltern auf dem Fernsehturm, Schneeballschlacht auf der Oberbaumbrücke, und immer hatte ich das Gefühl gehabt, ich würde etwas verpassen.

Erst in den letzten ein oder zwei Jahren hatte sich mein Bedürfnis nach immer neuen Reizen abgeschwächt. Aber Hauptstadtmüde war ich deshalb noch lange nicht. Ich war nur etwas selektiver geworden.

David sagte, unsere Chefs stünden gerade mit einem unserer beiden Hauptkunden in Vertragsverhandlungen, während der zweite Kunde, ein Telekommunikationsdienstleister, demnächst pitchen lassen wolle. Ohne Neugeschäft würden wir entweder den Pitch gewinnen oder Leute entlassen müssen. Serkan und ich nahmen das gelassen hin. In gewisser Weise waren wir alle nur Söldner, immer bereit, für den nächsten Warlord in den Krieg zu ziehen.

Nach dem dritten Bier, als die Temperaturen im Biergarten unangenehm kühl wurden und kurz nachdem die spanischsprachige Bedienung hinter dem Ausschank die letzte Runde eingeläutet hatte, erzählte ich den beiden von Emma.

Wenn nicht gerade ein Konzert im Astra oder in einem der vielen kleinen Clubs anstand, in das ich mit Serkan oder David ging, weil einer von uns gehört hatte, genau diese Band habe den Punk neu erfunden, suchte ich ihre Nähe. Emmas Arbeitszeiten waren unregelmäßig. Manchmal hatte sie Montag frei, manchmal am Mittwoch, meist arbeitete sie einen Tag am Wochenende, manchmal an beiden, deshalb war ich froh, wenn wir uns wenigstens abends trafen.

Sie profitierte in ihrem Kletterwald von der wachsenden Zahl an Neuberlinern, die nach Berlin kamen, weil es hier hip war und die Start-ups so unglaublich kreativ mit Jobtiteln lockten, die in krassem Missverhältnis zu den tatsächlichen Aufgaben standen.

»Ich hoffe, es bleibt noch ein bisschen so«, sagte Emma. Sie verdiente nicht viel in ihrem Job. Aber sie hatte Spaß an der Arbeit. Ihr Lebensstandard war niedrig und das WG-Zimmer bezahlbar, kein Auto fraß ein Loch ins Konto und sie dachte nur an den nächsten Trip zu den schönsten Kletterfelsen der Welt.

»Vielleicht mach ich noch ein Studium, oder eine Weiterbildung. Geld kann ich immer noch zurücklegen. Ich bin ja noch jung.«

Gerne hätte ich ihr widersprochen, aber es war nicht meine Aufgabe, sie daran zu erinnern, dass es meistens anders kam. Und eigentlich wusste ich es auch nicht besser. Außerdem wollte ich keinen Streit, denn sie hatte diese offene, sehr direkte Art, auf die ich total abfuhr. Manchmal strich sie sich das mittellange strohblonde Haar hinter das Ohr und blickte mich skeptisch an, bevor sie schallend lachte. Wenn sie aufstand, um zum alten Büffet zu gehen, in dem wir unsere Gläser, Becher, Teller und den häufig benutzten Flaschenöffner aufbewahrten, bewunderte ich ihren leicht entenfüßigen Gang.

Sie hatte im vergangenen Jahr eine anstrengende Beziehung mit einem Barkeeper geführt. Mal hatte er sie nach einem Streit mit einer Kollegin betrogen (was ihm unglaublich leidgetan hatte, weil er sooo betrunken gewesen sei); mal war er einfach eine Woche, ohne sie zu informieren, mit einem Kumpel nach Südfrankreich an die Atlantikküste in den Urlaub gefahren, um zu surfen (was sie erst mitbekommen hatte, als die ersten Fotos auf Instagram aufgetaucht waren). Das müsse sie doch verstehen, ein Mann, seine Freiheit, nicht verheiratet.

Seit zwei Wochen war endgültig Schluss, wie ich aus einer Statusmeldung bei Facebook schloss. Aus *In einer Beziehung* hatte Emmas Freund *Single* gemacht. Ohnehin teilte sie ziemlich freizügig ihr Leben auf Facebook. Die Daten ihres Fitnesstrackers, die erreichten Laufziele, die Runden auf dem Kissingensportplatz. Wann sie einen Ausflug gemacht, welchen Freund sie wo getroffen hatte. Dazu Selfies in jeder Position und, was ich mit zunehmender Nervosität wahrnahm, immer wieder nur leicht bekleidet.

Ich fand, dass Emma die Trennung sehr tapfer und gefasst aufnahm. Doch ab und zu sah ich die rotgeweinten Augen, hörte ich die Gesprächsfetzen, mit denen sie Freundinnen oder Familie ihre Wut, ihre Enttäuschung und ihre Trauer ins Telefon flüsterte.

Ob sie ihn aus ihrer Freundesliste bei Facebook entfernen solle, fragte sie eines Abends, als wir uns alle drei zufällig in der Küche trafen, und Bastian zuckte mit den Schultern. Ob sie überreagiert habe, fragte sie, und ich schüttelte den Kopf.

Ob sie einfach neu anfangen solle, fragte sie, und wir beide nickten.

Mir gefiel Emma trotz der offensichtlichen Schwäche, das Naheliegende zu erkennen. Ihr Freund war ein Arsch. Aber sie hing an ihm. Liebe reichte vielleicht als Erklärung.

In einer Boulder-Halle, die in einer ehemaligen Montagehalle an der Mühlenstraße untergebracht war, ging Emma häufiger klettern, und als ich eines Abends sagte, ich müsse mehr für meinen Rücken tun, schlug sie vor, ich solle doch mal mitkommen.

Bouldern war Emmas Ersatz für das Klettern im Gebirge. Sie war mit ihren Eltern früher immer in den Bergen gewesen, und wenn sie wieder genügend Geld zusammen hätte, würde sie vielleicht erst einmal ins Elbsandsteingebirge fahren. Da gäbe es tolle Kletterrouten. Und danach lockten die USA. El Capitan. Ob ich den kennen würde.

Natürlich tat ich das. Ich kannte ihn nicht nur aus Star Trek V, sondern auch vom Desktop meines MacBooks. Beim Gedanken an einen Aufstieg wurden mir schon die Knie weich. Emma schien es anzuspornen.

In einer klimatisierten Halle auf einen künstlichen Felsen zu steigen, statt in die Berge zu fahren und die Natur zu bezwingen, passte zu mir. Ich war ohnehin mehr der Stadtmensch. Und wer in der Werbung arbeitete, hatte ohnehin immer das Gefühl, dass nichts mehr authentisch war. Kletterrouten auf dem Urban Mountain waren doch ebenso wenig ein Abenteuer wie eine Fahrt mit einem BMW X5 durch die Großstadt.

Nicht der Ehrgeiz, die schwerste Route nach oben zu finden, war mein Antrieb - ich machte es für meinen Rücken. Wenn man den ganzen Tag am Computer sitzt, braucht man einen körperlichen Ausgleich.

Zuvor war ich schon drei oder vier Mal im Ostblock klettern gewesen, jedoch noch nie zu zweit, und bereits nach den ersten Aufstiegen hatte ich das Gefühl, etwas verpasst zu haben. Wir diskutierten die verschiedenen Routen, die Griffe, machten uns gegenseitig vor, wie man diese oder jene Hürde nehmen konnte. Wir überzogen uns mit harmlosem Spott, wenn es einen von uns auf die Matte haute und sprachen für jede als schwer markierte Route, die wir schließlich bis zum Gipfel erklommen, ernsthaft gemeinte Anerkennung aus.

Emma half dabei, die Farben auf den Griffen richtig zu lesen und die Route festzulegen. Manchmal standen wir zehn Minuten lang vor der Wand. Um uns herum ein Auf und Ab von drahtigen Kletterern, mit Magnesiumbeuteln an der Körperseite, die sich elegant von Griff zu Griff schwangen. Ab und zu knallte jemand auf die blaue Matte, lachend, um gleich darauf wieder aufzustehen und sich aufs Neue in die Wand zu krallen.

Emma nahm den Sport ernster als ich, sie konnte sich an einer Route festbeißen, immer wieder den Aufstieg versuchen, während ich bereits aufgegeben und eine leichtere Variante gewählt hatte.

Als schließlich die Finger schmerzten und die Knie zitterten, als die Muskeln in den Oberschenkeln gegen jeden weiteren Aufstieg protestierten und uns das T-Shirt am Körper klebte, ließen wir den Felsen hinter uns und überließen die Herausforderungen denen, die nach uns kamen.

Zuhause setzten wir uns mit einem Bier auf das Dach, ließen die Füße baumeln und erzählten uns von den Orten, zu denen wir noch reisen wollten.

Wir beäugten uns, flirteten. Aber bis zu dem Abend, an dem wir die Briefe entdeckten, hatten wir uns noch nicht gefunden. Ich mochte Emma vom ersten Tag an. Emma war chaotisch, aber im besten Sinne. Sie war sprunghaft, sagte heute dies und morgen das Gegenteil, sprühte vor Energie, wenn wir klettern gingen, und hatte Tage, an denen sie vor lauter Langeweile nicht aus dem Bett kam. Doch ganz gleich, ob sie geschminkt und mit tiefem Dekolleté bereit für eine durchgetanzte Nacht war oder ein viel zu weites T-Shirt zu den Schlaffalten auf der Wange trug – wenn ich Emma sah, wurde der Wunsch, sie zu küssen, übermächtig.

Ihr Lachen war ein sympathisches Glucksen, bei dem sich ihre Wangen röteten. Sie hatte kein Problem damit, dass ihr Rock – sie trug immer Röcke, selbst im Winter, sagte sie – beim Sitzen hochrutschte, und als wir eines Abends wieder einmal auf dem Dach saßen und zusammen ein Bier tranken, verriet auch ihr Oberteil, dass sie nicht viel von Unterwäsche hielt.

Einmal fuhren wir zusammen mit der Regionalbahn zum Wandlitzsee und liefen weiter an den Liepnitzsee. Es war ein heißer Frühsommertag, und wir hatten einen ruhigen Platz abseits der Hauptbadestelle für uns allein, was für einen See um Berlin herum ziemlich selten war.

Das letzte Mal war ich hier mit David in seinem schrottreifen Golf IV gewesen, vor drei Jahren, als die A114 wegen Blow-ups gesperrt worden war und wir über Marzahn hatten zurückfahren müssen.

Damals wie heute hatte ich an das Kind denken müssen. So ging es mir immer, wenn ich an einem See war. Zuverlässig überwältigte mich die Erinnerung wie ein ins Rutschen geratener Haufen Altmetall. Deponiert auf dem Schrottplatz Namens Hirn, auf dem nichts verloren geht und wo man immer etwas ganz Anderes findet, als man gesucht hat.

Ich kniff die Augen zusammen. Kurz nur, bis das Bild von Eis und Schnee und den patschenden Händen verschwunden war.

Kurz darauf zog sich Emma sich vor unseren Augen ihren Bikini an, um kreischend von der niedrigen Böschung ins Wasser zu springen. Dass sie bei Bastian Hoffnungen weckte, die sie nicht erfüllen konnte oder wollte, war ihr wohl nicht bewusst. Sie war nicht blöd, aber vermutlich wusste sie manchmal nicht, wie sie auf andere Menschen wirkte.

Es war das erste Mal, dass wir zusammen als WG etwas unternahmen, und es kamen auch nicht mehr viele Gelegenheiten. Obwohl der Sommer lang und heiß war, blieb es bei diesem einen Besuch am See. An diesem Tag, als Bastian, mit seiner haarigen Brust und den bunten Badeshorts, an seinem Bier nuckelte und Emma betrachtete, als habe er sie noch nie zuvor angesehen.

An diesem Tag sah auch ich nicht nur zu Emma hinüber, sah nicht nur zu, wie sie erst aus dem T-Shirt glitt, den Rücken uns zugewandt, um anschließend nach dem Bikinioberteil zu greifen; sah nicht nur, wie sie die bunten Dreiecke gegen ihre gar nicht so großen, aber sehr ansehnlichen Brüste presste und die losen Bänder nach hinten führte. Ich sah nicht weg, als sie den Slip herunterstreifte und sich nach vorne beugte, um ihr Bikinihöschen zu angeln, konnte nicht mit der gleichen Unschuld wie sie übergehen, wie sie, die Entfernung zu ihrer Tasche unterschätzend, auf alle Viere ging, um sich dann, mit dem Höschen in der Hand, auf ihr Handtuch zu setzen, die Beine auszustrecken und endlich die nackten Tatsachen zu bedecken.

An diesem Tag sah ich nicht nur zu Emma hinüber, ich prägte mir jedes Detail ihres Körpers ein und konnte danach keines mehr vergessen.

In meiner Agentur googelte ich sie, durchsuchte Facebook und Instagram nach Fotos von ihr. Beim nächsten Kundenbriefing bekam ich wieder nur die Hälfte mit, weil ich an meine Mitbewohnerin dachte.

Obwohl meine Agentur wie viele hippe Arbeitgeber in Berlin alles dafür tat, mich von früh bis spät in ihren Räumen zu halten (Frühstück um 8:30 Uhr auf Agenturkosten, PlayStation und gebrandeter Kicker im Spieleraum, Raucher- und Trinkerraum mit kostenlosen Alkoholika ab 18:00 Uhr) suchte ich Emmas Nähe und schrieb ihr WhatsApp-Nachrichten in unregelmäßigen Abständen, um die Wahrscheinlichkeit, sie in der Wohnung anzutreffen, deutlich zu erhöhen.

In Berlin spielt sich das Leben im Sommer ja meistens draußen ab, was besonders für dieses Jahr galt, wo der heiße Frühling nahtlos in den Sommer überging und sich alles darauf freute, beim Public Viewing die Fußball-WM in Russland zu verfolgen. Viel zu selten lagen Emma und ich auf dem Dach und guckten über die Stadt, hielten uns dabei an den Bierflaschen fest, als könnten sie den Absturz verhindern, statt ihn erst zu ermöglichen.

Emma erzählte nicht selten Schauergeschichten von jungen Männern, die beim Feiern auf Hausdächern durch ungesicherte Lichtschächte oder morsches Gebälk in die Tiefe gestürzt und ums Leben gekommen waren. Deshalb nahmen wir uns vor, nie mehr als zwei Flaschen Bier oder eine halbe Flasche Wein aufs Dach mitzunehmen und vor allem nicht betrunken zu gehen. Aber das war natürlich Quatsch.

Zu einem Fehltritt brauchte es nicht mal 0,5 Promille.

Wenn wir allein waren, und das kam häufiger vor als gedacht, weil Bastian uns keine Gesellschaft leistete, flirtete ich sehr offensiv mit Emma. Je länger ich mit ihr unter einem

Dach wohnte, umso größer wurde die Sehnsucht nach ihr. Ich hatte keine Ahnung, ob es ihr ebenso ging, aber die Bereitwilligkeit, mit mir aufs Dach zu gehen und dort in der Hitze des frühen Abends bei einem guten Gespräch dem Tag ausklingen zu lassen, machte Hoffnung.

Hoffnung, worauf?, hörte ich Bastian fragen. Auf das, was kommt, hätte ich ihm gesagt.

Eines frühen Abends standen wir in der Küche, bereit, uns mit einer Flasche Wein auf das Dach zu setzen, und fanden den Korkenzieher nicht. Vermutlich hatte meine Mitbewohnerin ihn verschlampt.

»Ich hatte ihn nicht zuletzt«, schmunzelte sie. Man konnte in Emma lesen wie in einem Buch. Und ihr war das ganz recht. Das wusste ich nicht erst, seitdem sie ihre Fitbit vorgezeigt hatte, dieses Armband, das den Puls messen konnte und ein Fitnessprofil erstellte. Über eine App gab sie die Wassermenge ein, die sie täglich trank. Sie hatte ihr Limit auf drei Liter gestellt. Ein Glas waren 250 Milliliter, eine Flasche ein halber Liter. Jede Stunde erinnerte sie das Armband daran, sich zu bewegen, wenigstens 250 Schritte zu tun. Fünf Übungen am Tag. Zehntausend Schritte. Zehn Etagen. 800 Kalorien. Was immer sie aß, wurde notiert.

Emma war so stolz auf die Möglichkeiten zur Selbstoptimierung gewesen, dass sie Bastians Skepsis gar nicht verstanden hatte.

»Irgendwann will die Krankenkasse sehen, welche Daten du damit erhebst, ansonsten erhöht sie deinen Tarif«, hatte er gesagt, und sie hatte geantwortet: »Aber das sind doch gesetzliche Kassen, die können das doch nicht einfach.«

»Die dürfen jetzt schon Rabatte einräumen. Und irgendwann wird kontrolliert, wie viel rotes Fleisch du isst und wie viel Wein.«

»Noch muss ich das selbst eingeben, dann behaupte ich einfach, ich trinke Wasser und saufe stattdessen Wein.«

»Ah, also muss dir die Kasse erst einmal vertrauen.«

Ich schlug in die gleiche Kerbe. »Wenn es hart auf hart kommt, weil du krank wirst, werden die Indizien herangezogen.«

Emma hatte erst geschmollt und dann schon fast wütend mit Argumenten zurückgeschossen. Das Gespräch hatte noch an Intensität zugenommen, bis Emma unseren Mitbewohner seltsam distanziert angesehen hatte und ich begriff, dass ich die Rolle des Skeptikers lieber Bastian überlassen sollte, wenn ich bei Emma noch etwas erreichen wollte.

An diesem Abend bemerkte sie meinen Blick auf ihr Smartphone, in dem sie jedes Glas Wasser, das sie aus dem Hahn zapfte und beinahe feierlich trank, auf den Milliliter genau notierte. Ich erinnerte mich wieder an die Distanz zwischen Bastian und ihr, als er zu viel gesagt hatte.

»Sag nichts«, sagte sie streng.

Ich zuckte mit den Schultern. »Solange dieses Ding noch nicht erkennt, welche Flüssigkeiten du heute zu dir nimmst, sollten wir das ausnutzen«, grinste ich augenzwinkernd. Emma, die gerade Luft geholt hatte, vermutlich, um mir zu unterstellen, ich sei wie Bastian ein miesepetriger Schwarzseher, hielt den Atem an, blinzelte und neigte keck den Kopf.

»Wie meinste denn das?«

»Erklär ich dir, wenn ich die Weinflasche aufbekommen habe.«

Sie lachte, ich lachte. Auf der Suche nach dem Korkenzieher berührten sich unsere Arme. In meinem Bauch kribbelte es, als ich zum großen Büffet hinüberging, das den Raum dominierte. Es war ein großes Möbelstück aus dem vorigen Jahrhundert, dessen braunes Holz unter einer dicken

Schicht weißer Farbe verschwunden war und nur an den abgestoßenen Ecken wieder zum Vorschein kam.

In den vergangenen Wochen hatte ich versucht, die Ordnung in den vielen Schubladen, Regalen und Fächern zu verstehen, hatte mich bemüht, Töpfe und Teller, Schalen und Gläser an ihren Ort zurückzustellen. Bei Kochlöffeln, Flaschenöffnern und anderen Utensilien jedoch war ich gescheitert. Lagen die im Messerfach zwischen Kugelschreibern und Schaschlikspießen, die noch nie jemand benutzt hatte? Oder doch eher in der Schale mit den Kronkorken, die anscheinend jemand sammelte, um daraus vielleicht einmal ein Kunstwerk zu machen? Und was steckte in der zweiten Schublade, die immer klemmte? Insgeheim ahnte ich bereits, dass es da gar keine Ordnung gab.

An diesem Abend zog ich erst die linke Schublade auf, fand nichts, und griff dann instinktiv nach der rechten Lade, und ich wusste später nicht, was ich anders gemacht hatte, aber diesmal glitt sie auf.

Statt rostiger Messer und geklauter Flaschenöffner sprangen mir vier Briefe entgegen. Ungeöffnete. Offiziell aussehende.

»Hoppla«, sagte ich und griff zu. »Bunkert da jemand unbezahlte Rechnungen?«

Das also war Bastians Macke, seine dunkle Seite. Einen Moment lang wurde mir flau im Magen. Privatinsolvenz, Räumungsklage und Umzug. Doch ehe ich Emmas Stuhl rücken hörte und spürte, wie sie mir über die Schulter sah, las ich die Namen auf den Umschlägen.

»Wer ist denn Sigrid Byczkowski?«

Beim Nachnamen brach ich mir beinahe einen ab. Emma verlor sofort wieder das Interesse.

»Ach, die, die lagen irgendwann bei uns im Briefkasten, kurz nachdem wir die Wohnung übernommen haben.

Danach hat Bastian die Namen vom Briefkasten entfernt.« Ich hörte die Stuhlbeine über die Dielen kratzen.

Rasch blätterte ich durch die Umschläge wie durch ein Kartenspiel. Die Briefe hatten zwei Empfänger. Eine Sigrid Byczkowski und einen Gregor Schubert. Ich ahnte selbstverständlich, dass die Adressaten hier in unserer Wohnung gelebt hatten, als Vormieter, aber ich wollte es von Emma hören.

»Kennst du die?«

Aus dem Hintergrund antwortete Emma gelangweilt: »Ja, das heißt, ich weiß, dass die hier vorher gewohnt haben. Also, nein, ich kenne die beiden nicht. Suchst du noch den Korkenzieher oder soll ich mal?« In ihrer Stimme lag ein Tonfall, der zu verstehen gab, dass sie kein Interesse an einer Fortsetzung des Gesprächs hatte.

Meine Neugier, die Briefe zu öffnen, wuchs, und auch das Unverständnis über Emmas Reaktion.

»Wollen wir sie aufmachen?«

Emma seufzte. »Weißt du, wie oft ich schon diese Briefe aufmachen wollte? Und wie oft mich Bastian gebeten hat, die einfach zurückzulegen?«

»Und worauf wartet ihr? Dass mal jemand kommt und sie abholt?«

Emma zuckte mit den Schultern. »Frag Basti. Ich habe auf diese Diskussion keine Lust mehr.«

Diesmal seufzte ich. Emma war eindeutig der falsche Ansprechpartner. Die linke Schublade klapperte erneut. Der Korkenzieher lag zwischen den Kochlöffeln. Chaos, dachte ich, dein Name ist Emma.

Ohne das Thema zu vertiefen, verließen wir mit der Weinflasche und die Wohnung. Etage für Etage genoss ich den Anblick. Was für ein Glück, dachte ich, dass ich in diese WG gezogen war. Auf dem Dachboden war es dunkel. Sie kicherte. Ich kicherte mit. Die Gläser sangen. Hoffentlich waren wir da oben allein.

Die schmale Dachluke nahm sie vor mir und die Aussicht auf die Berliner Skyline war längst nicht so atemberaubend.

Nebeneinander sitzend schwiegen wir uns erst ein bisschen an, dann erzählten wir uns von unserem Tag und mit jedem Glas rückten wir enger zusammen.

»Ist eigentlich mal was zwischen dir und Bastian gelaufen?«, fragte ich, als die Sonne dicht über den Dächern stand und der Wein zur Neige ging.

»Komisch, dass du das fragst.«

Ich tat unschuldig. »Wieso?«

»Irgendwie hatte ich das Gefühl, als hätte er mich in der Woche nach unserer Einweihungsparty angebaggert. Als wir in der Küche saßen. Da hat er so seltsame Bemerkungen gemacht. Sowas wie: Ich fand es nett auf dem Dach. Sollten wir mal wieder häufiger machen. Und dabei hat er so ein bisschen anzüglich gelächelt.«

Anzüglich lächeln? Konnte ich mir bei Bastian gar nicht vorstellen. »Und das wäre für dich total abwegig, mit einem Mitbewohner was anzufangen?«

Emma sah mich von der Seite an, versteckt hinter ihrem Glas.

»Weißt du, Bastian und ich wohnen seit einem Jahr zusammen, doch ich weiß weniger über ihn als über dich, obwohl du erst ein paar Wochen hier wohnst. Er ist so anders als ich, er ist mir zu verschlossen.«

»Ich dachte, Gegensätze ziehen sich aus, ich meine, an.«

Emma hob die Augenbrauen. So offensiv hatte ich lange nicht mehr geflirtet.

»Und du findest, wir sind uns ähnlicher?«

»Du meinst, zu ähnlich, um uns auszuziehen, pardon, schon wieder, ich weiß gar nicht, was mit mir los ist. Ich meine natürlich: um uns anzuziehen.«

»Das läuft irgendwie aufs Gleiche hinaus.«

Emma lächelte mich an und ich spürte meine Handflächen kribbeln und im Bauch dieses Kitzeln.

»Du hast meine Frage gar nicht beantwortet.«

»Hast du mir eine gestellt?«

Der laue Wind wehte ihr die Haare in die Stirn. Sie sah niedlich aus mit ihrer Stupsnase und dem Schmollmund. Kein Wunder, dass Bastian verrückt nach ihr war.

»Ich könnte dir tausend Fragen stellen, wenn ich nur welche wüsste.«

Sie beugte sich vor. »Ich liebe Männer mit Humor.«

»Schade«, flüsterte ich. »Ist gerade keiner da.«

Ihre Antwort kitzelte mich an der Oberlippe. »Ich lach später im Keller.«

Und dann küssten wir uns. Irgendwo ganz weit im Westen versank die Sonne hinter den Dächern. Ich hatte noch nie an einem so gefährlichen Ort gevögelt. Romantisch? Nicht mehr.

Denk an das, was fallen könnte. Emma machte erst die Beine breit, nachdem wir die leere Weinflasche außer Reichweite gebracht hatten.

Denk nicht an ein weiches Bett. Ich schrammte mir, ganz ohne zu klagen, die Knie an der Teerpappe auf.

Denk an die Nachbarn. Emma stöhnte leise und biss in meine Unterlippe.

Denk an das, was kommt.

»Gummi?«, flüsterte ich. An den Koitus interruptus dachte unser Nachbar vermutlich nicht.

Das Fenster klappte.

Ich schnappte nach Luft.

Denk an den Slip um deinen Knöchel, Emma. Denk an den Reißverschluss, Lennart.

Wir kicherten, wälzten uns in die Hosen, stopften und lachten. Erst schob sich ein Kopf durch die Öffnung, dann der Oberkörper. Ich kannte ihn, oder besser: ich erkannte ihn, denn um ihn zu kennen, hätte ich in den vergangenen Wochen zumindest einmal an unser Gespräch anknüpfen sollen.

Es war Tobias, auf dem Kopf wieder diese lächerliche Ballonmütze.

»Hi«, sagte er, als er uns entdeckte. Ich starrte auf meinen Schritt. Meine Lust wehrte sich noch gegen den abrupten Gedankensprung. Emma zog ihr T-Shirt über den Hosenbund.

»Hi.« Emma brach wieder in hysterisches Kichern aus. Unser Nachbar stellte eine Flasche Rotwein, aus deren Hals ein nachlässig gestopfter Korken ragte, sowie ein leeres Wasserglas auf dem Dach ab und kletterte hinterher. Emma hielt sich die Hand vor den Mund. Worauf warteten wir?

»Geil, oder?«, seufzte sich Tobias, nachdem er sich umständlich gesetzt hatte, und starrte in den Sonnenuntergang. Der Korken kullerte. Das Glas randvoll. »Fast wäre ich zu spät gekommen.«

»Ich glaube, eher ein bisschen…«

Emmas Ellenbogen verhinderte von unserem Nachbarn unbemerkt einen viel zu naheliegenden Kalauer. Sie schwärmte vom Ausblick, den Dächern, der Stadt, der Freiheit.

»Genießt es, Freunde.« Gönnerisch klang er, großspurig und etwas zu anbiedernd. »Genießt es, solange ihr noch könnt. Bald wird auch das letzte Haus luxussaniert sein und diese Aussicht steht nur noch den Reichen offen.«

Ich seufzte innerlich.

Diese Diskussion war doch so alt wie die Stadt. Die einen nannten es Veränderung, die anderen Gentrifizierung. Es kam immer auf die Sichtweise an. Natürlich mochte ich auch keine Stadt, die nur noch gesichtslosen Investoren gehörte. Eine Stadt gehörte denen, die darin lebten. Aber wir waren in Berlin doch weit von den Verhältnissen in London, New York oder China entfernt. Städte, in denen die Wohnungen leer standen, weil die neuen Besitzer nur auf eine Preissteigerung hofften, um ihr Investment dann mit Gewinn wieder zu verkaufen. Aber wollte ich jetzt darüber reden? Wollten Emma und ich nicht eigentlich in meinem Zimmer unsere WG-Beziehung vertiefen?

Meine stummen Gedanken schien Tobias als Aufforderung zu verstehen. Die Investoren. Die Verdränger. Die Politiker.

»Wir können doch nicht zusehen, wie hier die Mieten durch die Decke gehen und sich die Stadt keiner mehr leisten kann, nur, weil irgendwelche gesichtslosen Limited-Gesellschaften aus England meinen, hier den großen Reibach machen zu können. Guck dir Wien an. Da leben zwei Drittel der Menschen in öffentlichen oder öffentlich geförderten Wohnungen. Und bei uns? Gucken wir zu, wie die Stadt verschachert wird und verkaufen noch eifrig kommunalen Wohnungsbestand. Das ist doch Irrsinn. Und am Ende kostet der Quadratmeter 20 Euro. Bei diesen Löhnen. Wer soll sich das denn noch leisten können?«

Mit jedem Wort kam er mehr in Fahrt.

Er wohnte seit zehn Jahren in diesem Haus. Er hatte sie alle kommen und gehen sehen: Die alte Frau, die seit ihrer Geburt in diesem Haus gewohnt hatte und mit den Füßen voran herausgetragen worden war. Die Arbeiterfamilie, die irgendwann in ein kleines Häuschen am Stadtrand gezogen war. Die Studenten, die eine WG aufgemacht und sich zerstritten hatten, um schließlich von einer neuen

Wohngemeinschaft abgelöst zu werden. Die schwulen Singles. Die alleinerziehende Mutter.

»Ist euch aufgefallen, dass unser Haus das letzte Haus in der Nachbarschaft ist, das noch nicht saniert wurde? Ich sehe doch schon die Heuschrecken durch die Straßen laufen.«

Er machte eine Pause, nahm einen Schluck Wein. Die Sonne war kaum noch zu sehen. Die Schatten waren lang und tief geworden. Jetzt, jetzt musste ich Emmas Hand nehmen und sie fragen, ob wir nach unten gehen sollten, doch der Moment war so flüchtig wie die Romantik auf dem Dach.

»Ich habe gehört, dass unser Haus verkauft werden soll. Das passiert doch alles unter dem Radar. In meinem Mietvertrag steht irgendeine GmbH aus Dresden. Und wenn die verkaufen will, kriegen wir das doch gar nicht mit, dann schreiben uns die neuen Eigentümer nur, dass hier alles zu Eigentum umgewandelt wird. Und dann? Wo sollen denn die hin, die hier wohnen? In die Randbezirke? Ich kann mir keine der neuen Wohnungen leisten.«

»Echt jetzt?«, rief Emma aufgeregt. Ihre Hand geriet außer Reichweite. »Die schmeißen uns raus?«

»Klar, es sei denn, du kannst dir eine Wohnung leisten.«

Ich seufzte. »Und wie sicher ist das? Die Umwandlung in Eigentumswohnungen?«

Tobias setzte ein mitleidiges Lächeln auf. »Das geht schneller als du denkst. Was meint ihr, sollen wir nicht eine Mieterversammlung einberufen? Wir sind doch alle betroffen. Wir sollten uns abstimmen, wie wir vorgehen. Abfindung verlangen oder so.«

Er habe es einmal miterlebt, wie Mieter hinauskomplimentiert wurden. Jetzt sei er schlauer. Erst müsse man sich lange genug wehren, dann kämen die

Angebote. Er würde jetzt mal herausfinden, wer das Haus kaufen wolle, und ordentlich Rabatz machen.

»In der Gleimstraße hat doch dieser Geschäftsmann alle Mieter bis auf einen rausgeekelt. Der hat sich fünf Jahre lang gewehrt, und jetzt darf er bleiben. Ich sag dir, wenn dieser Typ, dieser Investor dahintersteckt, dann kann der sich auf meinen Widerstand freuen.«

Damit mochte er ja recht haben, aber irgendwie hielt ich seine Aussagen für Panikmache. Es war nur so ein Gefühl. Schließlich kannte ich ihn nicht. Aber wo war der Beweis für seine Behauptungen?

»Bin dabei«, rief Emma. Ihr blasses Gesicht war ein heller Fleck in der Dämmerung. Hoffentlich fiel sie in ihrer Begeisterung nicht vom Dach. Die beiden Altbewohner stießen miteinander an, während ich noch überlegte, ob ich nach der Quelle für die Informationen fragte. Aber ich hatte keine Lust auf eine Diskussion, ich wollte zwischen Emmas Beine.

»Das wäre doch gelacht…«, tönte Tobias.

»Mich müssen sie mit den Füßen voran aus diesem Haus tragen«, rief Emma trotzig zurück. Das hatte sie schon einmal gesagt, direkt nach meinem Einzug. Ihr Enthusiasmus ging in eine vollkommen falsche Richtung. Sie hatte Lust auf Widerstand, ich auf Penetration. Doch trotz aller Erregung entging mir nicht, dass unser Nachbar plötzlich verstummte. Lag es am Sonnenuntergang oder an einem tiefen Gedanken? Ich nutzte die Gesprächspause, um Emma einen Wink zu geben.

Emma lächelte ertappt, doch sie blieb sitzen.

»Weißt du noch, wie wir tagelang die Wohnung renoviert haben? Eigentlich wollten auch die anderen Leute aus dem Haus helfen, aber die Einzigen, die dann gekommen sind, wart du und Marina.«

Unser Nachbar starrte in die Ferne, doch Emma schien es gar nicht zu bemerken, oder es war ihr egal. Sie redete weiter und Tobias ließ ab und zu gedankenverloren ein zustimmendes Brummen verlauten.

»Du hast den ganzen Flur gestrichen. In einem Rutsch. Philipp und ich haben noch den letzten Boden abgeschliffen und Bastian hat geschimpft, weil er meinte, der Staub würde in der Farbe landen, aber am Ende hat die Wohnung spitze ausgesehen.«

Ich lachte und ärgerte mich zugleich ein bisschen über Emma. Ein Ende des Gesprächs rückte in weite Ferne. Seufzend ergab ich mich meinem Schicksal.

»Wundert mich nicht, dass die anderen Nachbarn nicht gekommen sind. Das ist ein bisschen wie beim Umzug. Plötzlich hat jeder was vor oder Rückenprobleme.«

Tobias lachte spöttisch. »Ach, was weißt du denn. Du bist doch auch nur einer von denen, die hier einziehen, weil die Miete noch so schön niedrig ist, aber für die Menschen hier im Haus interessierst du dich einen Scheiß.«

Was hatte ich Falsches gesagt? Hatte ich ihn beleidigt? Vielleicht hatte aber auch deshalb keiner geholfen, weil ihnen die neuen Mieter wie die ungeliebten Gentrifizierer vorgekommen waren.

»Sorry, das war gar nicht böse gemeint, ich kenn doch eure Nachbarn gar nicht…«

Tobias winkte ab.

»Schon gut. Vergisst es, ist ein sensibles Thema. Weißt du, jeder Mensch, der umzieht, verändert doch schon etwas. Jeder einzelne. Er gibt mehr Geld im neuen Kiez aus, seine Freunde kommen nach, geben auch mehr Geld aus. Darauf reagieren die Geschäftsleute. Sie machen neue Kneipen auf, die ziehen wieder neue Leute an und so weiter. Jeder einzelne bewirkt eine Veränderung, im Guten wie im Schlechten. Das solltet ihr euch merken.«

Tobias goss nach.

Irgendwie wohnten in diesem Haus nur Alkoholiker. Das Gespräch war beendet, die Sonne untergegangen, das Interesse verebbt.

Emma streckte die Beine aus. Ihr Zeh kitzelte mich.

»Ich merke etwas Anderes…«, begann ich.

Das Kitzeln ihres Zehs wurde zu einem Streicheln. Sie beugte sich herüber.

»Ich kann mir nicht vorstellen, dass du dich nicht für die Menschen in diesem Haus interessierst«, wisperte sie. Die Dachluke wurde endlich wieder zu einer Option.

2.

Liebe auf den ersten Blick gibt es nicht. Es gibt Annäherung. Behutsam. Langsam. Wachsende Vertrautheit. Verständnis. Sympathie. Anziehung. Begehren. Und dann vielleicht Liebe. Aber da waren wir noch längst nicht. Ich mochte ihren Hintern, ihre glattrasierten, kräftigen Beine, ihre spitzen Titten. Und nach der ersten Nacht konnte ich davon nicht mehr genug bekommen.

Es war Abhängigkeit im besten Sinne. 36 Stunden lang konnten wir keine Sekunde lang die Finger voneinander lassen und hatten Glück, dass Bastian seit Freitagabend außer Haus war. Er hatte uns nicht gesagt, wohin er ging, und wir hatten nicht gefragt. Vielleicht war er Freunde besuchen, vielleicht in seine Heimat gefahren.

In der Sekunde, in der wir uns überlegten, ob wir in den nächsten Stunden ungestört sei würden, wurde deutlich, wie wenig ich und vor allem Emma über unseren Mitbewohner wussten. Jedenfalls sah er nicht, wie wir nackt durch die Wohnung flitzten, zwischen Küche, Bett und Bad pendelten und schließlich einen Scheiß darauf gaben, ob man uns bis ins Treppenhaus hörte.

Der wackelige Küchentisch wurde zu einer Liebeschaukel, die Dusche zu einem türkischen Bad, und in ihrem Bett musste ich ihr beweisen, dass Sperma tatsächlich wie die Hölle im Haar klebte. Es war, als hätte ich den Korken aus der Flasche gezogen und den Geist herausgelassen. Ich hatte nie besonders viele sexuelle Erfahrungen sammeln können. Mein Erfolg bei Frauen war immer eher überschaubar gewesen und ich hatte mich immer für wenig attraktiv gehalten. Umso glücklicher war ich, dass Emma so offen war.

Bis auf eine Sache. Ich bewunderte die Rinne über der Wirbelsäule, die kleinen Grübchen über den Steißbeinen, und schickte meine Hände und Finger ganz tief auf Wanderschaft.

»Aber da nicht«, stöhnte sie, den Kopf ins Kissen gedrückt, und ich respektierte ihren Wunsch.

Am Sonntag verließen wir gegen Mittag zum ersten Mal wieder die Wohnung. Emma wollte auf den Flohmarkt im Mauerpark gehen. Ihr war es egal, wie kommerzialisiert er geworden war. Bevor wir das Haus verlassen hatten, hatte uns Emma noch mit ihrer Espressomaschine zwei starke Kaffee gekocht. Ich müsse noch die Nacht durchmachen, hatte sie lachend gesagt.

Wir hatten ein paar Caipirinhas auf dem Food Court getrunken, dazu einige südamerikanische Burritos.

Leicht angetrunken und etwas verliebt waren wir über den Markt geschlendert. Sie suchte nichts und fand bei einem Trödler ein Regal.

»Da können Sachen aus dem Büffet rein. Die Gewürze zum Beispiel«, hatte sie gesagt und das Regal hochgehalten, als würde es schon an der Wand hängen. Drei Etagen hoch, verfügte es an der Unterseite über mehrere Haken, an die man Tassen hängen könnte. Oder Handtücher. Oder Kochtöpfe.

»Wir könnten auch einfach ein paar Sachen wegwerfen«, hatte ich noch erwidert, doch Emma war Feuer und Flamme gewesen und hatte zehn Euro einem Mann gezahlt, der mit einer unglaublichen Gleichgültigkeit seinen Stand bewachte.

Der Nagel verschwand sehr leicht in der Wand. Zu leicht. Trockenbau. Hinter dieser Wand lag das Badezimmer. Hoffentlich hatte ich keine Leitung getroffen.

»Das hält nicht«, sagte ich. Emma winkte ab und hielt mir den zweiten Nagel entgegen.

»Die paar Gewürze…«

Ich war anderer Meinung und griff für den zweiten Haken zu einer Schraube. Nachdem wir das Regal aufgehängt hatten, betrachteten wir unser Werk. Es hing schief. Aber es verbarg den Fleck an der Wand. Ich schielte zu Emma hinüber. Sie hängte ein paar Tassen unten an die Haken, überlegte es sich anders, tauschte die Tassen durch einen Metallsieb aus. Da wir längst nicht so viele Gewürze hatten, um das Regal zu füllen, nahm Emma noch ein paar Marmeladengläser mit ungeklärtem Inhalt aus dem Büffet und stellte sie auf das unterste Brett.

Ich stellte mich hinter sie und griff ihr an die Brüste. So offensiv bin ich normalerweise nicht, aber ich hatte das Gefühl, als sei ich bei Emma richtig. Sie legte den Kopf nach hinten an meine Schulter und flüsterte mir etwas ins Ohr. Das Angebot konnte ich nicht ablehnen.

Wir saßen eine Stunde später beim Wein und warteten auf Bastian, als ich ein leises Knistern hörte. Nicht auch noch Mäuse, dachte ich erst, doch plötzlich wurde aus dem Knistern ein Knacken und ehe ich *Regal* rufen konnte, krachte es laut, und in einer Lawine aus Gläsern, Handtüchern, Gewürzen und Küchengeräten rauschte das Regal zu Boden.

Emma sprang auf, kreischend, als sei da doch irgendwo die Maus und nicht nur eine lose Schraube. Ein Glas kullerte. Stille.

Ich war ebenfalls aufgestanden und stellte mich neben Emma. Wir starrten die Wand an. Das Regal hatte ein großes Loch in der Trockenbauwand hinterlassen. Ein Loch, das weitaus größer war als die Schraube. In der klaffenden Lücke im grauen Gipskarton glänzte es metallisch. Hatte es Teile des Ständerwerks zerfetzt? Würde jetzt die ganze Wand einstürzen?

Beim Näherkommen sah ich, dass das Loch in der Wand symmetrisch war, nein, sogar mehr als das. Es war rechteckig. Jemand hatte ein Stück aus der Wand herausgesägt und erneut eingesetzt. Genau dieses Stück war jetzt herausgebrochen. Als ich mich bückte, um das Stück Trockenbauwand aufzuheben, entdeckte ich den Schlüssel auf dem Boden. Er lag neben dem zerbrochenen Marmeladenglas zwischen Kronkorken, Schrauben und alten Batterien.

»Was hast du da?«, fragte Emma.

»Einen Schatz«, sagte ich und wollte das Z wie Gollum in die Länge ziehen, doch Emma lachte auch so.

»Oh, geheimnisvoll«, raunte Emma. »Der Schlüssel zur Wahrheit.«

»Der Schüssel zur Weisheit«

Emma kicherte. »Der Schlüssel zu meinem Herzen«, wisperte sie. »Woher kommt der?«

»Aus dem Marmeladenglas«, sagte ich. Es war ein Schlüssel für ein normales Sicherheitsschloss mit Zylinder, wie es in jeder modernen Wohnungstür zu finden war.

»Quatsch«, sagte Emma und guckte in das Loch in der Wand. »Der war doch da drin versteckt.«

Ich lachte. »Warum sollte sich jemand die Mühe machen, einen Schlüssel in einer Trockenbauwand zu verstecken.«

Ich dachte an den Film *Die wunderbare Welt der Amélie*, in dem die Protagonistin in ihrem Badezimmer durch reinen Zufall die versteckten Schätze eines kleinen Jungen gefunden hatte. Sammelkarten, Murmeln, Spielfiguren. Kinderschätze.

»Vielleicht gibt es hier eine geheime Tür.«

»Hinter der sich in einem geheimen Zimmer die Geheimnisse der Welt verbergen.«

Emma schmunzelte. »Aber wohin sollte der Schlüssel sonst führen?«

Ich nahm ihn ihr aus der Hand und griff gleichzeitig in meine Hosentasche.

»Ist das ein Wohnungsschlüssel?«

Der Schlüssel an meinem Bund und der Schlüssel aus der Dose waren nicht einmal vom selben Hersteller. Passte er zu einem Schließfach im Bahnhof? Ich verwarf den Gedanken wieder. Die sahen anders aus. Zu einem Banktresor? Ich hatte keine Ahnung, wie die aussahen, aber bestimmt nicht wie die zu einer Haustür.

»Als ihr die Wohnung übernommen habt, war die Wand da schon drin?«

Emma zog das Kinn ein. »Meinst du, ich wüsste, wie man eine Wand baut?«

»Du nicht, aber vielleicht Bastian.«

Sie schüttelte den Kopf und öffnete den Mund, um etwas zu erwidern, als es an der Tür klingelte. Wir sahen uns ratlos an und öffneten dann.

Im Treppenhaus stand ein alter Mann, sichtlich außer Atem. Sein graues Haar hing ihm wirr ins runzlige Gesicht, als habe er vor wenigen Momenten noch geschlafen. Er war mindestens 80, trug ein beiges Strickjackett über einem weißen Hemd, das in einer grauen Hose steckte. An den Füßen bunte Filzlatschen.

So also sieht Herr Kassulke aus, dachte ich, jedenfalls, wenn er wütend ist.

»Hörnse mal, watt veranstalten Se hier denn? Kegeln Se?«

Ratloser Blick zu Emma, die sah verdutzt zurück, dann schaltete ich.

»Entschuldigung, Sie meinen bestimmt den Knall eben gerade. Wir wollten ein Regal aufhängen. Leider hat die Wand nicht gehalten.«

Der alte Mann winkte ab.

»Das Poltern, das Poltern, dit war doch nur das i-Tüpfelchen uff dit Janze. Eine Stunde lang haben Se doch hier jegen die Wände jehämmert, als wollten Se dit Haus einreißen.«

Eine Stunde. Emmas Bett war etwas wackelig. Ich hatte das rhythmische Hämmern im Hintergrund für den Takt unserer Geilheit gehalten, dabei war es Herr Kassulke gewesen. An meiner Schulter kicherte Emma.

»Entschuldigen Sie, Herr Kassulke, jetzt sind wir still.«

Der alte Mann winkte ab und drehte sich um.

»Dit sacht ihr doch immer, und dann jeht dit Gefeiere gleich wieder los. Seit da euer Obermieter eingezogen is', ist dit hier nich' mehr zu ertragen. Früher, da war dit hier noch leise, als da dit Pärchen lebte, aber heute, ne, also, ick versteh dit nicht. Als würden da Elefanten über mir wohnen.«

Er tastete sich steif und weiter grummelnd, ohne dass ich ihn verstand, an die erste Stufe heran und wollte hüftkrank wieder eine Etage tiefer steigen, als mir etwas einfiel.

»Herr Kassulke, darf ich Sie mal um Rat fragen?«

Der greise Mann drehte sich schwerfällig um. In seinen Augen blitzte müde der alte Schalk.

»Wie man leise in der Wohnung von einem Raum in den anderen jeht? Dit kann ich Ihnen verraten.«

Ich zog den Schlüssel aus der Hosentasche und trat näher.

»Haben Sie eine Idee, wo dieser Schlüssel passen könnte?«

Herr Kassulke beugte sich vor, griff zu und drehte den Schlüssel zwischen den zitternden Fingern hin und her.

»Wurden nach dem Einzug vielleicht die Schlösser ausgetauscht und ist es der alte Wohnungsschlüssel?«

Der Alte schüttelte den Kopf, kramte umständlich seinen Schlüsselbund aus der Hosentasche und hielt die beiden Schlüssel aneinander. »Nee, dit kann nicht sein. Ick hab noch den Orijinalschlüssel, seit se nach der Wende hier die Schlösser ausgetauscht haben. Und die sehen anders aus.«

Er gab den Schlüssel zurück. Offensichtlich hatte er recht.

»Ham Se dit schon mal im Dachboden probiert?«

»Es gibt einen Dachboden?«, fragte ich scheinheilig.

»Ja, früher ham wer da unsere Wäsche jetrocknet, aber heutzutage hängt sich da eher jemand selbst uff, wa?«

Er lachte heiser.

»Ich probiere es mal.«

»Ja, jehn Se ruff, aber seinse leise. Es gibt in diesem Haus ooch Menschen, die Ruhe brauchen. Ihre Vormieter, die ham dit verstanden, Sigrid und, na, wie hieß er…?«

Die Briefe in der Schublade. Natürlich.

»Gregor Schubert?«

Aus den Augenwinkeln sah ich, wie Emma anerkennend den Mund verzog.

»Jenau. Die waren leise, wa? Da hamse nix jehört, nich' am Tach und nicht nachts. Aber von heut uff morgen sindse verschwunden, und dann ist Ihr Obermieter einjezogen. Und hier die junge Dame hier doch ooch.«

Er fuchtelte mit dem Finger und zeigte auf Emma. Seine indirekte Ansprache fand ich schräg. Vielleicht hatte er sich zu häufig über sie beschwert.

»Und wenn er nicht im Dachboden passt, gibt es vielleicht einen Kellerraum?«

»Keller? Watt wollnse denn mit nem Keller? Watt Se da reinstellen, brauchense nich mehr. Stellnse Ihren Krempel lieber uff die Straße, dann nimmt dit noch jemand mit und Se sparen sich dit Runtertragen.«

Das hatte ich schon einmal gehört. Herr Kassulke tastete sich von Stufe zu Stufe. Ich bekam Angst, dass er stolpern und sich den Oberschenkelhals brechen würde.

»Und wenn wir doch was in den Keller stellen wollten?«

Auf halber Treppe hörte ich ihn brummeln.

»Fragense doch Ihren Obermieter.«

Dann war er verschwunden. Emma und ich lächelten uns an. »Jetzt weißte Bescheid«, sagte ich.

»Du hast doch den Lärm verursacht.«

Sie grinste anzüglich und ich bekam wieder Lust auf sie, aber ihre Neugierde war noch nicht gestillt. Wir stiegen über die ausgewetzten Stufen nach oben, passierten die Wohnungstür, hinter der das englischsprachige Pärchen lebte, gleich gegenüber von Marina und unterhalb der alleinerziehenden Olga mit dem ewig kreischenden Kind in der Kinderetage. Schuhe vor der Tür, Fußmatten aus Filz, jede Wohnungstür sah anders aus. Was ist der Quotient aus Individualität pro Etage? 0815? IKEA?

Schließlich standen wir wieder vor der Tür zum Dachboden. Normalerweise hätte ich sie jetzt am Knauf angehoben und aus dem Schloss gedrückt.

»Jetzt bin ich aber mal gespannt.«

Nach einem beinahe verschwörerischen Seitenblick zückte Emma den Schlüssel. Er passte nicht. Aber einen Versuch hatten wir noch.

»Wusstest du, dass im Dunkeln gut Munkeln ist?«

Emma grinste anzüglich.

Die Klappen zum Keller öffneten wir gemeinsam. Diesmal fand ich den Lichtschalter. Die Neonröhren an der Kellerdecke flackerten auf. Fünf Stufen lang knirschte der abgebröckelte Putz unter meinen Schuhen. Hinter mir hörte ich Emma atmen. Dann trat ich in den Gang, von dem die Verschläge abgingen.

Unsere Schritte klangen dumpf. Der erste Keller lag gleich links. Ich holte den Schlüssel aus der Hosentasche und steckte ihn in das Vorhängeschloss. Er passte, und eine Sekunde lang schöpfte ich Hoffnung, doch dann ließ er sich nicht drehen.

Ich schüttelte den Kopf. Der Gang erstreckte sich weiter. In der Tiefe die Kellerräume. In der Luft der Geruch nach Vergänglichkeit, nach Konservierung von Dingen, die kein Mensch mehr brauchte. Was hatte Bastian gesagt? Dinge, die man ein Jahr lang im Keller aufbewahrte, konnte man wegwerfen. Hier lagen vermutlich eine Menge nutzloser Dinge herum.

In das nächste Schloss konnte ich denn Schlüssel nicht einmal hineinstecken, weil es zu klein war. Auch die anderen Türen verweigerten sich meinem Öffnungsangebot.

»Schade.« Emma spielte mit dem Schlüssel. »Vielleicht doch ein Schließfach?«

»Er könnte überall passen. Ein anderes Haus, eine Wohnung irgendwo in der Stadt. Ich schließe nicht einmal ein Fahrradschloss aus.«

Die Spur verlief im Nichts. Niemand würde vermutlich je herausfinden, wofür der Schlüssel gut war. Auf dem Weg nach unten flachsten wir über all die verschlossenen Türen, über all die Geheimnisse, die nie gelüftet würden.

Wir legten den Schlüssel in das Glas mit den Batterien und stellten es in den Küchenschrank.

Vielleicht fand sich ja noch ein Schloss dazu.

3.

Donnerstag war ihr freier Tag. Obwohl sie meine WhatsApp nicht beantwortet hatte, trieb mich die Hoffnung, Emma in der Küche oder auf dem Dach zu treffen, zurück nach Hause. Ich hatte nichts zu tun gehabt, in der Agentur herrschte für einen Moment gespenstische Stille. Einen Tag lang waren alle Projekte abgeschlossen, lagen beim Kunden zur Freigabe. Neue Briefings waren für morgen angekündigt. Ich konnte eine Überstunde abbauen, obwohl es das offiziell nicht gab. Überstunden wurden mit dem Gehalt abgeglichen. In keiner Werbeagentur hatte ich es anders erlebt. Zwar arbeitete ich selten länger als nötig, wenn man meine Arbeitszeiten überschlug, kam ich dennoch auf weit mehr als 40 Stunden in der Woche.

Erst als ich die Bewegung im Trödelladen bemerkte, wurde mir bewusst, dass ich in den vergangenen Wochen nie vor achtzehn Uhr nach Hause gekommen war.

Ich lehnte mein Rad an die Hauswand und betrat den Laden.

Mich empfing muffige Luft. Der kleine Raum, vielleicht 15 Quadratmeter groß, war mit Ausrangiertem aller Art vollgestopft. Was man von draußen hatte erkennen können – Spielzeug aus den letzten 60 Jahren, Musikinstrumente, Werbeschilder, kitschige Bilder, Küchengeräte – wurde innen ergänzt durch Kleinmöbel und Bananenkisten, in denen Bücher Rücken an Rücken lagen; Zipperbeutel aus Plastik mit Legosteinen, sortiert nach Farbe oder Funktion; von der Decke hängende Lederjacken, über die sich Anhänger des Dritten Reichs freuten. In IVAR-Regalen von IKEA standen Kisten mit Comics, Playmobil-Figuren und Kristallgläser.

An einem Durchgang in die hinteren Räume posierte eine Schaufensterpuppe. Sie trug ein Basecap und ein weißes Hemd zu ausgeblichenen Jeans. Gerade als ich mich fragte, wo der Inhaber des Ladens sein mochte, bewegte sich die Puppe.

»Tag«, sagte sie und ich zuckte zusammen. Mein Schreck musste sehr deutlich sichtbar gewesen sein, denn bevor ich den Gruß erwidern konnte, sagte der Mann beinahe schuldbewusst: »Kann ich helfen?«

Ich legte theatralisch eine Hand auf die Brust und lachte.

»Ich wohne seit ein paar Wochen hier im Haus und wollte hier immer mal reingucken.«

»In der WG?«

»Bei Bastian und Emma.«

Der Mann, den ich zwischen 40 und 50 Jahre einschätzte, nahm die Information mit einem leichten Nicken zur Kenntnis und verzog den Mund, als wollte er sagen: wie auch immer.

»Kennt ihr euch?«

Er schüttelte den Kopf.

»Was kann ich für Sie tun?«

So selten wurde ich in Berlin noch gesiezt, dass es beinahe unangenehm war. »Ich wollte mich nur mal umsehen.«

Wortlos nickte er wieder, als wollte er erneut sagen: was auch immer.

»Ich habe mich gefragt, wie man einen solchen Laden finanziert, wenn man nur zwei Tage die Woche geöffnet hat. eBay? Flohmärkte?«

»Jupp«, sagte er und verschränkte die Arme vor der Brust. »Und mit Stammkunden und Entrümplungsservice.«

Diesmal hob ich den Kopf, um stumm Aha zu sagen und ihn dann wieder fallen zu lassen.

»Irgendjemand stirbt immer. Dann kommen die Erben und wollen den Plunder loswerden.«

Ich drehte mich zum Regal mit den Playmobilfiguren um. Was hatte ich eigentlich mit meinem Spielzeug gemacht? Flohmarkt? Oder lag es noch bei meinen Eltern im Keller?

Vor allem aber beschäftigte mich eine Frage: Was genau wollte ich hier? Smalltalk? War da nicht etwas, das seit ein paar Tagen in meinem Kopf herumspukte? Manchmal fühlte ich mich, als sei mein Kopfrechner im ständigen Standy-Betrieb und ich müsste ihn für jede geistige Anstrengung erst wieder hochfahren. Erben. Sterben. Stimmt. Unsere Vormieter.

»Kennen Sie ein paar von den Leuten aus dem Haus?«

Der Mann legte den Kopf schief.

»Kennen? Ist zu viel gesagt. Bin viel zu selten hier.«

»Sie hießen Sigrid und…« Ich musste wieder überlegen. Anton. Bernd. Cäsar. Daniel. Emil. Franz. Günter. Ja, irgendwas mit G. Gabor. Gregor. Ich spürte die Erleichterung darüber, dass meine Kopfgooglesuche langsam, aber erfolgreich war. Schrottplatz Hirn. »… und Gregor. Die haben in unserer Wohnung gewohnt, im zweiten Stock. Kannten Sie die?«

Diesmal hatte ich seine Aufmerksamkeit.

»Sigrid, stimmt«, sagte er. »Wie er hieß, weiß ich nicht, aber sie war immer mal wieder da, wenn sie vom Arzt kam. Hat ihre Krankengeschichte erzählt. Ich glaube, sie hatte ein

Burnout. Kein Wunder, wenn man in diesen schnelllebigen neuen Unternehmen arbeitet. Hat mich beneidet, weil ich in ihren Augen so wenig arbeite.« Er rollte mit den Augen. »Wenn sie wüsste, was ich jedes Wochenende schaffe. Ach, die war naiv. Nett, aber naiv.«

Burnout. Wahrscheinlich war sie deshalb verschwunden. Raus aus Berlin, um sich zu therapieren. Irgendwo in die Provinz, wo es ruhiger zuging.

»Haben Sie eine Ahnung, wohin sie gezogen sind? Wir haben immer noch Briefe, die an sie adressiert sind.«

Der Mann sah mich spöttisch an. »Seh' ich aus wie das Einwohnermeldeamt?«

Seine Reaktion war mir unsympathisch. Das hätte man auch netter sagen können.

Dafür bekam er dennoch ein bemühtes Lächeln.

»Okay, vielen Dank.« Ich wandte mich um zum Gehen. »Falls ich mal ein neues Werbeschild für Zigaretten brauche, weiß ich ja, wo ich es finde.«

»Bei mir. Oder bei Amazon.«

Seine nachgeschobene Bemerkung wirkte sehr resigniert. Mich interessierte, wie er das gemeint hatte.

»Verkaufen Sie im Internet? Oder macht Ihnen das Onlinegeschäft zu schaffen?«

Der Mann verdrehte die Augen.

»So naiv kann man gar nicht sein.«

Konnte er nicht einfach mal nett antworten?

»Wenn ich hier nicht so eine niedrige Miete hätte …«

Die Pünktchen ersetzte ich in Gedanken durch: müsste ich ein billiges Lagerhaus suchen, meine Sachen in meiner Wohnung aufbewahren, mir einen richtigen Job suchen.

»Dann wollen wir mal hoffen, dass unser Haus noch lange so unsaniert bleibt, was?«

Vielleicht sollte er mal mit diesem Ballonkopf reden.

Ich erntete einen letzten unverständlichen Blick und verließ den Laden.

4.

Die Kneipe gleich bei der Kletterhalle war eine der wenigen Bars in unserem Viertel. Sie lag direkt an der Bundesstraße und hatte von außen den Charme einer Eckkneipe aus den 80ern. Auch innen versprühte sie keine echte Lebensfreude, woran auch die Fliesen eine Mitschuld trugen sowie der viele Platz zwischen den Tischen. Angeblich braute man hier sein eigenes Bier, aber irgendwie machten die Kessel im Nebenraum einen viel zu unbenutzten Eindruck.

Warum wir uns gerade dort getroffen hatten, wusste nur er.

Ich hatte ihm eine SMS geschickt und gefragt, ob er Lust habe, klettern zu gehen. Emma war mit einer Freundin unterwegs, und weil ich Bastian so lange nicht gesehen hatte, fehlte mir tatsächlich etwas.

Er sagte, Klettern sei nicht so sein Ding, aber wir könnten uns gerne gegen acht in dieser Kneipe gleich um die Ecke treffen, er sei ohnehin dort in der Nähe und hätte kurz Zeit.

Ob ihm der Laden gehörte? Ob es das war, womit er sein Geld verdiente? Investitionen in Szenegastronomie?

Ich rückte ziemlich schnell mit der Wahrheit über mich und Emma heraus. Natürlich musste er nicht alles wissen, aber ich fand, dass wir daraus kein Geheimnis machen durften. In Bastians Gesicht zeigte sich keine Reaktion. Die gewohnte Coolness hinter seiner Brille.

»Hattest du nicht gesagt, du würdest ein Zimmer suchen und keine Beziehung?«

»Ich war ehrlich nicht auf der Suche.«

Wo die Liebe halt hinfällt.

»Ich habe mir schon sowas gedacht. Man kann in Emma ja lesen wie in einem offenen Buch.«

»Sie ist halt etwas transparenter als andere.«

Ob er meine Anspielung verstand? Ich hatte gar nicht so direkt sein wollen, es war mir so rausgerutscht.

»Es ist eure Sache. Aber ich warne vor dem Knatsch, falls es nicht gutgeht.«

Ich suchte vergebens nach dem Sarkasmus in seiner Stimme.

»Man weiß ja nie«, sagte ich wie zur Entschuldigung, als wollte ich ihn beschwichtigen. Ich bereute insgeheim schon meine Offenheit. Eigentlich war es viel zu früh, aber ich mochte keine Geheimnisse.

»Wo die Liebe halt hinfällt.«

Äffte er mich nach?

»Prost.«

Er hob sein Weizenbierglas, nickte, ich nickte zurück. Das leise Klingen, mit dem sich die Ränder trafen, war versöhnlich harmonisch. Zwei Stunden lang hatte ich jeden Vier-Meter-Gipfel in der Halle erstiegen, der die Mühe Wert erschienen war. Und auf jeder Route hatte ich überlegt, wie ich Bastian von Emma erzählen sollte.

In den letzten Wochen war Bastian häufiger spät nachts nach Hause gekommen. Sein Schlüsselbund hatte so laut gerasselt und seine Schritte im Flur waren so schwer gewesen, dass ich mehr als einmal aus dem Schlaf hochgeschreckt war und, den Kopf voller hektischer Träume, um Atem gerungen hatte.

Wenn ich dann die Gelegenheit nutzte, um mich im Bad zu erleichtern und durch den dunklen Flur wankte, in dem nur die Standby-Leuchten des WLAN-Routers und der helle Streifen unter Bastians Zimmertür eine schwache

Orientierungshilfe boten, war mir, als röche es angebrannt, nach Rauch und Benzin, scharf und verboten. Ein Geruch, der nicht lange anhielt und am nächsten Morgen bereits wieder verschwunden war.

Bastian hatte schon in der Kneipe gesessen, als ich schließlich aus der Kletterhalle gekommen war. Nachdem ich ein Bier am Tresen geholt und mich gesetzt hatte, erzählte ich ihm vom Dach, von der Störung durch Tobias und wie danach eins zum anderen gekommen war.

Ein Jahr hatten sie zusammengelebt, ein Jahr lang hatte er vielleicht auf seine Chance gewartet, die nicht gekommen war. Denn gerade als Emma nach ihrer gescheiterten Beziehung wieder bereit gewesen war, hatte ich meine Beine unter ihren Küchentisch gestreckt. Ob er mich dafür hasste? Hatte er gehofft, die Lücke in Emmas Leben zu füllen? Oder verließ er als fairer Verlierer den Ring mit einem Handschlag? Vielleicht war es ihm ja auch egal. Ich hatte keine Ahnung. Vielleicht presste ich deshalb meine nassen Handflächen an das kühle Glas. Sag was Gemütliches. Sag Prost. Männer können Unausgesprochenes so wunderbar herunterschlucken.

»Auf das Unerwartete«, fügte ich hinzu, wie um ihm zu sagen, wie wenig Einfluss ich auf Emma ausgeübt hatte. Ob er mir glaubte, würde sich zeigen.

Wir unterhielten uns noch eine Weile über Beziehungen, vor allem über die von Emma, ihre Treue zu dem Typen, der sie ein Jahr lang hingehalten hatte. Einen kurzen Augenblick lang hatte ich den Eindruck, er würde von seiner unerfüllten Sehnsucht nach Emma berichten, und dass er nie wieder ohne sie leben wollte, aber dann überraschte er mit einer ganz anderen Frage.

»Ihr habt also Tobias getroffen? Und? Was erzählt er so?«

»Was sollte er erzählen?«

Bastian lächelte süffisant, so wie er es scheinbar immer tat, wenn er darüber nachdenken musste, ob er überhaupt auf eine Frage antworten sollte.

Wer bist du? Womit verdienst du dein Geld? Was machst du, bevor du nachts nach Hause kommst?

»Er hat doch immer nur ein Thema.«

»Du meinst die Angst, aus dem Haus vertrieben zu werden?«

Bastian schnaubte verächtlich.

»Der soll sich mal einen Job suchen, damit er auf andere Gedanken kommt.«

Es wirkte, als müsste er sich jedes Wort über Tobias abringen, mit jedem Satz einen Widerstand brechen. Über andere Menschen zu reden, zu tratschen, zu spekulieren lag ihm offensichtlich nicht.

»Er sagte, wenn unser Haus an einen Investor verkauft würde, dann könne der sich auf seinen Widerstand freuen.«

Bastian schüttelte mit gerunzelter Stirn den Kopf.

»Der hat echt Sorgen.«

Sein Bierglas leerte sich zur Hälfte.

Um uns herum wurden die Stimmen der anderen Besucher lauter. Viel war nicht los. Ich befürchtete in solchen Momenten, dass sich die Kneipe nicht lange halten und bald wieder dichtmachen würde.

Ich hatte von einer schwangeren Kollegin in der Agentur gehört, dass sie plötzlich überall nur schwangere Frauen und junge Mütter sah. Überall wo sie hinsah, hatten die Frauen entweder ebenfalls dicke Bäuche oder sie schoben Kinderwägen über die Bürgersteige. Dabei lebte sie nicht einmal im Prenzlauer Berg.

»Die Wahrnehmung verschiebt sich«, hatte sie gesagt. Es gab nicht mehr Schwangere oder junge Mütter als vorher, aber man ändert seine Sichtweise. Man achtet auf Dinge, die einem vorher nicht wichtig waren oder einfach nicht betrafen.

Mir ging es mit den eingerüsteten Wohnhäusern so.

Überall sah ich die Baugerüste, die entweder von einer Komplettsanierung kündeten oder einem Dachgeschossausbau. Das halb leerstehende Haus an der Wisbyer, Ecke Schönhauser, hatte zur Wisbyer hin etwas Farbe bekommen. Für mich ein Alibi. Der Putz war vorher an keiner Stelle ausgebessert worden. Und mitten im Job hatten die Maler anscheinend wieder ihre Sachen gepackt und waren zur nächsten Baustelle gezogen.

Überall in meinem Kiez und in den umliegenden Straßen entstanden neue Bauprojekte. 600 Wohnung in der neuen Gartenstadt, 120 im Haus Gotland. Sanierte Altbauwohnungen in der Binzstraße, exklusive Dachgeschosse in der Bornholmer.

Wenn ich die verwitterte Haustür aufschloss, einen Blick in den kleinen Trödelladen im Erdgeschoss warf, bevor ich mein Fahrrad durch den ramponierten und mit Graffiti übersäten Hausflur in den schäbigen Innenhof schob, die ausgetretenen Stufen in den zweiten Stock nahm, auf das Knarren der Dielen achtete, mich an den kunstvoll verzierten Treppengeländern erfreute, fragte ich mich, wie lange dieses Idyll noch hielt. Nur unser Haus trotzte dem Verwertungsdruck.

Ich hörte mich bestimmt schon an wie Tobias.

»Sag mal«, begann ich so beiläufig wie möglich. »Wer sind eigentlich Sigrid Byczkowski und Gregor Schubert?«

Seine Augen fixierten mich über den Rand seines Bierglases. Er ließ sich Zeit für den letzten Schluck. Ich fand, dass er eine gute Geschichte erzählen musste. Über Vormieter, die von heute auf morgen ausgezogen waren.

»Die haben vorher in unserer Wohnung gewohnt«, sagte er schließlich. Ich fand, dass er meinem Blick ganz bewusst nicht auswich. »Hast du die Briefe gefunden?«

Ich nickte.

»Warum hebt ihr die auf?«

Er veränderte die Position auf seinem Stuhl, als wolle er Zeit gewinnen für eine Antwort, und seufzte theatralisch.

»Soll ich sie wegwerfen? Ich kann die nicht nachsenden, ich habe keine Adresse. Ich habe immer gehofft, dass sich mal jemand meldet.«

»Und wenn man sie an den Absender zurückschickt.«

»Hast du mal draufgeguckt? Da kann man manchmal nicht mal sehen, von wem die sind.«

»Dann macht man sie auf und guckt nach.«

»Schon was von Briefgeheimnis gehört?«

»Schön blöd, wenn man keinen Nachsendeauftrag einrichtet, oder?«

Bastian ließ sich mit einer Antwort wieder viel Zeit.

»Ja, manchmal ist das so. Ein ganz schönes Dilemma, oder? Das Recht auf Privatsphäre trifft auf eine ebenso berechtigte Forderung nach Transparenz im Interesse des Gemeinwohls.«

Warum machte er aus solch kleinen Dingen nur immer gleich eine staatstragende Diskussion? Ich wollte ihn noch nach Marina und dem Schlüssel in der Wand fragen, doch Bastian holte plötzlich sein Smartphone aus der Hosentasche, trank sein Bier aus und sagte: »Ich muss los. Wir sehen uns zuhause.«

Ohne ein weiteres Wort ließ er mich sitzen, in dieser Kneipe, die zwischen gewollt und nicht gekonnt eingerichtet war und deren dort gebrautes Pale Ale bestimmt Kopfschmerzen verursachte.

Wo gehst du so schnell hin, dachte ich, und wieso habe ich das Gefühl, als würdest du etwas verschweigen?

Nachdem ich mein Bier ausgetrunken hatte, schwang ich mich auf mein Rad. Auf dem kurzen Weg nach Hause freute ich mich auf Emma, doch sie war nicht in ihrem Zimmer.

Enttäuscht ging ich erst duschen und anschließend schlafen.

5.

»Sag mal, hast du mein Joghurt gegessen?«

Emma schlug die Kühlschranktür zu. Sie sah verschlafen herüber. Ich hatte schon meinen Rucksack geschultert, bereit zu gehen.

»Welchen Joghurt?«

»Den ich vorgestern gekauft habe. Den Vanillejoghurt.«

»Nicht, dass ich wüsste. Ist er weg?«

Emma betätigte die Mechanik des Mülleimers in der Küchenecke. Der Deckel schwang auf. Ich sah auf mein Handy. Eigentlich hatte ich keine Zeit für Gedächtnislücken im Wert von 45 Cent.

»Gibt's doch gar nicht.« Sie bückte sich und fischte mit spitzen Fingern einen leeren Joghurtbecher aus dem Müll.

»Ich habe den nicht gegessen.«

»Ich auch nicht.«

Sie drehte sich um. Von mir erntete sie nur Achselzucken. Der Deckel des Mülleimers klappte wieder zu. Mein Blick fiel auf das Regal. Ich musste es reparieren, das Loch in der Wand stopfen. Die Füllmasse aus der Tube hatte ich gestern im OBI an der Ostseestraße gekauft. Vor allem musste ich von Bastian wissen, wer die Wand damals gebaut hatte und warum dort ein Schlüssel versteckt worden war.

Als ich am Abend nach Hause kam, saß Emma bereits in der Küche. Vor ihr lag ein offensichtlich aufgerissener Briefumschlag. Sie starrte ins Leere.

»Was hast du da?«

Ihre Antwort war monoton. »Ein Brief von meiner Krankenkasse.«

»Oh, was Schlimmes?«

»Nein, nur ein Nachweis, dass ich da versichert bin. Aber darum geht es nicht.«

Ich legte meinen Rucksack ab und trat an den Tisch. Emma hatte einen Sonnenbrand auf den Schultern. Die letzten Tage im Mai waren verdammt sonnig und heiß gewesen. Rekordtemperaturen für einen Mai. Seit 130 Jahren war es nicht mehr so heiß und trocken gewesen. Während in Süddeutschland die Gewitter ganze Straßenzüge unter Wasser setzten und Keller überfluteten, sehnten sich die Äcker in Brandenburg nach jedem Tropfen Regen. In unserer Straße ächzten die Stadtbäume unter der Dürre. Vor ein paar Tagen hatte es das letzte Mal geregnet. Ein kleiner Schauer, heftig zwar aber viel zu kurz, um die Böden zu tränken. Kurz danach war die Sonne wieder hervorgekommen und hatte die Temperaturen auf über 30 Grad getrieben.

»Worum denn dann?«

Emma sah auf. Sie wirkte sichtlich betroffen.

»Der Brief war bereits geöffnet. Er lag so auf dem Tisch.«

Jetzt erst sah ich den gelben Post-it auf der Tischkante kleben. Sie zog ihn ab. Darauf stand: Sorry, war ein Versehen.

Die Handschrift identifizierte ich als die von Bastian.

»Na und? Ist mir auch schon mal passiert. Habe die Umschläge verwechselt.«

»Findest du das nicht merkwürdig? Und dann der Joghurt?«

Ich stützte mich auf die Lehne eines Küchenstuhls.

»Ich glaube, jetzt interpretierst du da was rein.«

Emma lachte spöttisch auf. »Vielleicht. Vielleicht auch nicht.«

Nach einem Räuspern fügte sie wie beiläufig hinzu: »Ich muss an das denken, was uns Marina auf deiner Einweihungsparty erzählt hat, oben, auf dem Dach.«

Erst jetzt fielen mir wieder ihre Worte ein.

Du willst die Wahrheit einfach nicht sehen.

Und dann die Geschichte auf dem Dach. Das wirre Gefasel einer betrunkenen Frau. Emma machte ein besorgtes Gesicht. Es passte so gar nicht zu ihrer sorgenfreien Art in den letzten Wochen.

»Darf ich mal sagen, wie ich Marinas Geschichte verstanden habe?«

Sie wartete meine Antwort gar nicht ab.

»Bastian verliebt sich in Marina und steigt ihr nach. Aber weil sie nichts von ihm will, beginnt er damit, sie zu terrorisieren.«

Jetzt richtete ich mich in meinem Küchenstuhl auf. »Das hat sie aber nicht gesagt. Es könnte auch die Geschichte von irgendeiner anderen Frau sein.«

»Ach, hör doch auf, natürlich hat sie von Bastian gesprochen. Das weißt du doch so gut wie ich.«

»Du hast doch mit ihm zusammengewohnt. Ein Jahr lang. Ist dir da was aufgefallen?«

Emma schüttelte den Kopf. »Aber was mir aufgefallen ist, ist eine gewisse Distanz. Seit ein paar Tagen. Ob er mitgekriegt hat, dass du mich mit deiner Humorlosigkeit rumgekriegt hast?«

Mir wurde plötzlich warm unter den Achseln. Ob sie es gutheißen würde, dass ich ihm von uns erzählt hatte?

»Ich finde ihn manchmal schon etwas seltsam. Dass ich nicht weiß, womit er sein Geld verdient, was er den ganzen Tag so macht. Bei Philipp wusste man das, der war in der Uni. Aber Bastian. Und wie gesagt, seit ein paar Tagen…«

Ob sie das auch gedacht hatte, bevor wir bei Marina gewesen waren? »Vielleicht hat er sich Hoffnung gemacht, dass du nach dem Ende deiner Beziehung etwas mit ihm anfängst.«

Emma zog wieder skeptisch den Kopf nach hinten. »Meinst du?«

Ich zuckte mit den Schultern. »Keine Ahnung. Ich weiß nicht. Das weiß nur Bastian.«

»Also hast du ihm erzählt, dass wir zusammen im Bett waren? Komm, Männer erzählen sich doch sowas.«

Ich seufzte. Und dann schilderte ich ihr in kurzen Worten das Gespräch mit Bastian.

»Ich habe es ihm erzählt, weil ich dachte, dass es ihn was angeht. Schließlich leben wir zusammen.«

»Es geht ihn aber nichts an. Er erzählt uns ja auch nichts von sich.«

Emma zerknüllte den Post-it und warf ihn wütend quer durch die Küche. Die Papierkugel verfehlte den Mülleimer deutlich.

»Aber dann passt ja alles zusammen. Jetzt ist er sauer. Und da kann ich mich auf was gefasst machen. Du machst aber jetzt nicht gleich auf Liebe, oder?«

Dieses Gespräch ging eindeutig in die falsche Richtung.

Liebe. So war das nicht gemeint. Ich hatte nur für Transparenz sorgen wollen, klare Verhältnisse. Und natürlich konnte man diese Schmetterlinge im Bauch auch anders deuten. Mein Grinsen kam gezwungen.

»Du hast doch auch keine Geheimnisse.«

»Aber vielleicht wäre das in Bezug auf Bastian besser«, ätzte Emma. Wir wussten nicht, wie Bastian sich verhielt, wenn er Liebeskummer hatte. Weil wir ihn kaum kannten. Aber der Mann, der mit uns in den vergangenen Wochen in der Küche gesessen und diskutiert hatte, sachlich, nüchtern, rational, wurde doch nicht von heute auf morgen aufgrund der Zurückweisung einer nie ausgesprochenen Liebe zum amoklaufenden Psychopathen.

»Und du glaubst, er rächt sich jetzt für die Zurückweisung, indem er deine Joghurts isst?«

Einen Moment lang glaubte ich, Emma würde mich anschreien, mir einseitige Parteinahme vorwerfen, mich naiv schelten, doch mit einem ironischen Augenaufschlag schob sie sich vom Tisch weg.

»Egal.« Emma stand auf und stellte sich vor mich. »Wie war dein Tag?«

Ihre Hand landete in meinem Schritt. Eines hatte ich über meine Mitbewohnerin in den vergangenen Wochen gelernt. Frust, schlechte Laune und Stress töteten nicht ihre Lust. Im Gegenteil.

In ihrem Zimmer brachten wir Herrn Kassulke wieder zum Klopfen, bis die Heizungsrohre dröhnten. Anschließend stopften wir das Loch in der Wand mit Spachtelmasse und dem Gipskarton und hängten das Regal auf. Bevor wir wieder ins Bett gingen, trank Emma zwei große Gläser Wasser und notierte die Menge brav in ihrer Fitness-App.

»Und? Wie viele Kalorien hast du in der letzten halben Stunde verbraucht?«

Emma grinste und drückte an ihrem Armband herum.

»Viel zu wenig. Wir müssen noch eine Runde drehen.«

Verdrängung

Die schattenartigen Flecken in den
Schnittpunkten eines Hermann-
Gitters flackern und sind nur
wahrzunehmen, solange man
seinen Blick nicht darauf
konzentriert.

1.

Den Schrei konnte ich bis ins Treppenhaus hören. Nicht
männlich, nicht weiblich, undefinierbar. Er kam aus dem
Hinterhof.

Ich nahm die letzten Stufen und hastete zur Hoftür.

Der Mann lag mitten auf dem Hof. Sein Körper war
vollkommen verdreht und der Kopf lag in einer Lache aus
geronnenem Blut. Neben ihm lag ein einzelner Schuh. Ein
Überfall? Ein Sturz? Wie kam dieser Mann in unseren
Hinterhof? Daneben kniete eine Frau auf dem brüchigen
Beton. Sie redete leise auf den Mann ein, tröstend, wie auf
ein Kind, das sich am Knie verletzt hatte, doch ich war sicher,
dass er sie nicht mehr hören konnte.

Ich griff in meine Hosentasche.

»Hast du schon einen Krankenwagen gerufen?«, fragte ich
die Frau. Mein Blick glitt an ihr vorbei. Beim Näherkommen
entdeckte ich die auf dem Boden liegenden Mütze. Der
Clown. Der Künstler. Der Nachbar.

Fuck, schoss es mir durch den Kopf. Nur das. Fuck.
Plötzlich war ich wie gelähmt. Tobias. Ich konnte kaum
hinsehen, so falsch war der Anblick und so schmerzhaft.

Gestern noch war er bei uns in der Wohnung gewesen.
Emma und ich hatten gevögelt, bis Herr Kassulke an die
Rohre geklopft hatte. Emma hatte sich keine Mühe gegeben,

ihre Geilheit zu verschweigen, und ich hörte gerne zu, auch wenn das Klopfen an den Wasserrohren unseren Takt störte. Als ich das Kondom im Badmülleimer entsorgte und Emma erschöpft und wie immer nach dem Sex ein großes Glas Wasser trank und die Menge über ihr Smartphone notierte, hatte es an der Wohnungstür geklingelt. Statt Herrn Kassulke jedoch hatte Tobias vor der Tür gestanden. Eine Flasche Wein in der einen Hand und ein Klemmbrett mit einer Petition in der anderen. Aus dem Haus hätten alle anderen schon unterschrieben. Als er schließlich gegangen war, hatte er die ganze Flasche allein getrunken.

»Hast du Hilfe gerufen?«, fragte ich noch einmal etwas lauter, mein Handy in der Hand, da drehte sich die Frau um. Ich erkannte sie sofort, obwohl ich sie nur einmal zuvor gesehen hatte. Meine Nachbarin Marina starrte mich aus schreckgeweiteten Augen an, und ich weiß nicht, warum ich es in diesem Moment überhaupt bemerkte, aber ich fand, dass sie jünger aussah als bei unserer ersten Begegnung, obwohl sie eindeutig nicht geschminkt war.

»Nein«, stammelte sie. »Ich weiß gar nicht, er lag hier, ich wollte zu meinem Rad, wir müssen ihm doch helfen!«

Was auch immer sie von mir erwartete, es konnte nicht so wichtig sein wie ein Anruf bei der Feuerwehr. Eine halbe Minute hing ich in der Warteschleife, bis endlich eine Stimme meine Meldung entgegennahm. Dreißig Sekunden lang hatte ich mir die Worte zurechtlegen können. Ein schwer verletzter Mann im Innenhof. Mit verdrehten Gliedmaßen und einem offenen Bruch am Schädel.

Ein Mann, der gestern zu viel getrunken hatte.

Ein Mann, der gerne auf dem Dach saß und die Beine über die Kante baumeln ließ.

»Bitte sprechen Sie«, sagte er.

Ein Verletzter. Schädeltrauma. Vermutlich Sturz.

Man versprach, sofort einen Krankenwagen zu schicken.

Nach einem Blick zurück zu Marina und unserem Nachbarn Tobias auf dem Betonboden war ich jedoch der Meinung, dass der Notarzt nicht mehr viel ausrichten konnte.

»Lebt er noch?«, fragte ich. Keine Ahnung, warum ich so cool war. Marina starrte herauf, als hätte ich nach der Telefonnummer des Papstes gefragt.

»Was?«

»Hast du seinen Puls gefühlt?«

Wieder blinzelte sie erst, bevor sie langsam den Kopf schüttelte. Dann sah ich zu, wie sie die Hand des Mannes hielt.

»Er kann nicht tot sein, er kann doch nicht tot sein.«

Was wie Stunden schien, kann nur wenige Minuten gedauert haben. Zeit für die Verzweiflung in Marinas Augen, für ihr Heulen, für das Flüstern Olgas, die plötzlich in der Tür zum Hof auftauchte und ihren Kindern die Sicht auf den zerschmetterten Körper verwehrte. Das Knirschen des Splits vom letzten Winter unter den Sohlen meiner Turnschuhe. Entferntes Anschwellen einer Sirene. Blaulicht, das von der Straße in den Hausflur zuckte.

Tobias hatte uns in der Küche von seinen Recherchen erzählt und den Wein beinahe im Alleingang getrunken. Emma war, leicht bekleidet, eine Versuchung im Korbsessel gewesen, die Beine angezogen, das dünne Kleidchen hochgerutscht. Tobias hingegen hatte nur Augen für seine Notizen und die Unterschriften auf seinem Klemmbrett gehabt.

»Wir müssen mobilmachen. Gegen Verdrängung.«

Und dann hatte er uns unterschreiben lassen, dass wir eine Petition einfordern. Ich hatte gar nicht richtig durchgelesen, was er da formuliert hatte, weil ich es für redundant hielt. Es gab doch schon so viele Bürgerinitiativen.

Schließlich hatte er die Flasche geleert und sich verabschiedet. Es war das letzte Mal gewesen, dass ich Tobias lebend gesehen hatte.

Ich wartete noch auf die Polizei, gab meinen Namen zu Protokoll und schilderte, was ich gesehen hatte. Anschließend ging ich wie selbstverständlich zur Arbeit. Doch in jeder Sekunde meines ersten Meetings hatte ich die Folgen des Sturzes vor Augen. Die offene Wunde am Kopf, die verdrehten Gliedmaßen, den einzelnen Schuh, die Lache auf dem Beton, die sich unter seinem Kopf ausgebreitet hatte. Blut fließt nur, wenn das Herz noch schlägt.

Ich hörte Marinas Flüstern, ihr Wimmern, spürte Olgas Blick, bevor sie ihre Kinder fortgezogen hatte, damit diese nicht wie ich den Anblick ertragen mussten. Für die nächsten Stunden. Vielleicht sogar für den Rest ihres Lebens.

Nie hatte ich mir vorstellen können, dass ich so dünnhäutig war. Dass mich ein Ereignis wie dieses so mitnehmen würde. Nachdem ich im Anschluss an die Meetings festgestellt hatte, dass nichts auf meinem Tisch lag, was ich nicht auch am nächsten Tag erledigen konnte, meldete ich mich krank.

2.

Das Hirn ist ein ewiger Schrottplatz. Was einmal dort landet, wird nie wieder abgeholt. Es rostet vor sich hin, und man stößt nur durch Zufall wieder drauf. Aber es ist immer da.

Emma fand mich am frühen Abend mit einer halbleeren Flasche Wein auf dem Balkon. Der Alkoholpegel hatte die Erinnerungen an den Vormittag in einem verschwommenen Mosaik aus rostigen Einzelteilen absaufen lassen.

Schuhe sah ich, sowie einen dunklen Fleck, und ich hörte das Wimmern, sah einen verdrehten Körperteil, aber die

Erinnerungen fügten sich nicht mehr zu einem Gesamtbild. Es wurde fragmentiert durch Versandtermine für Newsletter, überarbeitete Designs, meine Krankmeldung und die Frage, wer mich bei der Arbeit vermisste.

»Alles gut bei dir?«, fragte Emma, als sie die Küche betrat, und mein erster Impuls war, ihr nichts zu erzählen, einfach darüber zu schweigen, doch dann quetschte sie sich an den Tisch. Der ausgeblichene Korbsessel knarzte. Die Weinflasche brachte mein Glas zum Singen.

»Erzähl«, forderte sie mich auf und ich dachte, dass ich ein verdammt offenes Buch war.

Ich erzählte ihr in kurzen Sätzen von Tobias im Hinterhof, vom Tod, von Marina und wie ich mich krankgemeldet hatte. Emma schlug sich die Hand vor den Mund, sprang von ihrem Stuhl auf und beugte sich so impulsiv über die schmiedeeiserne Brüstung des Balkons, dass der Putz an den Verschraubungen bröckelte. Hatte sie nicht zugehört? Von der Straße war nicht die Rede gewesen.

»Tobias? Unser Tobias?«

»Er lag im Hof.«

Als ich nach Hause gekommen war, hatte die Spurensicherung bereits ihre Arbeit beendet. An der Stelle, wo Tobias gelegen hatte, glotzte ein dunkler Fleck, nicht zu übersehen. Ich würde ihn vermutlich immer vom Dach sehen, falls ich überhaupt jemals wieder dort hochstieg.

Emmas Augen waren rund wie die einer Manga-Figur, ihre Stimme eine Oktave höher. »Hat er noch gelebt?«

»Keine Ahnung«, sagte ich. Vermutlich nicht. Aber musste sie das wissen? Wissen belastet.

»Hast du im Krankenhaus angerufen?«

Ungewissheit anscheinend auch.

»Ich weiß doch nicht einmal, in welches Krankenhaus er gebracht wurde.«

Sie schluchzte und ließ sich dann wieder in den Korbsessel fallen. Zwei große Schlucke meines Rosés verschwanden in ihrer Kehle. Eine vorwitzige Wespe schwirrte um die Flasche.

»Soll ich dir ein Glas holen?«

Sie schüttelte den Kopf. Meine Schilderung schien sie zu belasten, während ich mich sogar besser fühlte, weil ich zum ersten Mal mit jemandem darüber redete.

Um sie abzulenken, fragte ich sie nach ihrem Tag, doch sie ging nicht darauf ein.

»Hast du mit Marina gesprochen?«

»Worüber sollte ich mit ihr reden? Tobias?«

»Ja, das muss dich doch auch interessieren.«

Warum sollte ich jetzt mehr über ihn wissen wollen? Mehr über Leben und Tod? Ich hatte ihn kaum gekannt. Und nach seinem Tod sah ich keinen Grund, mehr über ihn zu erfahren. Doch falls er noch lebte, war es dann nicht meine Pflicht, Interesse und Anteilnahme zu zeigen? Als Nachbar? Leben oder Tod.

Emma starrte über den Tisch, aber ihr Blick versickerte auf halbem Weg. Vermutlich ging ihr das Schicksal des Mannes auf dem rissigen Betonboden unseres Innenhofs, unseres Nachbarn, eines Menschen, der im selben Gebäude gelebt hatte, sehr viel näher. Ich kannte nur einen Ausschnitt von ihm, hatte ihn ein paarmal gesehen. Mich schockte nicht so sehr, dass es ihn vielleicht nicht mehr gab, sondern eher, dass ich ihn gestern noch lebend gesehen hatte.

»Jetzt?«

»Bitte!«

Leben oder Tod. Die Ungewissheit ist der Türsteher auf dem Schrottplatz. Sie kann sich nicht entscheiden, auf welchem Haufen der Gedanke landet.

Ich stand auf. Auch wenn mir die Lust fehlte, mich mit Marina an einen Tisch zu setzen, weil ich sie zu anstrengend fand, trieb mich die Hoffnung, meine Gedanken geordnet auf dem Schrottplatz abzulegen, eine Etage höher.

3.

Marinas Küche sah aus, als hätte ein Haufen durchgeknallter IKEA-Hacker sie entworfen. Kein Stück passte zum anderen, kein Teil war nicht irgendwie angemalt, um Elemente ergänzt oder in der Mitte durchgesägt und mit einem anderen Teil verschraubt. Alles in diesem Raum wirkte organisch, rund, ineinandergreifend. Ob ihr jemand beim Bau geholfen hatte? Der Wein plätscherte ins Glas. Die Hände an der Flasche sahen verlebter aus als vermutet. Ihre Finger waren voller Hornhaut und unter den Nägeln klebte Farbe. Vielleicht hatte sie sogar alles selbst gemacht.

Sie sah genauso aus wie an diesem Morgen, war immer noch sehr attraktiv, mit fein geschwungenen Augenbrauen, markanten Wangenknochen und vollen, roten Lippen, aber ich hätte diesmal ihr Alter weitaus höher geschätzt. Sie hatte uns die Tür geöffnet und mich, kaum, dass sie mich erkannt hatte, umarmt und war wieder in Tränen ausgebrochen. Ihre großen Brüste hatten sich an mich geschmiegt. So viel Nähe hatte mich überrascht und ich hatte nicht gewusst, wohin mit meinen Händen.

Unter Tränen und immer wieder unterbrochen von Schluchzen, das mich an die Tempotaschentücher in meiner Hosentasche denken ließ, hatte uns Marina von Tobias erzählt. Zwei Stunden hätten die Notärzte um sein Leben gekämpft, und einen Moment lang hatte es noch Hoffnung gegeben, doch die inneren Verletzungen und der Schädelbruch seien zu gravierend gewesen.

Dezelerationstrauma war der Fachbegriff, den die Ärzte benutzt hatten. Sturz aus großer Höhe. Die Folge waren Organabrisse, Knochenbrüche, geplatzte Gefäße.

»Sie haben ihn dann einfach sterben lassen.« Marina erstickte das nächste Schluchzen mit Rotwein. Es war kein besonders guter Wein, er war aber auch nicht besonders schlecht – Emma schien es egal zu sein. Sie versuchte, Marina durch ein paar lockere Bemerkungen aufzuheitern, selbst wenn es ihr ebenso an Humor fehlte wie dem Wein an Tiefe.

»Er hat gesoffen, oder nicht? Entweder die ganze Nacht durch oder er hat wieder viel zu früh angefangen.«

»War er Alkoholiker?«, hörte ich mich fragen. Als spiele das noch eine Rolle. Marina zuckte mit den Schultern.

»Keine Ahnung, der Übergang ist da ja fließend, oder? Wie viel trinkst du? Jeden Abend ein Glas Wein?«

Oder zwei oder drei. »Für die einen ist das noch Genuss und Lebensfreude, für die anderen schon Alkoholismus. Je nachdem wie man es sieht, oder?«

Marina lachte schrill, als würde sie überspielen wollen, dass sie auch zu viel trank, und zündete sich eine neue Zigarette an. Ich kannte niemanden, der noch in der eigenen Wohnung rauchte.

»Ach, hör auf, das ist doch alles eine Erfindung der Gesundheitsindustrie. Alkoholismus, den gibt es doch gar nicht. Niemand trinkt, weil er muss, sondern weil er will. Da gibt es einen Professor in Nürnberg, der hat das ganz gut auf den Punkt gebracht. Der nennt es kontrolliertes Trinken. Und das kann jeder, es wissen nur nicht alle, wie das geht.«

Emma heulte fast, als sie sagte: »Mein Gott, ich kann gar nicht glauben, dass er gar nicht mehr da ist.«

Marina, sichtbar irritiert vom schnellen Themawechsel, wischte sich über die rotgeweinten Augen.

»Ich auch nicht. Wir haben uns vor ein paar Tagen erst bei ihm getroffen und gequatscht. Über die Mieten, die Wohnungen und seine Petition. Sein Lieblingsthema, weißt du?«

Emma nickte und schwieg. Ich räusperte mich. »Kanntest du ihn gut?«

Marina nahm einen langen Zug von der Zigarette.

»Wir haben hier zehn Jahre zusammen in einem Haus gewohnt. Er war so ein guter Mensch, so ein lieber, hat sich engagiert. Er wollte eine Bürgerinitiative gründen gegen die Verdrängung, das sagt doch schon alles. So engagiert, so sozial. Und dann fällt er einfach so vom Dach. O, mein Gott!«

Den Ausruf hatte sie geschrien, als müsste sie ihrer Wut Platz machen, ihre Trauer zeigen, damit sie auch jeder mitbekam.

»Ich glaube, ich krieg gleich einen Nervenzusammenbruch.«

Es folgte ein schnelles Ein- und Ausatmen. Jetzt wurde es lächerlich, aber ich konnte nicht gehen. Emma hätte mich vermutlich nie wieder in ihr Bett gelassen. Marina drückte ihre Zigarette im bereitstehenden Aschenbecher aus und fingerte nach einer neuen. Ohne uns anzusehen, als rede sie mit sich selbst, sagte sie: »Vermutlich macht mich das besonders fertig, weil es mich an den Unfall vor einem Jahr erinnert.«

Emma hörte auf, Farbe von der Tischkante zu kratzen, und war ganz Ohr. »Welcher Unfall?«

Marina blickte auf. »Sagt nicht, dass Bastian euch das nie erzählt hat?«

»Wovon?«, fragte Emma aufgeregt. Von einer Sekunde auf die andere schien sie den Grund für unseren Besuch bei

Marina vergessen zu haben. Unsere Nachbarin runzelte ein bisschen zu oberlehrerhaft die Stirn.

»Von euren Vormietern. Ihr macht aber beide eure Augen ganz fest zu, oder? Habt ihr euch nie gefragt, wie Bastian an diese Wohnung gekommen ist?«

Du willst die Wahrheit einfach nicht sehen.

Das hatte sie gesagt, oder? Die Wahrheit. Ihre Wahrheit.

»Natürlich wissen wir das. Von Gregor und Sigrid«, sagte ich. »Kannte Bastian die beiden?«

Marina lachte spöttisch. »Kennen? Er war ihr Untermieter. Und hat nach ihrem Tod die Wohnung übernommen.«

Die Worte sickerten in mein Bewusstsein wie Wasser aus einem umgekippten Glas durch die Fugen in der Tischplatte.

Er hatte die Wohnung übernommen.

Von seinen Mitbewohnern.

Marina goss sich nach. In ihrem Aschenbecher türmten sich die Kippen. Dachte sie, eine Zigarette gäbe ihr etwas Verruchtes? Hielt sie Rauchen noch für einen Akt der Rebellion wie in den Sechzigern? Oder war sie einfach nur süchtig, unordentlich, verwahrlost? Emma lauschte, als Marina zu erzählen begann. Mit jedem Detail, das sie hinzufügte, wuchs Emmas Aufregung und mit jedem Schluck schrumpfte die Distanz.

»Die waren beide Ende Zwanzig oder Anfang Dreißig, so genau kann man das ja nicht mehr sagen. Heute will doch keiner mehr älter werden. Sigrid hat bei Zalando gearbeitet, keine Ahnung als was. Diese ganzen Berufsbezeichnungen kann man sich doch gar nicht merken. Alle sind irgendwas mit Executive und Senior und Marketing. So war sie eigentlich auch angezogen. Hatte immer die neuesten Klamotten. Klar, wenn du in einem Klamottenladen arbeitest, kriegst du ja Rabatte. Ich glaub, die hat kein Oberteil zweimal getragen. Und Gregor stand in einem von diesen Tagescafés an der Espressomaschine. Barista nannte er sich. Der konnte einen Kaffee machen, sag ich dir. Ich habe keine Ahnung, was man in so einem Café verdient, aber viel kann es nicht sein. Ich geh mal davon aus, dass Sigrid den Löwenanteil der Miete bezahlt hat.

Sie waren ein total niedliches Paar. Kannten sich seit der Schulzeit, hingen immer miteinander rum, wenn ich sie sah. Händchenhaltend. Auf der Treppe. Auf der Straße. Im Park. Sie waren unzertrennlich, aber eben auch etwas zu verschlossen. Ich hatte sie häufiger mal eingeladen. Auf ein Glas Wein oder mal zum Essen, wie man das halt so unter Nachbarn macht, wenn man Wert auf eine nette Hausgemeinschaft legt. Aber sie lehnten immer nett ab. Deshalb hatte es mich auch gewundert, dass sie sich plötzlich einen Untermieter holten.

Irgendwann habe ich dann gedacht, es läge an mir, weil ich ja sonst mit allem aus diesem Haus so gut auskomme. Aber dann feierte Sigrid ihren Geburtstag und lud mich ein. Es war kein rauschendes Fest, aber irgendwie ganz nett. So wie man halt feiert. Danach haben wir uns häufiger gesehen. Wir sind hier im Haus wie eine große Familie gewesen, hier hat sich jeder um jeden gekümmert. Sigrid ging für Herrn Kassulke einkaufen, Tobias hat ihr dafür mit dem Computer geholfen, und ich habe ab und zu für alle gekocht. Das war eine wirklich schöne Zeit. Im Sommer saßen wir manchmal zu fünft oder sechst oben auf dem Dach und haben bis in die Nacht über Politik und die Stadt geredet. Im Winter haben wir uns dann in meiner Küche getroffen und Wein getrunken, gequatscht. Es war wie eine große WG. Das ging eine lange Zeit so. Bis zu diesem Unfall.«

Marina machte eine dramatische Pause, zündete sich eine neue Zigarette an und blies den Rauch nach oben in die Luft, schnippte die Asche in den Aschenbecher. Ich würde den

Rauch vermutlich erst nach dreimaligem Waschen wieder aus meinen Klamotten kriegen. Emma hing atemlos an ihren Lippen, ich fand Marinas Verhalten nur affektiert.

»Sie hatten eines Nachts einen Autounfall. Gregor saß am Steuer. Die Straße war trocken. Es gab keinen Unfallgegner, also jedenfalls fand man niemanden, den man verantwortlich machen konnte. In der Zeitung stand, der Wagen sei einfach so in einer Kurve von der Straße abgekommen. Die Feuerwehr hat zwei Stunden gebraucht, um das Wrack vom Baum zu lösen. Die beiden waren vermutlich sofort tot. Am Ende hieß es, Gregor habe erweiterten Suizid begangen, aber warum? Die waren so glücklich. Die hatten überhaupt keinen Grund, sich umzubringen.«

Sie wusste eine Menge über die Menschen in diesem Haus. Anonymes Wohnen in der Großstadt schien ein Mythos zu sein. Vielleicht gab es aber auch einfach nur in jedem Haus einen Menschen, der mehr wissen wollte. Zwischen gesundem Interesse und übertriebener Neugier verlief nur ein schmaler Grat.

»Und welche Rolle hat Bastian gespielt?«

»Der ist vor eineinhalb Jahren in eines der drei Zimmer gezogen. Den Grund weiß ich nicht, vielleicht haben sie Geld gebraucht, vielleicht Gesellschaft. Und danach wurde alles anders. Sigrid und Gregor haben sich zurückgezogen, Sigrid kam nicht mehr so oft vorbei. Auf dem Dach haben sich beide auch kaum noch blicken lassen. Ich habe da ja eine Theorie, aber damit muss man hier vorsichtig sein, weil…«

Mitten im Satz brach sie ab, leerte ihr Glas und goss sich nach. Wenn man trank, um betrunken zu werden, konnte einem die Rebe auch egal sein. Was genau wollte sie uns sagen?

»Weil?«, half ich ihr auf die Sprünge. Marina lächelte schief, ganz ohne Augen, nur der Mund verzog sich zu einer Grimasse.

»Ich sollte nicht so viel reden. Es gibt viele Möglichkeiten, jemanden zum Schweigen zu bringen."

Emma warf mir einen kurzen Blick zu, der unserer Nachbarin entging, weil diese mit dem Fingernagel die Maserung der Tischplatte nachzeichnete.

»Wer sollte dich zum Schweigen bringen?«

Nervöses Saugen an der Zigarette. Hastiges Abstreifen der Asche. Irritiertes Blinzeln.

»Jemand, der skrupellos genug ist, einen anderen Menschen vom Dach zu schubsen, weil…«

Wieder brach sie ab, trank ihr Weinglas leer und drückte die Kippe aus. Das war übertrieben, krank, paranoid. Oder nicht? Die Verwirrung stand uns offensichtlich ins Gesicht geschrieben. Marina stand auf.

»Ich muss jetzt ein bisschen allein sein«, sagte sie, ohne uns anzusehen. »Denkt mal darüber nach.«

Mir lagen viele Fragen auf der Zunge, aber nur eine schaffte es noch rechtzeitig durch die Zähne.

»Ist das die Wahrheit, von der du auf der Party gesprochen hast?«

Marina öffnete die Wohnungstür. Als sie ihren Blick hob, las ich in ihren Augen die reine Verzweiflung. Mein Gott, was trug die Frau für ein Päckchen. Drei tote Hausbewohner innerhalb eines Jahres, zudem das Gefühl, von einem Stalker terrorisiert zu werden.

»Ich glaube, für die ganze Wahrheit seid ihr noch gar nicht bereit.«

Sie knallte uns buchstäblich die Tür vor der Nase zu. Emma und ich sahen uns an. Uns war nicht nach Lachen zumute.

Lange saßen wir an unserem Küchentisch. Von der offenen Balkontür, vor dem das rostige Gitter behauptete, irgendetwas mit Frankreich zu tun zu haben, wehte eine leichte Brise. Es war ruhig vor dem Haus. Einen Kilometer weiter südlich tobte auf der Straße das Leben. Der Abend war längst vorbei und Bastian noch immer nicht aufgetaucht. Auch ich hätte mich lieber in mein Zimmer verkrochen. Wenn ich die Augen schloss, konnte ich noch immer die verrenkten Gliedmaßen des Mannes auf dem Beton sehen, das Blut, den neben ihm liegenden Schuh, die Mütze.

»Wann genau seid ihr eingezogen? Du und, wie hieß mein Vormieter, Philipp?«

»Vor fast genau einem Jahr. Im Mai.«

»Also hat Bastian hier schon gewohnt? Ich dachte, ihr habt die Wohnung gemeinsam bezogen?«

Emma stieß nachdenklich die Luft aus. »Naja, wir haben sie gemeinsam renoviert. Er hat Mitbewohner gesucht. Über eine Anzeige bei wg-gesucht.de. Und Philipp und mich hat er ausgewählt. Ob und wie lange er in der Wohnung schon gewohnt hat oder woher er sie hatte, war nie ein Thema gewesen. Ich hatte nicht das Gefühl, dass er besonders hohe Ansprüche an uns stellte. Und im letzten Jahr haben wir eher nebeneinander als miteinander gelebt. Du kennst das. Jeder hat sein Leben. Ich bin so froh, dass mit dir jemand eingezogen ist, der offener ist, nicht so ein verschlossenes Buch.«

Ich fühlte mich geschmeichelt, doch irgendwie konnte ich mit dem Lob nicht umgehen.

»Hatten Bastian und Philipp nichts gemeinsam? So wie wir das Klettern?«

»Ich weiß ja nicht mal, ob die beiden sich jemals außerhalb der WG gesehen haben.«

Was wusste sie überhaupt über ihn?

»Er zieht also bei Sigrid und Gregor ein, die schon vorher ein Pärchen waren. Warum sie das Zimmer vermieten, wissen wir nicht. Vielleicht haben sie Geldsorgen. Und ein halbes Jahr später haben sie einen tödlichen Autounfall. Bastian wird Hauptmieter und sucht sich neue Mitbewohner.«

Ganz unvermittelt sprang Emma auf: »Mein Gott, weißt du, was Marina da angedeutet hat? Dass Bastian, unser Bastian, unser Mitbewohner, zwei Menschen umgebracht hat, weil er sich in die Frau verliebt hat und sie nichts von ihm wollte. Das ist doch …«

Genau das war es. Totaler Schwachsinn.

Ich lachte dieser Hypothese ins Gesicht, so freundlich ich nur konnte.

»Komm, vergessen wir die Sache. Marina spinnt sich da was zurecht...«

Emma presste die Hände an den Schädel, wie um unhörbaren Lärm abzuschirmen. Ihr hübsches Gesicht warf Sorgenfalten.

»Aber was, wenn es doch stimmt?«

»Was wissen wir denn genau darüber? Doch nur, was Marina gesagt hat, oder? Und sie hat selbst gesagt, die Polizei habe es als Suizid eingeordnet.«

»Können wir denn nicht mehr darüber erfahren? Über unsere Vormieter?«

Was macht ein Mensch im Jahr 2018, um Fragen wie diese zu beantworten? Ich holte meinen Arbeitslaptop, ein MacBook Air, den ich nach der Arbeit meist mit nach Hause nahm, um im Extremfall noch einen dringenden Job erledigen zu können, und fing an zu googeln.

Ich tippte *autounfall berlin baum* in die Suchmaske und erhielt hauptsächlich aktuelle Treffer. In der Online-Ausgabe der Märkischen las ich über einen Raser, der sich im Frühjahr mit seinem Mercedes AMG um einen Baum gewickelt hatte. Der Unfall war tödlich ausgegangen.

Dann folgten einige Links zu Unfällen ohne Todesfolge in Berlin. Betrunkene Frau im Audi, Raser auf der Fürstenwalder Allee, dann wieder ein tödlicher Unfall einer Frau bei Friesack. Alle ebenfalls jüngeren Datums.

Es schien häufiger vorzukommen als ich vermutet hatte, dass Autofahrer mit Bäumen kollidierten. Und wie sah es der Deppenverein ADAC? Er forderte, alle Straßenbäume, vor allem die der Alleen in Brandenburg, rigoros abzuholzen. Schlichte Gemüter haben eine schlichte Sicht der Dinge.

»Wann genau war der Unfall?«

Emma konnte es sich auch nur herleiten. Ein halbes Jahr vor ihrem Einzug. Ungefähr. Also Ende 2016.

Ich erneuerte die Suche mit dem Jahr, schrieb *zwei Tote* dazu. Und dann erhielt ich die Treffer.

Horror-Unfall bei Oranienburg.

Zwei Tote bei schwerem Unfall.

Auto prallt gegen Baum.

Zwei junge Menschen sterben bei Autounfall.

Nacheinander lasen wir die Nachrichten. In den Artikeln stand kaum mehr als das, was uns Marina gesagt hatte. Aus noch ungeklärter Ursache war das Auto von Sigrid B. und Gregor S. von der Straße abgekommen. Fotos zeigten die Unfallstelle als einen Ort des Grauens. Das Auto, ein alter Opel Corsa, war total zerfetzt worden, der Motor hatte sich in den Innenraum geschoben. Die beiden Insassen waren angeblich sofort tot gewesen. Von Suizid stand da nichts, ebenso wenig von den Straßenverhältnissen. Woher Marina ihre Informationen hatte, blieb unklar.

Wir durchforsteten als nächstes den Polizeiticker, fanden keine weiteren Informationen, und riefen dann in der Pressestelle der Polizei an. Doch dort gab man uns auch keine weiteren Auskünfte. Diese würden nur an Angehörige weitergegeben oder an Personen mit berechtigtem Interesse wie Studenten, die zum Beispiel für ihre Doktorarbeit Daten sammelten, und dazu bräuchte es ein Schreiben der Hochschule.

Wir googelten die Namen der beiden und fanden – nichts. Kein Hinweis auf Verwandte, kein Facebookprofil, keine Traueranzeige, kein verwaister Blog. Aber ebenso wenig fanden wir einen Hinweis auf einen ungeklärten Mordfall, auf offene Fragen, auf ein Geheimnis.

»Einigen wir uns darauf, dass Marina etwas zu viele Krimis geguckt hat, okay?«

Ich lachte.

»Zu viele schlechte«, fügte Emma hinzu.

Schließlich lachten wir beide und gingen ins Bett. Meine Stöße waren verhalten, aus Angst, das Kopfteil würde zu laut gegen die Wand schlagen und Herrn Kassulke auf den Plan rufen.

Später schliefen wir fest umschlungen ein.

Ich wusste noch immer nicht, ob es Liebe war oder nur die Ablenkung von ihrer gescheiterten Beziehung. Aber bis ich es herausfand, würden wir hoffentlich noch häufiger unsere Nachbarn stören.

4.

Es war, als habe der Tod unseres Nachbarn das Haus aufgescheucht und für mehr Aufmerksamkeit gesorgt, als Tobias mit seiner Bürgerinitiative je erreicht hatte. In den nächsten Stunden traf ich ständig irgendeinen meiner Nachbarn im Treppenhaus, die in einer Mischung aus

Trauer, Faszination und Misstrauen die Arbeit der Spurensicherung beäugten.

Polizisten liefen zwischen Dachboden und der mit Flatterband versiegelten Wohnung hin und her, und ich fühlte mich wie an den Drehort für den Berliner Tatort versetzt.

Irgendwann kam auch die Presse.

Im Hausflur, bei den Briefkästen, klärte Marina die Amerikaner über die Ereignisse auf, und als sie mich sahen, musste ich meine Erlebnisse noch einmal schildern, bevor ich zur Arbeit gehen konnte. Wie ich Tobias gefunden, den Krankenwagen gerufen und Marina getröstet hatte. Dann erst ließen sie mich gehen, Bridget die Hand vor den Mund gelegt, voller Entsetzen.

Bei der Arbeit googelte ich, las die Online-Ausgaben der drei Berliner Tageszeitungen, durchsuchte die Polizeiticker, wurde fündig. Unfall. Alkohol. Mord?

Was ich hätte lesen sollen: Briefing.

Was ich tat: pünktlich gehen.

Herr Kassulke, seinen kleinen Hackenporsche mit den Einkäufen in der Hand, erzählte am Abend, er habe schon immer befürchtet, dass mal einer vom Dach fallen würde.

»Die jungen Menschen sind einfach zu unvorsichtig, wa?«, schimpfte der alte Mann und ich fragte mich, ob er wusste, dass Tobias schon Mitte oder Ende 40 gewesen war, was ich nicht mehr als jung bezeichnet hätte. Aber da kam es ja ganz auf die Sichtweise an. Für Herrn Kassulke waren vermutlich alle Menschen junge Leute.

»Aber dit warn se immer schon, hier herrschte schon vor Jahren Wild West«, fügte er hinzu. Ziemlich zusammenhanglos, wie ich fand, erzählte er vom Thule Club, den es in unserem Kiez in den 80ern gegeben haben musste.

Eine Musikkneipe, in der es, der DDR zum Trotz oder vielleicht sogar wegen ihr, ziemlich zur Sache gegangen war.

Neben Beats gab's auch Schläge, und das nicht zu knapp. Immerhin habe es in der Trelleborger Straße damals sogar zwei Tote gegeben. Die Polizei habe die Morde niemals aufklären können. Einige munkelten, es sei dabei um Agenten gegangen, andere um Frauen, wieder andere vermuteten dahinter einen Serienmörder.

»Jestorben wird immer«, lachte Herr Kassulke heiser.

Das konnte ich nur bestätigen.

Am Tag danach waren die Zeitungen noch voll von Meldungen über den Todessturz von Pankow, über den Künstler, der im unsanierten Haus ums Leben kam, und einige Zeitungen spekulierten tatsächlich darauf, dass die Indizien einen Mord vermuten ließen.

Doch kurz darauf übernahm ein anderer tragischer Fall die Titelseiten. Eine junge Frau war ganz in der Nähe, an einer S-Bahn-Trasse parallel zur Dolomitenstraße, tot aufgefunden worden. Erwürgt. Vielleicht auch vergewaltigt.

Anschließend beherrschte tagelang nichts anderes mehr die öffentliche Diskussion in den seriösen Medien und auf Facebook. Die Polizei veröffentlichte Tatbeschreibungen, hängte sie in den U-Bahn-Stationen aus und bat um Mithilfe bei der Aufklärung. Die Spekulationen schossen ins Kraut und auch Marina konnte nicht umhin, Emma weitere Flöhe ins Ohr zu setzen.

Bastian und die Frauen. Ein schlimmes Thema. Ob er, und man wüsste doch nicht, und vielleicht… Unsere Nachbarin, so erzählte Emma, erwog ernsthaft, bei der Polizei ihre Aussage noch zu ergänzen und einen Hinweis auf Bastian zu geben.

Warum verbrachte Emma nur so viel Zeit mit Marina, statt mit mir ins Bett zu gehen.

Kurz, ganz kurz nur, hoffte ich auf das erste Phantombild und darauf, dass es nicht die geringste Ähnlichkeit mit meinem Mitbewohner aufweisen würde.

Kaum war die Spurensicherung aus dem Haus verschwunden, kehrte wieder Ruhe ein. Thema erledigt. Wir können weiterleben. Vielleicht hatten die Polizisten ein Weinglas gefunden, oben auf dem Dach, den Blutalkohol in Tobias' Blut gemessen und waren am Ende zum Schluss gekommen, dass nur seine Unachtsamkeit hinter dem Sturz steckte – mehr nicht.

Bei mehr als dreieinhalb Millionen Einwohnern war der Tod allgegenwärtig. In Berlin starben jedes Jahr mehr als 31.000 Menschen. Man konnte nicht über alle Selbstmorde, Unfälle, Vergiftungen schreiben. Also konzentrierte man sich auf das Offensichtliche, auf Fremdeinwirkungen.

91 Morde hatte es 2017 in der Hauptstadt gegeben, und vermutlich war der Tod unseres Nachbarn keiner davon, eher einer der vielen Unfälle mit Todesfolge. Von den 36 toten Fahrradfahrern nahm an Ende auch nur noch der ADFC Notiz.

Wie hatte es Herr Kassulke gesagt? Jestorben wird immer.

5.

Zwei Tage später trafen wir Bastian zufällig in der Küche. Nach dem Todessturz fanden wir es auf einmal ganz angenehm, einfach nur in der Küche zu sitzen und die große Tür zum französischen Balkon so weit aufzureißen, dass wir die Stadt spüren konnten. Zumal ein paar Tage lang der Dachboden ohnehin von der Polizei gesperrt war. Leider schienen auch die Wespen in diesem Sommer besonders gute Bedingungen für die Reproduktion vorzufinden. Immer wieder musste ich sie von meinem Essen verscheuchen, und einmal sogar aus meinem Glas retten.

Patsch, patsch, patsch hatten die Flügel gemacht. Ich hatte den Anblick nicht ertragen können und dem Insekt einen Löffel als Rettungsanker hingehalten.

Ich gewann an diesem Abend den Eindruck, Bastian habe nie mehr für Emma empfunden als für eine Mitbewohnerin. Ich trank ein Glas Wein (oder zwei) und er hielt sich an seinem Bier fest, ohne dass ich einen neidischen, abfälligen oder sehnsüchtigen Blick von ihm spürte.

Zuvor war ich noch einmal bei der Mordkommission gewesen, um meine Aussage zu präzisieren. Eine Frau schrieb meine Aussage mit. Ihre Finger hämmerten auf die Tastatur. Ich hatte gedacht, dass die Polizisten selbst dafür für die Mitschrift verantwortlich waren, denn vermutlich hatten sie ihre Finger häufiger am Computer als am Abzug ihrer Sig Sauer.

Der Kriminalbeamte fragte nach Bastian und ob ich wüsste, wo er zum fraglichen Zeitpunkt gewesen sei.

»Jedenfalls nicht zuhause«, sagte ich. Ich hätte ihn seitdem nicht gesehen.

»Kommt das häufiger vor?«

Ich nickte. Ob es ihn zu einem Verdächtigen machte? Und was war mit mir? Hatte ich Tobias' Glas angefasst? Waren meine Fingerabdrücke darauf?

Mein Alibi stand, zusammen mit dem von Emma. Gegen Mitternacht hatten wir die Wasserleitungen zum Dröhnen gebracht. Selbst wenn Tobias beim Fall geschrien hätte, wäre es in dem Moment nicht aufgefallen. Aber vermutlich, so spekulierte ich weiter, war Tobias betrunken eingeschlafen und über das Dach gerollt und hatte gar nichts von seinem Sturz mitbekommen.

»Waren Sie auch schon mal oben auf dem Dachboden?«, hatte mich der Polizist gefragt. Ich hatte genickt und ihm erzählt, es sei ganz leicht, dort hinaufzukommen.

»Man muss nur die Tür ein wenig anheben«, hatte ich gesagt. »So wie ich das verstanden habe, wussten das alle im Haus.«

Tobias habe schon mit viel Alkohol intus und gegen dreiundzwanzig Uhr allein unsere Wohnung verlassen, gab ich weiter zu Protokoll. Aber war er es oben auf dem Dach auch noch gewesen? Und wer hätte ihn schubsen sollen?

All das hatte ich gedacht und noch immer im Hinterkopf, als wir in unserer Küche saßen und Bastian berichteten, was wir wussten. Er saß da, kopfschüttelnd, sichtlich erschüttert, soweit ich das erkennen konnte durch seine Brille und den dichten Bart.

»Scheiße ist das. Aber ich habe schon immer davor gewarnt, betrunken nach oben zu gehen.«

»Du glaubst also, dass es ein Unfall war?«, fragte Emma. Die Tragweite ihrer Frage wurde ihr vielleicht erst in dem Moment bewusst, als Bastian stutzte, den Kopf schief legte und ganz ruhig antwortete: »Du meinst, er ist gesprungen?«

»Nein, ich…«, begann sie, schloss den Mund wieder, sah mich an. Welche Reaktion hatte sie von ihm erwartet? Dass er zugab, Tobias geschubst zu haben, weil er ein irrer Soziopath war?

Die Situation wurde unangenehm.

»Dann bleibt ja nur noch eine Option übrig«, schlussfolgerte Bastian. Emma war jetzt sichtlich nervös.

»Ja, was ist denn, wenn er da oben nicht allein gewesen ist?«

Bastian sah mich an. »Hat die Polizei nach Spuren gesucht?« Ich zuckte mit den Schultern. »Ich geh mal davon aus, ja.«

»Dann wird sich das ja noch herausstellen.«

Die Flasche, die sich Bastian aus dem Kühlschrank genommen hatte, klebte in seiner Handfläche. Es wirkte, als habe er sich das Bier nur genommen, um gesellig zu wirken.

Emmas Blick irrlichterte noch immer zwischen mir und Bastian. So viele Fragen waren da in meinem Kopf. Hast du Marina belästigt? Was weißt du über den Tod eurer Vormieter? Wo warst du am Abend, als Tobias vom Dach fiel? Und treibst du dich in deiner Freizeit an S-Bahn-Gleisen herum?

Vor allem fragte ich mich selbst, ob ich das wirklich alles wissen musste. Konnte ich nicht einfach darauf vertrauen, dass die Polizei damals wie heute ihren Job gemacht hatte? Und dass Marina einfach Quatsch erzählte?

Bevor Bastian endlich einen Schluck aus seiner Flasche nahm, sah er uns fragend an. Ich räusperte mich.

»Sag mal, wo wir hier gerade so nett beieinandersitzen. Uns ist vor ein paar Tagen das Regal von der Wand gefallen. Und in der Wand haben wir das hier gefunden.«

Ich stand auf und nahm das Marmeladenglas vom Regal, das zum Glück noch immer an der Wand hing. Mit zwei Fingern tastete ich nach dem Schlüssel.

»Der hier fiel uns zusammen mit dem Regal entgegen.«

Emma hatte jede meiner Bewegungen wortlos verfolgt und beobachtete, beinahe misstrauisch, wie ich Bastian den Schlüssel in die Hand drückte. Er drehte ihn zwischen den Fingern, genauso wie es Herr Kassulke gemacht hatte.

»Keine Ahnung. Kann zu allem passen. Und der war in der Wand?«

In den vergangenen Tagen hatte ich mir immer wieder ausgemalt, was Bastian wohl sagen würde, wenn ich ihm den Schlüssel zeigte. Sowas wie: Da ist er ja, den haben die Vormieter vor mir versteckt. Oder: Mein Gott, das ist ja eine spannende Sache, dahinter steckt ein großes Geheimnis. Aber dass er sagen würde: Der lag doch in einem der Marmeladengläser. Ich glaube, der gehörte zu einem Vorhängeschloss, das nicht mehr existiert – daran hatte ich nicht gedacht. Und genau das sagte er.

»Das Glas ist kaputtgegangen, der Schlüssel lag auf dem Boden. Alles andere ergibt doch keinen Sinn.«

Mit spitzen Fingern schob er den Schlüssel vom Rand in die Tischmitte.

»Ganz sicher war der in der Wand«, sagte Emma mit Nachdruck.

»Hast du ihn denn rausgeholt? War er in einer Schachtel, einer Dose, was auch immer? Und nochmal – warum sollte jemand einen Schlüssel in eine Wand einmauern?«

Emma lief rot an und schrie ihre Antwort beinahe: »Vielleicht die Vormieter, die du ja anscheinend noch kanntest, weil du hier gewohnt hast. Die Vormieter, die bei einem Autounfall ums Leben gekommen sind, der nie ganz aufgeklärt worden ist, von dem du uns aber nie was gesagt hast. Vielleicht haben sie Hinweise darauf versteckt, was vor dem Unfall passiert ist, vielleicht wurden sie umgebracht aufgrund der Dinge, die in irgendeinem Schließfach stecken und die jetzt einen Hinweis auf den Mörder geben. Mann, Bastian, warum willst du das nicht sehen?«

Sekundenlang war es so still in der Küche, dass man den Kühlschrank summen hörte. Dann dröhnte wieder ein Flugzeug aus Richtung Tegel heran. Es musste gegen zweiundzwanzig Uhr sein. Zu dieser Stunde kamen die Flugzeuge beinahe im Minutentakt herein. Der von der gegenüberliegenden Hausreihe reflektierte Schall riss uns aus der Erstarrung.

»Ungeklärt? Meines Wissens nicht«, sagte Bastian in aller Seelenruhe. Seine Stimme hatte beinahe einen drohenden Unterton. »Die Polizei hat kein Fremdverschulden festgestellt. Es kann alles gewesen sein. Am Steuer eingeschlafen, überhöhte Geschwindigkeit. Und was hat das bitte alles damit zu tun, dass ich Sigrid und Gregor kannte?«

Emma fuchtelte mit den Armen, als wolle sie die Worte aus der Luft greifen. Sie redete mit Pausen, betonte jedes Wort, das ihr in die Finger geriet.

»Weil du dich in letzter Zeit seltsam verhältst. Du öffnest meine Briefe, du isst meinen Joghurt, als hätte ich dir was getan, vielleicht, weil Lennart und ich … »Sie machte eine Pause. Ich wollte sie unterbrechen, weil es so seltsam klang, was sie sagte, aber ich wusste nicht, was ich sagen sollte.

»Ich habe deinen Joghurt nicht gegessen, vielleicht war es mein Übernachtungsgast, okay? Sorry, ich kauf dir einen neuen.«

»Kommt sie jetzt häufiger? Vielleicht will sie ja einziehen. Du und die Frauen, das scheint ja ein besonderes Thema zu sein.«

Bastians Sprachlosigkeit nutzte sie aus, noch einen Satz anzuhängen, noch ehe ich sie daran hindern konnte. »Marina hat gesagt, du hättest sie gestalkt.«

Unser Mitbewohner ließ sich in die Lehne fallen und atmete tief aus. »Marina. Ich hätte es mir denken können.«

»Wir wissen halt so wenig über dich…«, sagte ich und merkte zu spät, dass ich es dadurch nicht besser machte.

»Und über Marina wisst ihr mehr? Wisst ihr denn auch, dass sie in der Psychiatrie war, weil sie geglaubt hat, jemand würde sie vergiften wollen? Wisst ihr, dass sie mich viermal bei der Polizei angezeigt hat, weil ich ihr angeblich nachspioniere? Und dass die Polizei keine Anhaltspunkte gefunden hat? Und jetzt kommt's: Es spielt keine Rolle, ob ihr das wisst. Ihr müsst mir vertrauen. Wisst ihr noch, worüber wir uns kurz nach Lennarts Einzug unterhalten haben? Über Vertrauen. Ob die Nahrung bei Alnatura wirklich biologisch angebaut ist, ob in der Tagesschau die Wahrheit gesagt wird, ob deine Kleidung fair produziert wurde, ob wirklich Flugzeuge in das World Trade Center geflogen sind – all das müssen wir glauben. Weil wir es entweder nicht nachprüfen können oder es viel zu aufwändig wäre, es zu tun. Und wenn ich dir sage, dass ich Marina nicht gestalkt habe, es auch keine Beweise gibt, dass ich es jemals getan habe, und die Polizei sagt, dass ich es nicht getan habe und kein Zeuge mich dabei gesehen hat, dann müsst ihr es mir schon glauben.«

Emma sah auf. »Oder wir glauben Marina.«

Bastian blinzelte durch seine Brille. »Ja, oder ihr glaubt Marina.«

»Ich glaube, dass wir hier jetzt einfach mal …«, begann ich, doch Bastian sprach einfach weiter, als habe er mich gar nicht gehört.

»Wenn ihr eher ihr glaubt, sollten wir uns mal über die Basis unseres Zusammenlebens unterhalten.«

Bastian setzte die Bierflasche an den Mund, kippte sie weit nach oben und trank sie leer. Danach stand er auf.

»Aber vielleicht nicht heute.«

Seine leere Flasche landete im Pfandkasten.

»Bis später, Leute«, sagte er noch, bevor er die Küche verließ. Die Enttäuschung in seiner Stimme war unüberhörbar.

Von draußen kam wieder das Geräusch eines startenden Flugzeugs. Ich hatte keine Lust, es mit Phrasen zu übertönen und hielt meine Klappe.

Er hat ja recht, wollte ich sagen, oder: Wo war jetzt nochmal das Problem?

Die Wahrheit war: Ich wusste es nicht. Worüber wir geredet hatten, war Vertrauen. Und was wir erreicht hatten, war der Verlust genau dessen.

Bastian würde uns, vor allem aber Emma, jetzt immer als diejenigen ansehen, die ihm unterstellten, er sei ein Stalker, er würde uns die Wahrheit über Wasauchimmer vorenthalten. Umgekehrt wäre Bastian weiterhin der mysteriöse Unbekannte, der uns aufforderte, ihm zu glauben, weil wir nicht in seinen Kopf sehen konnten.

Es war eine blöde Situation.

»Was machen wir denn jetzt?«, fragte Emma und ich zuckte mit den Schultern.

Kurz darauf brachten wir die Rohre zum Singen.

6.

Im Nachhinein kann man immer sagen: Natürlich musste das passieren, das war doch vorhersehbar. Aber für uns war es das eben nicht, weil wir uns bis dahin vertraut und niemals in Erwägung gezogen hatten, dass jemand so weit gehen würde.

Anfang Juni waren die Tage manchmal so heiß, dass man die Fenster und Türen tagsüber geschlossen halten musste, damit die Temperaturen in der Wohnung nicht gleich tropisch wurden. Dennoch wurde es häufig so warm in der Wohnung, dass der Schlaf seicht wurde und ein Laken als Bettdecke reichte. Erst kurz vor Sonnenaufgang waren die Temperaturen dann so gesunken, dass wir lüften konnten. Um sechs Uhr riss die Einflugschneise von Tegel einen tiefen Graben in unsere Träume und wir waren gezwungen, das Fenster wieder zu schließen, falls wir noch eine Stunde schlafen wollten. Emma ging später als ich zur Arbeit, der Hochseilgarten öffnete in der Woche erst um elf.

Bevor die Temperaturen kurz vor Beginn der WM wieder sanken, als im Radio pausenlos Werbung mit Fußballbezug lief und die Zeitungen ständig über Russland berichteten, über Menschenrechte und Mesut Özils Weigerung, von seinem Treffen mit Präsident Erdogan zu sprechen, wachte ich mitten in der Nacht in Emmas Bett auf. Das Fenster war noch geschlossen, im Zimmer war es stickig. Emma und ich verbrachten die Nächte häufig in ihrem Bett, und sie schlief wie ich gerne nackt.

Die Dielen knarrten leicht, als ich zum Fenster schlich und den Hebel drehte, um erst den inneren Flügel des Doppelkastens zu öffnen und danach den äußeren. Alte Farbschichten bröckelten von der Außenseite auf das Fensterbrett.

Laue Luft strömte herein. Auf der Straße war es ruhig. Der Himmel über den Dächern war dunkel.

Erst bei meiner Rückkehr bemerkte ich, dass Emmas Platz im Bett frei war. Ich lauschte nach Geräuschen aus dem Bad, doch auch im Flur blieb es still. Ich hatte Bastian am Abend nicht nach Hause kommen hören, aber das musste nichts heißen. Er konnte sich fast lautlos durch die Wohnung bewegen, vor allem nachts.

Nackt betrat ich erst den Flur und dann die dunkle Küche. Dort fand ich sie. Emma stand, nur bekleidet mit einem langen T-Shirt, das ihr knapp über den Po reichte, vorgebeugt an der offenen Balkontür, die Arme auf die schmiedeeiserne Brüstung gelehnt. Ihre Silhouette war ein Scherenschnitt vor der straßenlaternenhellen Randbebauung. In den gegenüberliegenden Wohnungen brannte kein Licht. Eine angenehme Brise wehte durch die warme Küche. Der Kühlschrank summte.

»Alles klar bei dir?«, flüsterte ich. Emma drehte den Kopf, musterte mich von oben bis unten, lächelte, und beugte sich wieder so vor, dass sie nach unten auf den Bürgersteig blicken konnte.

»Ich kann nicht schlafen«, sagte sie laut genug, dass ich sie verstehen konnte. Ich trat hinter sie, umarmte sie an der

Taille und schmiegte mich an sie. Ihr T-Shirt rutschte hoch und ich spürte durch meine Nacktheit, dass sie sich das Hemd nur übergestreift hatte.

»Wieso nicht?«, hauchte ich ihr ins Ohr. Ihr Haar kitzelte mich. Ihre Brüste schmiegten sich durch den Stoff an meine Arme.

»Bastian, Tobias, Marina…«, murmelte sie und bewegte die Hüften. Ich öffnete die Hände und umfasste ihre Brüste.

»Lieber wäre es mir, du könntest meinetwegen nicht schlafen«, säuselte ich und presste mich noch enger an sie. Emma seufzte und stellte die Füße ein wenig auseinander. Gleichzeitig ging sie etwas ins Hohlkreuz.

»Mir auch«, säuselte sie. Sie löste sich vom Geländer und stützte sich mit den Händen auf. Dabei schob sie den Po nach hinten. Ich richtete mich auf und schob ihr das Shirt über die Hüften. Meine Hände glitten unter den weiten Stoff.

Die dunkle Küche gab uns Schutz, die Straßenlaternen warfen nur einen schwachen Schein zu uns herauf. Bastian hatte in der Regel einen guten Schlaf.

Meine Lust war längst nicht zu ignorieren. Emma griff zwischen ihre Beine und half mir auf den Weg. Kaum, dass ich meine Bewegungen aufgenommen hatte, krallte sie sich mit beiden Händen ins Balkongitter. Ich hingegen hielt mich an Emmas Hüften fest. Mein Blick wanderte zwischen den Hälften ihres Mondes und dem Vollmond über den Dächern.

Meine Stöße gaben Emmas leisem Stöhnen einen geilen Takt vor, unsere Körper klatschten Beifall in unserer halböffentlichen Arena der Lust, und von irgendwoher ertönte ein leichtes metallisches Klopfen, ein raues Kratzen.

Verfickter Nachbar, dachte ich und starrte auf Emma Hintern.

Ich hätte noch eine gefühlte Ewigkeit so weitermachen können, als Emma die Füße noch etwas weiter auseinanderstellte, den Po ganz weit nach hinten drückte und die Arme streckte. Meine ganze Energie, die sonst Herrn Kassulke dazu brachten, an die Wasserrohre zu klopfen, weil ich das Kopfteil unserer Betten an die Wand hämmerte, diese Energie ging ungebremst durch ihre Arme.

Wenn ich nicht aufrecht gestanden hätte, wenn ich Emma nicht an den Hüften gehalten und immer wieder auf mich gezogen hätte, wäre unser Höhepunkt vielleicht auf der Straße in einer blutigen Lache verebbt. Denn in diesem Augenblick gab die Brüstung mit einem sandigen Knirschen nach und kippte ein Stück nach vorne wie die Ladeklappe eines LKW. Emma schrie auf, ihr nackter rechter Fuß schwebte plötzlich über dem Abgrund, dann ihr Oberkörper. Ich rutschte aus ihr, stolperte nach vorne.

»Lass los«, rief ich. Die Balkontür drehte sich an meiner linken Seite vorbei, ich spürte Emmas Körpermitte meiner rechten Hand entgleiten. Mit der Linken umschlang ich sie, das Gitter krachte nach links unten weg, der Türrahmen kam mir entgegen.

Emma richtete sich auf, mit einem Bein noch in der Küche, das andere in der Luft. Ich klammerte mich an den Türrahmen, riss Emma an mich und mit dem Schwung meiner letzten Kraft zog ich uns zurück in den Raum.

Wir trudelten über die Dielen.

Emma kreischte noch einmal kurz auf, bevor wir gegen den Küchentisch stießen und uns fingen.

Beinahe hysterisch klang das Schluchzen, das in ihrer Kehle blubberte. Emma rang nach Atem, heulte, starrte auf die offene Balkontür. Das schräg hängende Gitter war nur noch halb zu sehen.

Ich ließ Emma los und stand auf.

Die Reste meiner Lust klatschten gegen meine Schenkel, und als im Haus gegenüber in einer Etagenwohnung erst ein

Licht anging und danach eine Bewegung im offenen Fenster zumindest Neugier erkennen ließ, wurde ich mir meiner Nacktheit wieder bewusst. Ich verschwand schnellen Schrittes in Emmas Schlafzimmer, fischte meine Shorts vom Boden und kehrte in die Küche zurück. Von Bastian war nichts zu sehen oder zu hören.

Emma lag auf dem Boden neben dem Küchentisch.

»O mein Gott«, jammerte sie immer wieder.

»Alles gut«, beruhigte ich sie. »Es ist nichts passiert.«

Sie setzte sich auf. Sie sprach so laut. So wütend. »Nichts passiert? Mich hätte es fast auf der Straße zerlegt? Nichts passiert?«

Mit zwei Schritten war sie am Balkon. Mit der rechten Hand hielt sie sich am Türrahmen fest und starrte hinab. Der Bürgersteig vor dem Haus war leer. Ich trat hinter Emma und sah zum Haus gegenüber, wo das Licht angegangen war. Der Mann oder die Frau, die am Fenster erschienen war, drehte sich gerade um und verschwand im Raum. Gleich darauf ging das Licht wieder aus.

Das Gitter war auf der rechten Seite aus der Verankerung gerissen, durch sein Eigengewicht nach unten gekracht und hing jetzt schräg wie eine Schranke auf Halbmast, festgehalten nur noch durch ein zwei Finger breites Stück verrostetes Metall in der linken Seite der Mauer.

Auf der rechten Seite, dort wo es sich aus dem roten Mauerwerk gelöst hatte, klaffte ein dunkles, tiefes Loch. Der Putz drumherum war längst abgefallen, so wie das meiste davon in den vergangenen Jahrzehnten.

Ich drückte ein wenig gegen das Gitter, um zu sehen, ob es sich beim nächsten Windstoß lösen und auf den Bürgersteig krachen würde, doch es hielt. Wie lange, wagte ich nicht zu prognostizieren.

»Altersschwäche«, sagte ich. Emma sah mich von der Seite an, als hätte ich gesagt, es gäbe gute Immobilienspekulanten.

»Das meinst du jetzt nicht ernst, oder? Da hat doch jemand nachgeholfen.«

»Woher willst du das wissen?«

»Wieso willst du das ausschließen? Vor ein paar Tagen ist einer aus dem Haus vom Dach gefallen und du siehst da keinen Zusammenhang?«

Emma verschränkte die Arme vor der Brust. Ich verdrehte die Augen. Mitten in der Nacht, nach einem Beinahe-Sturz aus dem zweiten Stock, wollte ich mit ihr keine Diskussion über Mordpläne diskutieren.

»Ich rufe jetzt die Polizei.«

»Können wir nicht morgen erst nochmal darüber reden?«

Emma lachte spöttisch auf.

»Und du meinst, morgen ist das Gitter wieder dran?«

»Nein, aber vielleicht sieht die Sache bei Tageslicht betrachtet nicht nach Absicht aus.«

»Mann, bist du ignorant«, fauchte sie noch, bevor sie in ihrem Zimmer verschwand und die Tür ziemlich unsanft ins Schloss drückte. Bastian hatte einen guten Schlaf, aber inzwischen hätte er aufwachen müssen. Auf mein Klopfen reagierte er nicht. Seine Tür knarrte leicht. Sein Bett war leer.

Mit einem unangenehmen Gefühl im Bauch schrieb ich noch einen Zettel mit der Aufschrift *Achtung! Balkongitter defekt!*. Mit zwei großen Ausrufezeichen versehen, klebte ich das Schild an die Balkontür.

7.

Den Rest der Nacht lag ich wach. Ich fragte mich, wo Bastian steckte, was in Emmas Kopf vorging und ob wir nicht die Polizei hätten rufen sollen. Was, wenn das Gitter in der

Nacht herunterfiel und jemanden verletzte. Wären wir dann nicht durch grobe Fahrlässigkeit zumindest daran mitschuldig?

Dabeistehen und zusehen, wie ein Mensch stirbt. Das konnte ich nicht. Zumindest nicht mehr.

Schlittschuh, Pudelmütze, Rekordwinter. Spiegelglattes Eis, Beule am Hinterkopf, taube Füße. Das Eis peitschte, knallte, krachte. Der Himmel wölbte sich blau über Tausenden Eisläufern. Über patschenden Händen auf dem Eis.

Wer zusieht und nichts tut, ist mitschuldig.

Nach dem Aufstehen rief ich gleich als erstes die Hausverwaltung an. Dabei hatte ich vor einem ganz einfachen Problem gestanden: Wer war die Hausverwaltung? Ich hatte meinen Untermietvertrag mit Bastian abgeschlossen. Der bestand aus einem Vordruck von McPaper.

In den meisten Mietshäusern, die ich kannte, hing im Treppenhaus ein kleiner Kasten mit den Telefonnummern der Hausverwaltung oder des Klempners für den Notfall. Bei uns hing neben den verrosteten Briefkästen nur ein vergilbter Zettel, dem ich bislang kaum einen Blick gegönnte hatte.

ProfImmo Hausverwaltung stand darauf, eine Adresse irgendwo im Westen der Stadt, und darunter eine Festnetznummer, die hoffentlich noch funktionierte.

Es klingelte nicht einmal besonders lange, dann meldete sich eine Frau, die ihren Namen und den der Hausverwaltung so schnell aussprach, dass ich für einen Moment unsicher war, ob die Nummer noch stimmte.

Ich nannte erst meinen Namen und anschließend meine Adresse.

»Seit heute Nacht haben wir ein Problem mit dem französischen Balkon.«

»Sind Sie Mieter?«, fragte die Frau zurück, bevor ich das Problem weiter ausführen konnte.

»Ja, nein, ich bin Untermieter. Hauptmieter ist mein Mitbewohner Herr Mosch…«

»Wir kommunizieren grundsätzlich nur mit den Hauptmietern«, unterbrach mich wieder die Frau. Ich spürte, wie sich Groll in meinem Bauch regte.

»Eine Balkonbrüstung ist aus der Verankerung gebrochen und droht auf die Straße zu stürzen und jemanden zu verletzen«, sagte ich so schnell und deutlich ich konnte.

Schweigen.

»Sagen Sie mir noch einmal Ihre Adresse.«

Kurz nachdem Emma zur Arbeit gefahren war, kam der Hausmeister. Ich hatte meinen Rechner dabei und konnte den Vormittag von zuhause arbeiten.

Der Mann, ein untersetzter Typ in den 50ern mit nikotingelbem Schnurrbart und dünnem Haar, stampfte mit seinen Arbeitsschuhen durch unsere Wohnung, als lägen auf den Bürgersteigen nicht Tonnen schlecht entsorgter Hundekacke.

»Watt hamse denn für'n Problem?«, fragte er auf dem Weg.

Sie und ihre Chefin haben auf jeden Fall ein Kommunikationsproblem, dachte ich und sagte: »Die Balkonbrüstung ist heute Nacht aus der Verankerung gerissen«, sagte ich und öffnete die Balkontür.

Der Hausmeister beugte sich mit einer Sorglosigkeit, die an grob fahrlässig grenzte, aus dem Fenster. Dabei stützte er sich auf das Gitter, das noch genauso hing wie in der Nacht.

»Wie hamse denn dit jemacht?«

»Wir haben uns drangelehnt. Mehr nicht.«

»Na, von alleene bricht dit nicht aus.«

Hörte er nicht zu?

»Wie gesagt: Wir haben uns drangelehnt, wie man das halt macht mit Brüstungen.«

Keine Details. Bitte.

Er stemmte die Hände in die Seiten und sah mich verständnislos an. »Wie hamse sich dit denn vorjestellt? Dit kann ich so nicht machen. Da muss man mit einem Jerüst von außen ran.«

Da war er wieder, der Groll in meinem Bauch. »Ich habe Ihrer Hausverwaltung nicht gesagt, dass Sie kommen sollen, sondern dass wir hier ein Problem haben. Wie Sie das lösen, ist doch jetzt Ihre Sache.«

Der Mann winkte ab.

»Die dürfense nich mehr uffmachen, die Balkontür.«

Klasse Rat. Aber vielleicht konnte er mir bei einer Sache weiterhelfen. Eine Frage würde Emma bestimmt stellen, wenn sie aus ihrem Kletterwald kam.

»Kann man erkennen, ob das Gitter rausgebrochen ist, weil es alt war oder weil da manipuliert wurde?«

Der Hausmeister runzelte die Stirn. »Manipuliert?«

»Naja, kann es sein, dass jemand rumgefummelt und nachgeholfen hat, damit das Gitter rausbricht?«

»Na, Sie ham ja Fantasie.«

Mordanschlag. So klang ich. Paranoid.

»Dit kannich so nicht sagen. Da müsste also jemand den Mörtel rausjepuhlt haben. Aber dit janze Haus ist so alt, ick gloob eher an Substanzverlust, wa? Aber das kommt ja zur rechten Zeit.«

»Wie meinen Sie das?«

Der Hausmeister polterte zurück zur Wohnungstür. Jetzt konnte ich ganz deutlich den kalten Zigarettenrauch riechen, der in seinem Blaumann hing.

»Na, hier wird demnächst wat jemacht. In den Kellern und so. Aber da kommt noch ein Aushang.«

Ich wollte ihm sagen, dass mich die Keller nicht interessierten, aber vermutlich war hier jedes Wort eines zu viel.

Wir verabschiedeten uns, nachdem er sagte, die Hausverwaltung würde sich wegen der Arbeiten melden. Als er die Treppe nach unten nahm, fiel mir auf, dass die Wohnung auf unserer Etage, in der das alte Ehepaar gewohnt hatte, noch immer leer stand. Bei der Wohnungsnot in Berlin war das ganz unbegreiflich. Dazu hätte ich ihn gerne noch befragt, aber auch da war er wohl der falsche Ansprechpartner.

Gerade als ich mich wieder an den Küchentisch gesetzt hatte und überlegte, noch einmal in die Agentur zu fahren, klingelte mein Handy.

»Und? Was sagt die Hausverwaltung?«

Ich erklärte ihr kurz von der Einschätzung des Hausmeisters. Von Emma kam daraufhin nur ein verächtliches Schnauben.

»Wer's glaubt…«

»Ich glaube es.«

»Und wenn er lügt?«

»Warum sollte er lügen?«

Etwas rauschte in der Leitung. Rascheln. Emma atmete schwer. »Ich muss jetzt auflegen. Bis heute Abend.«

Ich überlegte, ob ich ihr noch eine WhatsApp hinterherschicken sollte, doch dann ließ ich es bleiben und fuhr noch einmal nach Neukölln.

8.

In meiner Agentur wurde ständig Fußball geguckt, was an den vielen europäischen Kollegen lag, die bei uns arbeiteten.

Vor allem die sportbegeisterten polnischen Programmierer hockten pünktlich zum Anpfiff des ersten polnischen Matches in unserem Konferenzraum, wo der Beamer sonst die Kundenpräsentationen an die Wand warf. Mit Bier, Chips, polnischen Flaggen und den mittlerweile obligatorischen Schminkstiftstreifen in Rotweiß.

Aus Geselligkeit und weil unsere HR-Chefin dazu einlud (vermutlich gegen den Willen des Chefs, der Angst hatte, Arbeit würde liegenbleiben), setzte ich mich zu den anderen. In Gedanken jedoch war ich bei Emma, starrte zur hell erleuchteten Wand, auf der bunte Flecken auf grünem Grund hin und her liefen, hörte ein Hintergrundrauschen.

»Polska, Polska«, rief jemand. Das Bier aus der Halbliterflasche in meiner Hand schmeckte schal. David ging schon in der ersten Halbzeit. Er machte sich nicht viel aus Fußball. Zuvor hatte er noch nach der Stimmung in meiner WG gefragt und wie es Emma ginge. In den Mittagspausen der vergangenen Wochen hatten wir immer wieder über die Situation gesprochen, dabei war ich so vage wie möglich gewesen. Es gäbe da Herausforderungen, Verstimmungen, aber ich erwähnte nur die Vorkommnisse im vergangenen Jahr - den Unfall und den Tod von Sigrid und Gregor, der noch über unserer WG hing wie ein Schatten. Es kostete mich Überwindung, David nicht mein ganzes Herz auszuschütten. Sein Mitleid wollte ich nicht, genauso wenig wie die Frage, warum ich nicht auszog. Das Thema war erledigt.

Nicht jedoch für Emma.

Ich wollte mit ihr reden, wollte sie in den Arm nehmen und ihr sagen, dass sie sich keine Gedanken machen sollte. Und dann wollte ich mit ihr die schlechten Gedanken wegvögeln, bis Herr Kassulke an die Rohre klopfte.

Am Vorabend war Emma schon zuhause gewesen, als ich aus der Agentur gekommen war. Ich hatte an der Wohnungstür schon die Frauenstimmen gehört und war nicht überrascht gewesen, dass Marina mit Emma in der Küche saß.

»Da ist ja unser naiver Freund«, sagte Marina, deutlich angeheitert. Zwischen ihr und Emma stand eine Flasche Wein. Emma trug noch ihr enges Kletteroutfit, und meine Handflächen wurden ganz feucht bei dem Gedanken an die kommende Nacht.

»Gibt es da etwas, das ich wissen müsste?« Ich stellte meine Tasche noch im Flur ab und schlenderte mit gespielter Lässigkeit um den Tisch herum. Marinas Blick folgte mir, als ich Emma einen Kuss gab. Oberflächlich und kurz sollte er sein, wie bei einem Ehepaar, das seit 30 Jahren verheiratet war, doch Emma packte mich am Kragen, zog mich zu sich herunter und schob mir ihre Zunge in den Mund. Ihr Atem ging rasch. Mein ganzer Körper stand sofort unter Strom.

»Alles klar?«, fragte ich, als sie schließlich mein T-Shirt losließ. Auf ihren Wangen waren hektische rote Flecken. Ihr weit ausgeschnittenes Hemd erlaubte tiefe Einblicke.

»Schön, dass du da bist«, flüsterte sie.

»Ich will euch auch gar nicht länger stören«, sagte Marina. Doch statt zu gehen, griff sie nach ihrem Weinglas. Sie trug wieder ein enges Kleid, das ihre großen, schweren Brüste betonte. Das schwarze Haar fiel glatt auf ihre Schultern.

»Ich habe ihr von unserem Erlebnis mit dem Balkongitter erzählt«, sagte Emma. Marina lächelte sarkastisch.

»Ein blöder Zufall, findest du nicht?«

»Naja, wir haben es ja auch schwer belastet«, sagte ich und richtete mich auf. Marina musterte mich. Zum Glück trug ich unter den kurzen Hosen meine engen Boxershorts.

Emma hielt mich am Arm fest, als fürchte sie, ich ginge gleich wieder.

»Das habe ich auch erzählt…«, kicherte sie. Diesmal fiel Marinas Lächeln offener aus, und wenn man anzüglich lächeln kann, dann genau so.

»Weiß Bastian, dass ihr miteinander fickt?« Sie sprach diese Obszönität so gelassen aus, wie ich es von ihr nicht erwartet hatte.

»Er weiß, dass wir zusammen sind.«

»Dann macht euch auf mehr gefasst. Das ist nur der Anfang. Denkt daran, was mit Sigrid und Gregor passiert ist und was er mit Tobias gemacht hat. Und wenn ich nicht aufgepasst hätte, wäre ich auch draufgegangen. Bastian ist ein Psychopath, ehrlich.«

»Hast du Beweise? Woher willst du wissen, dass er dahintersteckt? Vielleicht bildest du dir das auch nur ein?«

Marina schlug die Beine übereinander. Dabei rutschte der Saum ihres Kleides über die Knie. Sie lächelte wissend.

»Guckt euch doch mal um. Ihr könnt die Beweise doch nicht übersehen. Ihr müsst doch nur eins und eins zusammenzählen. Kurz nach Bastians Einzug bei Sigrid und Gregor änderte sich die Stimmung im Haus. Laute Musik, Lärm im Treppenhaus mitten in der Nacht, jemand klopft gegen die Rohre, und das war bestimmt nicht Herr Kassulke.

Die beiden zogen sich immer mehr zurück und Bastian war plötzlich überall, als hätte er die beiden eingeschüchtert. Ich habe Sigrid mal gefragt, was mit ihr los sei, aber sie wollte nicht reden. Die sah dann plötzlich immer total krank aus, sagte, es ginge ihr nicht gut. Ich sag euch, die hat gelitten unter dem Terror von Bastian. Man konnte genau sehen, dass er in sie verknallt war, aber Sigrid hat ihren Gregor vergöttert. Die hätte ihn niemals verlassen.«

»Warum haben sie Bastian nicht wieder rausgeworfen?«

Die Antwort fiel eindeutig spöttisch aus. »Versuch mal, einen Untermieter rauszuwerfen. Die hatten einen Mitvertrag mit ihm. Ich habe ein paarmal die Polizei gerufen, weil die Musik so laut war, dass ich nicht schlafen konnte, aber kaum stand ein Auto vor der Tür, war die Musik aus und die Polizei musste wieder unverrichteter Dinge abziehen. Nur einmal habe ich miterlebt, wie die Polizei tatsächlich den Lärm stoppte. Es war Samstag, kurz nach Mitternacht, und Bastian hatte die Musik bis zum Anschlag aufgedreht. Ich stand senkrecht im Bett, sage ich euch. Ich habe die Polizei gerufen und als sie kam, lief die Musik immer noch. Ich habe vom Treppenabsatz geguckt. Gregor öffnete die Tür und war total peinlich berührt. Ich habe seinen Blick gesehen, zu mir herauf. Und wisst ihr, was er gemacht hat? Er hat die Schuld auf sich genommen und gesagt, er hätte die Musik so laut gemacht und die Zeit vergessen. Kurz danach war die Musik tatsächlich aus. Bastian hat Gregor und Sigrid so unter Kontrolle gehabt, dass die sogar gelogen haben, nur um Konflikte zu vermeiden.«

Marina machte eine Pause. Wieder nahm sie einen großen Schluck Wein und drückte den Rücken durch, als habe sie Schmerzen. Dabei zog sie die Schultern nach hinten und schob die Brust raus. Ihr Kleid schien beinahe zu platzen.

Ich sah zu Emma. Sie hatte einen roten Kopf. Erst dachte ich, ihr wäre der so offensichtlich zur Schau gestellte Ausschnitt unserer Nachbarin peinlich, doch plötzlich fing sie an zu heulen.

»Scheiße ist das«, schluchzte sie. Eine Träne kullerte über ihr Gesicht. »Was machen wir denn jetzt?«

Ihre Frage war an mich gerichtet, doch vermutlich bezog sie Marina mit ein. Was machte man, wenn man mit einem Psychopathen unter einem Dach wohnte? Einem Menschen, der anscheinend seine Wut nicht kontrollieren, seine

Eifersucht nicht beherrschen konnte und Menschen manipulierte? Bislang hatte ich gedacht, solche Typen gäbe es nur im Film. Das klang zu verrückt, falsch, aus der Luft gegriffen, doch Emma schien es anders zu sehen.

»Können wir nicht zu Polizei gehen? Ihn anzeigen?«

Marina beugte sich vor und schlug mit beiden Händen flach auf die Tischplatte. Ihre Brüste wippten unter dem dünnen Stoff.

»Was glaubst du, was ich gemacht habe? Ich bin zur Polizei, ich habe ihn wegen Stalkings angezeigt, ich habe darum gebeten, dass man nach dem Unfall von Sigrid und Gregor das Wrack auf Manipulationen untersucht. Nichts ist passiert. Gar nichts. Bastian hat das alles so geschickt gemacht, dass man ihm nichts nachweisen kann.«

Emma schluchzte. Mir war warm geworden. Und irgendwie schlecht.

»So, ihr beiden Hübschen. Ich muss jetzt gehen.«

Marina trank ihren Wein aus. Beim Aufstehen rutschte ihr Kleid wieder herunter. »Und denkt daran: Die Beweise liegen vor euch, ihr müsst sie nur sehen wollen.«

Wir hatten sie noch zur Tür gebracht und waren dann übereinander hergefallen, als gäbe es keine Nachbarn. Und bevor wir eng umschlungen eingeschlafen waren, hatte Emma gesagt: »Ich mag Marina.«

Genau daran musste ich denken, als ich mit dem schalen Bier im Sessel saß und zu den bunten Flecken an der Wand starrte. Im Raum war die Stimmung stark abgeflaut, seit die Senegalesen ihr erstes Tor geschossen hatten. Als das zweite folgte, verzogen sich die polnischen Programmierer in ihre Büros.

Ich mag Marina.

Mögen war zu viel gesagt. Ohne Zweifel fand ich Marina attraktiv. Ihre Kurven, ihre geschwungenen vollen Lippen.

Aber was sie sagte, war äußerst gefährlich. Unser Zusammenleben hing auch von Vertrauen ab. Ohne echte Beweise wollte ich nicht glauben, dass ich mit einem Serienmörder die Wohnung teilte.

Die Beweise liegen offen vor euch.

Wie sammelte man die? Ich war doch kein Polizist, kein Kriminologe.

»Träumst du?«, fragte David mit der Fernbedienung in der Hand. Mein Blick streifte die Leinwand. Das Fußballspiel war längst vorbei.

»Vom Sieg der Deutschen Elf am Samstag«, sagte ich und kämpfte mich aus dem Sessel.

»Träum weiter«, sagte David. »Machst du Feierabend?«

Was hatte ich noch auf dem Tisch? Nichts, das ich nicht auch am nächsten Tag machen konnte.

In der U-Bahn nach Hause starrte ich die anderen Fahrgäste an, unauffällig, aber doch intensiv. Man konnte nicht in sie hineinsehen, man konnte nicht wissen, was in ihren Köpfen vorging.

Sah sich der ältere Mann auf dem Klappsitz vielleicht verbotene Pornos an, wenn er nach Hause kam? Der Typ mit dem Vollbart gegenüber – plante er einen islamistischen Anschlag? Der Mann im Anzug – ein Steuerhinterzieher? Ich wusste es nicht, ich musste einfach darauf vertrauen, dass sie ganz brave, ehrliche Menschen waren.

Ansonsten wird man doch verrückt.

Bastians Anwesenheit wurde durch die Musik aus seinem Zimmer angekündigt. Zum ersten Mal seit unserem Gespräch in der Küche sahen wir uns. Man konnte den Eindruck gewinnen, er sei uns aus dem Weg gegangen. In den ersten Wochen waren wir uns doch so häufig begegnet und ich hatte das Gefühl gehabt, wir seien mehr als eine Zweckgemeinschaft.

Sofort stellte sich in meinem Bauch das nervöse Kribbeln ein.

Vertrauen.

Meine Schuhe blieben an der Tür, meine Tasche landete in der Küche, meine Fingerknöchel trafen Bastians Zimmertür.

»Ja«, hörte ich ihn sagen.

Er saß an seinem Schreibtisch, den Rücken zur Tür, vor sich den Laptop, an dem ich ihn schon so häufig hatte sitzen sehen. Ob er für sein Studium lernte? Oder Korrespondenz erledigte?

»Hi«

Bastian sah von seinem Bildschirm auf und drehte sich zur Tür. Aus der Distanz versuchte ich zu erkennen, woran er arbeitete, aber die Schrift war zu klein. Ein Word-Dokument. Vielleicht ein Brief. Vielleicht auch nur seine Masterarbeit.

»Wir haben lange nicht gequatscht.« Ich guckte schuldbewusst. Soziopath oder Student?

»Stimmt«, sagte er und rieb sich die Augen. Dabei schob er die Brille hoch. Brillenträger, die man ohne Brille sieht, sehen immer ein bisschen aus wie Puck, die Stubenfliege. Plötzlich sind die Augen klein wie Punkte.

»Wie geht's dir?«

Bastian lachte. »Gut, und dir? Wie läuft es mit Emma?«

Ich musste grinsen. »Über die wollte ich eigentlich nicht reden.«

Bastian nickte. »Gut. Sondern?«

Ich lehnte mich an den Türrahmen.

»Kannst du ein bisschen von Marina erzählen?«

Seine Antwort waren ein kurzes Schweigen und ein intensiver Blick.

»Klar. Lass uns aufs Dach.«

Plötzlich spürte ich meinen Herzschlag im Hals. Das Dach, von dem Tobias gestürzt war. Mit Alkohol. Mit Absicht. Mit fremder Hilfe.

»Wollen wir nicht lieber in die Küche?«

Die Küche, in der eine Tür zum französischen Balkon führte, der halb aus der Verankerung gerissen war. Aufgrund von Altersschwäche. Mit Absicht.

»Komm.« Bastian stand auf. »Der Abend ist lau, Regen soll's heute nicht mehr geben. Ich hole uns zwei Bier.«

Ich wollte ablehnen, wollte sagen, wir könnten doch auch in seinem Zimmer bleiben. Jetzt spürte ich die Nervosität auch in meinem Bauch. Doch ich fand keinen wirklichen Grund.

»Meinst du nicht, es ist zu gefährlich?«

Bastian blieb auf dem Weg in die Küche stehen und musterte mich.

»Seit wann bist du so ängstlich?«

»Seit Tobias vom Dach gefallen ist.«

Bastian lachte. »Der war doch betrunken. Komm, nur eins.«

Mein Puls klopfte in den Fingerspitzen. Mit Bastian auf das Dach. Mit einem Soziopathen? Oder mit einem Studenten? Oder mit beiden.

Die Polizei hatte sich nach meiner Aussage nicht wieder gemeldet. Stattdessen hatte die Spurensicherung den Dachboden wieder freigegeben. Ob das hieß, dass kein Fremdverschulden vorlag? In den Zeitungen hatte nichts von einem Mord gestanden, nur von einem Unfall. Fall abgeschlossen. Jetzt wurde ein echter Mörder gesucht. Der Mörder einer jungen Frau, die am helllichten Tage erwürgt worden war.

Die Stufen knarrten unter unseren Füßen. Auf halber Treppe hielt sich Bastian am knarzenden Geländer fest, als wolle er den Schwung mitnehmen, um sich einfacher auf die nächste Stufe zu katapultieren. Er wirkte beschwingt. Fehlte nur noch, dass er ein Liedchen pfiff.

Als wir an Marinas Wohnung vorbeigingen, hörte ich schwache Musik. Sie klang nach Esoterik.

Auf dem Dachboden war es hell genug. Man konnte jeden einzelnen Balken, jede Dachsparre, jede Schindel sehen. Die längste Nacht des Jahres stand uns kurz bevor. Halt dich vom Rand fern, dachte ich. Ich hatte Emma eine WhatsApp geschickt, aber sie hatte noch nicht geantwortet.

Die Luft stand, die Teerpappe war noch warm, obwohl den ganzen Tag kaum die Sonne geschienen hatte. Über den Dächern blinkten die Lichter des Fernsehturms, daneben hing die Sichel des Mondes. Das Heulen der Triebwerke anfliegender Jets war ein stetes an- und abschwellendes Hintergrundgeräusch. Dazwischen hörte man tatsächlich die Vögel. Und ab und zu meinte ich, Jubeln oder das Aufstöhnen von Fußballfans zu vernehmen, die in der nahen Brauerei beim Public Viewing das aktuelle Spiel verfolgten.

»Lange nicht mehr hier oben gewesen«, sagte Bastian, nachdem wir uns gesetzt hatten. Wie lange nicht? Seit er Tobias vom Dach geworfen hatte? Aus welchem Grund auch immer.

»Du bist nicht mehr so gerne hier oben, oder?«

»Das mit Tobias fand ich krass.« Bastian streckte die Beine aus und setzte die Bierflasche an die Lippen. In der Ferne explodierte der Jubel. Wie mochte es jetzt wohl stehen? Wir hätten ja auch in die Brauerei gehen können, um Fußball zu gucken.

»Aber mit Marina hat das nichts zu tun, oder?«

Bastian seufzte kopfschüttelnd. »Was ist bloß los mit euch. Wieso lasst ihr euch von dieser Frau so verrückt machen?«

Ich saß neben dem Mann, mit dem ich zusammenwohnte und von dem ich doch so wenig wusste. Neben dem Mann, der vielleicht zwei Gesichter hatte: ein Hipstergesicht und eine von wahnsinniger Eifersucht zerfressene Fratze.

»Ich weiß nicht. Was war mit ihr? Hattet ihr mal was?«

Bastian sah mich von der Seite an. »Nur eine Sache vorweg. Ich erzähle dir was über mich und Marina, aber eigentlich geht dich das gar nichts an, okay? Es ist meine Privatsache. Aber ich finde es unerträglich, wie Marina hier private Sachen benutzt, um schlechte Stimmung zu machen.«

Ich nickte nur stumm. Bastian nahm einen neuen Schluck von seinem Berliner Pilsner und räusperte sich.

»Wir haben uns kurz nach meinem Einzug hier in der WG kennengelernt. Ich wusste nicht, was für eine tolle Hausgemeinschaft sie angeblich hatten, das habe ich erst später von Marina gehört. Sie hat mich angebaggert. Auf einer Party bei ihr, die dann unweigerlich auf dem Dach geendet hat. Ich wusste nicht, dass sie was von mir wollte, bis sie mir an die Hose ging. Ich habe sie höflich, aber bestimmt darauf hingewiesen, dass ich nichts von ihr will. Mein Gott, war sie vielleicht beleidigt. Als hätte sie diese Antwort nicht einmal im Entferntesten in Betracht gezogen. Ob ich eine Freundin hätte, hat sie noch gefragt, und als ich sagte, dass das keine Rolle spiele, ich würde nur einfach nichts von ihr wollen, ist sie aufgestanden und durch diese Dachluke gegangen, ohne sich noch einmal umzudrehen.

Danach hat sie es zwar noch einmal probiert, bei einer Halloweenparty einer irischen Nachbarin, die hier auch schon nicht mehr wohnt. Sie hat sich dafür entschuldigt, dass sie vielleicht etwas zu forsch gewesen sei, und manche Männer würden das ja nicht mögen, wenn Frauen den ersten Schritt machen, und ob sie das irgendwie wieder gut machen könne. Ich habe ihr noch einmal, diesmal noch höflicher gesagt, dass sie eine attraktive Frau sei, ich aber nichts von ihr wolle.«

Hier musste ich ihn einfach unterbrechen, ich konnte nicht anders. Zu alt? Zu jung? Zu schwarzhaarig? Zu zickig?

»Wieso nicht?«

»Wieso ist das für dich so wichtig?«

»Weil…«, begann ich und stockte. Aus reiner Neugier. »Ist schon okay, ich muss es nicht wissen.«

Ich musste an die Nacht nach der Einweihungsfeier denken. Er und die junge Dame mit den kurzen Haaren im Bett. Vermutlich war Marina einfach nicht sein Typ. Ich konnte es verstehen - eine Frau wie Marina vielleicht nicht. Oder erzählte er hier Quatsch?

Bastian sah wieder nach vorne.

»Und danach hat sie mich nur noch mit dem Arsch angesehen. Mehr als einmal war die Polizei bei uns, weil es angeblich zu laut gewesen war. Und dann war wochenlang Ruhe, dann hängte sie Zettel neben die Briefkästen, jemand habe ihre Schuhe geklaut, der Schuldige wüsste schon, wer gemeint sei. Irgendwann hat sie mich bei der Polizei angezeigt, weil ich ihr angeblich gefolgt sei. In den Supermarkt und in die U-Bahn.«

»Und das bist du nicht?«

»Nein, nicht mit Absicht. Ich bin ihr begegnet, im Supermarkt und in der U-Bahn. Aber wie das zufällig so ist…«

Oh! Mein! Gott! War das seine Sicht der Dinge? Zufall? Hatte er nicht gemerkt, dass er sie stalkte? Mein Zwerchfell begann unangenehm zu flattern. Saß ich hier vielleicht doch mit einem Wahnsinnigen auf dem Dach?

Einen irrwitzig langen Augenblick lang malte ich mir aus, wie er mich packte und in den Hof hinunterwarf, mein Bier noch in der Hand. Die Kamera rotiert, zeigt Himmel und Grund. Statt meinen zerschmetterten Körper zu zeigen, würde der Zuschauer sehen, wie die braune Flasche auf dem rissigen Beton in tausend Teile zerplatzt.

»Aber das hat sie selbstverständlich nicht so gesehen«, sagte ich und hoffte, dass er das Zittern in meiner Stimme nicht hörte.

»Natürlich nicht«, sagte Bastian. Wieder erhob sich die Public-Viewing-Menge mit einer Stimme. Zwei zu Null? Eins zu eins? Die zweite Halbzeit war schon lange angebrochen. Es dämmerte. Mein Bier war leer. Beendete man so ein Gespräch, in dem es um Stalking, Polizei und falsche Verdächtigungen ging?

Mein Mitbewohner interpretierte mein Schweigen richtig.

»Reicht dir das?«

»Ja, danke, reicht. Hast du Lust, noch ein bisschen Fußball zu gucken?«

Von der Teerpappe blieben kleine Krümel an meinen Handflächen kleben. Auf der Wisbyer Straße heulte ein Krankenwagen.

Jetzt nur nicht den Rücken zuwenden.

»Nö, geh nur, ich bleib noch.«

Ich öffnete die Dachluke und stieg in den Trockenboden. Erst auf dem Weg nach unten hörten meine Hände auf zu zittern. Die gleiche Geschichte, eine andere Wahrheit. War er ihr gefolgt? Oder hatte sie sich das eingebildet? Hatte Bastian ihr einen Korb gegeben, oder war es Marina gewesen? Und hatte Bastian was von Emma gewollt? So viele Antworten war er schuldig geblieben. Antworten auf Fragen, die ich nicht gestellt hatte. Aus Angst. Aus Nervosität.

Ich ging Zähneputzen, streamte ein bisschen Fußball über meinen Laptop und schrieb eine weitere Nachricht an Emma, doch sie meldete sich nicht.

Erst spät kam sie nach Hause. Ich war gerade eingeschlafen. Sie kroch im T-Shirt ins Bett und kuschelte sich an mich. Ein schwacher Geruch nach Zigarettenrauch hing in ihrem Haar.

»Wo hast du gesteckt?«, murmelte ich.

»Bei einer Freundin«, flüsterte sie. Ich erwiderte matt den Kuss und schlief wieder ein.

Sanierungsstau

Die überlappenden Bogensegmente erscheinen schwarz und scheinen eine Spirale zu bilden, jedoch sind die Bögen der Fraser-Spirale eine Reihe von konzentrischen Kreisen.

1.

Die Haustür knallte hinter mir ins Schloss. Wenn hier nur alles so gut in Schuss wäre wie der Obertürschließer. Im Briefkasten lag wie immer nur Werbung. Der Aushang im Hausflur hingegen war neu. *Hinweis* las ich. *Wichtig*.

Die Mieter wurden aufgefordert, bis zum Ende des Monats ihre Kellerräume zu entrümpeln, da Arbeiten zur Abdichtung nötig waren. Nässe. Schimmel. Sanierung.

Der Hausmeister hatte es schon angekündigt. Uns betraf das nicht, da wir keinen Keller hatten. Ich hielt es für wichtiger, dass endlich unser Balkongitter repariert wurde.

Wie sehr mich das Thema beschäftigte, hatte ich am Nachmittag in einer Telko gemerkt. Es war um ein neues Design gegangen, ein visuelles Konzept für das Layout einer Unterseite des Webauftritts eines unserer Kunden, und ich hatte nicht gemerkt, wie ich in Gedanken in unserer Wohnung war, mir vorstellte, wie das Gitter repariert wurde und Bastian, Emma und ich gemeinsam ein paar Tapas aßen und einen tollen, eisgekühlte Wein dazu tranken.

Plötzlich war es in unserem Meetingraum ganz ruhig geworden. Vor uns die Telefonspinne in Form einer schwarzen Raute. Das grüne Licht zeigte eine Verbindung an. Als ich aufgeblickt hatte, hatten mich mein Projektmanager, der Konzeptioner und der Client Service Director erwartungsvoll angesehen.

Ob ich das auch so sähe, hörte ich jemanden aus dem Telefon fragen. Es war wie ein Flashback meiner Schulzeit, wenn ich in Tagträumen versunken dem Unterricht nicht mehr gefolgt war, meistens schon direkt von Beginn an. Und wenn der Lehrer meinen Namen genannt und mich provokant angesehen hatte, war mir klargeworden, dass ich wieder geschlafen hatte.

Ich hatte eines besonders gut in der Schule gelernt: Phrasen zu dreschen, mit denen ich verbarg, dass ich keine Ahnung hatte, wovon ich redete. Meistens ging es gut, immerhin arbeitete ich in der Werbung. Immer jedoch erwartete ich, dass mich jemand als den Hochstapler entlarvte, der ich war. An diesem Nachmittag hatte ich Aufschub bekommen.

Ja, das Design, stimmt, wir müssen das Konzept einmal jetzt überarbeiten, ich werde die Visualisierung rüberschicken, vor allem brauchen wir eine Bildwelt, die das aufgeräumte Design fortsetzt. David hatte übernommen. Ich hatte aufgeatmet.

In Gedanken, mit dem Blick auf das Handy, ging ich die Treppe hinauf, checkte Mails und Facebook, bis ich mich fragte, wer unsere Wohnungstür blau gestrichen hatte oder woher die Kinderschuhe im Regal kamen. Und seit wann überhaupt ein Schuhregal vor unserer Tür stand.

Erst dann merkte ich, dass ich schon längst über unsere Etage hinausgegangen war und vor Marinas Tür stand. Durch die Tür drang auch leise Musik ins Treppenhaus. Ich wollte mich gerade auf dem Absatz umdrehen, als ich Lachen aus der Wohnung hörte. Ein vertrautes Lachen.

Ich zögerte, drehte mich um und klingelte. Stille für ein paar Sekunden, schnelle Schritte auf Dielen. Die Tür wurde aufgerissen. Vor mir stand Marina, das Haar ein wirrer Kranz um den Kopf. Sie trug einen dünnen Kimono aus geblümtem rotem Stoff, der nachlässig von einem Gürtel gehalten wurde.

Die beiden Hälften klafften weit auseinander, so dass die Ansätze ihrer großen Brüste deutlich im Ausschnitt zu sehen waren. Offensichtlich trug sie nichts darunter.

»Hi Lennart«, lachte sie beschwingt. »Du suchst bestimmt deine kleine Freundin, oder?«

Ich musste mich zusammenreißen, ihr ins Gesicht zu sehen.

»Sie ist nicht zufällig bei dir?«

Marina warf den Kopf nach hinten und strich mit beiden Händen ihre Haare zu einem Zopf. Der Gürtel um ihre Hüften lockerte sich.

»Ja, ist sie. Moment.«

Mit der rechten Hand hielt sie die Haare, mit der linken griff sie in die Tasche ihres Kimonos und holte ein Haargummi heraus. Mit einer raschen Bewegung band sie das Gummi um den Zopf. Dabei löste sich der Knoten im Gürtel vollständig auf und fiel zu Boden. Der Kimono öffnete sich. Mein Gesicht glühte auf einmal.

»Emma, dein Freund ist hier«, sagte Marina laut. Ihr war mein Blick offensichtlich nicht entgangen. Sie sah an sich herunter, sah den Gürtel, sagte »Hoppla« und ging in die Knie, um ihn aufzuheben.

Jetzt erst sah ich im Flur eine Bewegung. Emma kam von rechts. Ihr T-Shirt hing halb in den Jeans, halb draußen. Ihre Füße waren nackt.

»Hey, schon zuhause?«, flötete sie. Hatte ich die beiden gestört? Um meine Brust schloss sich ein Ring.

Marina band sich den Gürtel umständlich um die Hüften, dabei entblößte der Kimono mehr als ich ertragen konnte. Hoffentlich sah man die Beule in meiner Hose nicht.

»Na?«, brachte ich hervor. Die Aufregung schnürte mir den Hals zu. *Was treibt ihr so? Wobei habe ich euch gestört? Was habt ihr gemacht?*

»Was heckt ihr denn aus?«

Emma stellte sich neben Marina, die endlich ihren Kimono wieder geschlossen hatte. »Och, nichts.«

Ich verlagerte mein Gewicht von einem Fuß auf den anderen. Wollten sie mich nicht reinbitten?

Marina sah zu Emma. »Erzählen wir es ihm?«

Sie nickte. »Komm doch rein.«

Sie führten mich in Marinas Küchenchaos. Auf dem Tisch standen mehrere leere und eine halbleere Flasche Rotwein. Ich hoffte, dass sie nicht alles an diesem Nachmittag getrunken hatten.

»Bist du gar nicht im Wald?«

»Nein. Dafür muss ich am Sonntag hin.«

Marina hob eines der leeren Weingläser hoch, das ihr am saubersten erschien. »Trinkst du eins mit?«

Wir setzten uns an den Tisch. Was auch immer die beiden in meiner Abwesenheit miteinander getrieben hatten, es war bestimmt nicht jugendfrei. Oder bildete ich mir das nur ein? War das nicht eine Fantasie aus dem Reich der Pornoindustrie?

»Was gibt's denn?«

Emma räusperte sich. Dann kicherte sie nervös. »Wir haben mal ein bisschen recherchiert, okay?«

So wie sie das sagte, klang es nach etwas Verbotenem.

»In welche Richtung?«

»Wie man einen Soziopathen erkennt.«

Wieso wusste ich sofort, von wem die Rede war? Hatte ich mich schon damit abgefunden, dass ich die Wohnung mit einer tickenden Zeitbombe teilte?

»Ist denn noch etwas vorgefallen?«

Marina setzte ein spöttisches Lächeln auf. »Du meinst abgesehen von eurer Balkonbrüstung? Dem Mord an Tobias? Den geöffneten Briefen? Dem Terror rund um den Kühlschrank?«

Ein gegessener Joghurt war schon Terror? Machte die einmalige Verletzung des Briefgeheimnisses Bastian schon zum Soziopathen? Und aus einem Unfall einen Mord zu machen, war auch sehr gewagt.

»Übertreibt ihr da jetzt nicht ein bisschen? Bastian mag etwas undurchschaubar sein, aber er ist doch noch kein Irrer, geschweige denn ein Mörder.«

Emma sah zur Seite, als sei sie genervt von meiner Skepsis.

»Hast du vergessen, was er mit Marina gemacht hat? Das Stalken und so?«

Ich resignierte. Es stand Aussage gegen Aussage. Bastian hatte eine andere Geschichte erzählt, und es gab keine Möglichkeit, die Wahrheit herauszufinden, solange ich keine Doktorarbeit über *Unfälle, die keine waren* schrieb.

Marina beugte sich vor. »Ein Soziopath ist ein notorischer Lügner, der sich über dem Gesetz wähnt, der keine Regeln einhält. Sie empfinden keine Reue oder Schuld für ihr Handeln. Sie übernehmen gerne die Rolle des Anführers und zugleich haben sie Probleme damit, sich in andere Menschen hineinzuversetzen. Und jetzt frage ich dich: Euer Bastian, der Herr über die Wohnung, der Stalker, der Ignorant am Kühlschrank, der Mann, der Musik nachts auf volle Lautstärke dreht – ist das nicht ein Musterbeispiel für einen Soziopathen?«

Emma nickte und schüttelte sich, als sei ihr kalt. Mir jedoch war das alles zu vage. Es war ein bisschen so wie das Buch von Charles Berlitz über das geheimnisvolle Bermudadreieck, in dem er ziemlich fahrlässig alle möglichen Ereignisse in einem willkürlich umrissenen Gebiet in einen Zusammenhang stellte (und manchmal sogar außer Acht ließ, dass der eine oder andere Schiffsuntergang nicht einmal im Bermudadreieck stattgefunden hatte).

Ich mochte Bastian, ich mochte seine ruhige, überlegte Art. Noch immer konnte ich mir nicht vorstellen, dass er ein irrer Soziopath war, der andere Menschen manipulierte.

Vielleicht war ich aber auch zu naiv.

Ich konnte mich auch nur schlecht in andere Menschen hineinversetzten und ihre Bedürfnisse erkennen. Mir fiel es häufig schwer, bei der Arbeit ganz ohne Briefing zu erkennen, was der Kunde wollte. Ich fand es eher interessant, meine Sicht der Dinge in einem Layout umzusetzen, meine Idee eines Bildes, meine Vorstellung von einer Aufteilung der Informationen. Ein Corporate Design, ein Styleguide, in dem vorgegeben war, was ich wie zu gestalten hatte, war einerseits ein Korsett und andererseits eine Stütze, die das Gehen erleichterte.

An manchen Tagen wurde ich durch das Feedback eines Kunden, der sich darüber beschwerte, dass ich ihm nicht das geliefert hatte, was er sich wünschte, an meine letzte Freundin erinnert.

Ich hatte ihr grundsätzlich die falschen Geschenke zu Weihnachten und zum Geburtstag gemacht. Sie hatte mir nie gesagt, was sie sich wünschte, und ich hatte selten richtig geraten. Eine CD einer Künstlerin, die nur ein Lied im Radio hatte platzieren können. Mir hatte es gefallen, meiner Freundin nicht. Ein Parfum, das ich gerne roch, meine Freundin nicht. Ein Buch, das ich interessant fand, meine Freundin nicht.

Meine Mutter hatte mir als Kind beigebracht, man solle am besten die Sachen verschenken, die man auch gerne geschenkt bekäme. Ein im Nachhinein echt beschissener Rat.

»Wir müssen ihn beobachten, wir müssen herausfinden, was er als Nächstes plant«, sagte Emma. Pläne? Vielleicht hatte er auch nichts vor. Wenn er sich über Emma und mich geärgert hatte, war seine Wut höchstwahrscheinlich schon wieder verraucht.

»Wie lange ist er dir gefolgt, Marina? Wann ist er darüber hinweggekommen, dass du ihm einen Korb gegeben hast?«

Marina lehnte sich zurück. Die beiden Hälften ihres Kimonos rutschten über ihre Knie zur Seite.

»Keine Ahnung, irgendwann nach der Anzeige glaube ich. Es hat sich etwas beruhigt. Aber wenn Emma mich nicht zu deiner Einzugsparty eingeladen hätte, wäre ich wohl gar nicht auf die Idee gekommen, eure Wohnung in seiner Anwesenheit zu betreten.«

»Vielleicht sollten wir einfach die Füße stillhalten und das Gitter auch nur zu den extrem seltenen Zufällen zählen. Was meint ihr?«

Die beiden Frauen sahen mich prüfend von der anderen Seite des Tisches an.

»Was sollen wir denn jetzt auch machen? Ihn noch einmal anzeigen? Wir haben doch einfach keine Beweise für die Polizei.«

Mit einer langsamen Bewegung schlug Marina die Beine übereinander. Der Kimono glitt noch weiter auf.

»Dann müssen wir die uns besorgen«, sagte sie und sah zu Emma hinüber. Mein Blick wanderte weit unter das Niveau der Tischplatte. Der schnelle Puls raubte mir den Atem. Eine anzügliche Bemerkung lauerte auf der Zunge. Sowas wie: Ich kann es euch besorgen. Beiden. Jetzt und hier. Aber so etwas sagte man nicht, es sei denn man spielte in Gonzo-Filmen die männliche Hauptrolle.

»Und wie?« Den Blick zu heben glich einer Herkulesaufgabe. Sieh zu Emma. Deiner Emma. Die du vielleicht, aber auch nur vielleicht, auf einmal mit Marina teilen musst. Oder sah ich das falsch? Wie konnte man das falsch sehen. Der Kimono mit nichts darunter. Das nachlässig in die Hose gestopfte T-Shirt.

Emma setzte wieder ihren verschwörerischen Blick auf. »Wir finden heraus, womit er sein Geld verdient.«

»Und dann?«

»Wir sind uns sicher, dass es etwas Illegales ist. Und dann haben wir ihn, dann können wir ihn anzeigen.«

Was für eine Schnapsidee war denn das? »Illegal im Sinne von… Drogen? Waffen?«

Marina wackelte mit dem Kopf. »Das werden wir ja sehen.«

Diesmal seufzte ich. Weil man Al Capone in der Prohibition den illegalen Handel mit Alkohol nicht nachweisen konnte, war er wegen Steuerhinterziehung angeklagt worden. Aber Bastian war nicht Al Capone. Es lief alles eindeutig aus dem Ruder.

»Wir werden ja sehen«, sagte Emma. »Ich halte das für eine gute Idee.«

Ich nicht, aber ich fürchtete, dass jedes weitere Wort einen Keil zwischen Emma und mich trieb. Also hielt ich die Klappe. Nur eine Frage war wichtig.

»Wollt ihr jetzt los? Oder habt ihr noch andere Pläne?«

Emma und Marina sahen sich an.

»Geh schon mal vor«, sagte Emma. »Ich komme gleich nach.«

2.

In den nächsten Tagen hatten Emma, Marina und ich ein gemeinsames Ziel. Wir wollten mehr über Bastian herausfinden.

Ich schlug vor, zuerst Herrn Kassulke zu fragen. Mir erschien er als Nachrichtenzentrale des Hauses. Doch auf unser Klingeln hin öffnete niemand. Vermutlich war er

155

einkaufen. Und so langsam, wie Herr Kassulke ging, konnte das den ganzen Tag dauern.

Auch Emma war in dieser Hinsicht eine Enttäuschung. Immerhin wohnte sie schon über ein Jahr mit ihm zusammen, doch über seine Essgewohnheiten hinaus wusste sie wenig von ihm.

Es zeigte sich, wie wenig Zeit Emma, Bastian und mein Vormieter Philipp miteinander verbracht hatten. Im Winter war Emma zwei Monate lang mit ihrem damaligen Freund auf Tour durch Thailand gewesen, fast zeitgleich war Philipp für ein halbes Jahr mit dem Erasmus-Programm nach Spanien gegangen. Sein Zimmer hatte er nicht untervermietet, anscheinend hatte er das nicht nötig gehabt.

Und Bastian war an den Wochenenden häufig unterwegs gewesen, hatte viel Zeit im Ausland verbracht. Insgesamt musste man sagen, dass es eine reine Zweck-WG gewesen war, mit der sich alle arrangiert hatten.

Dennoch nahmen wir Kontakt zu Philipp auf. Emma war mit ihm über Facebook befreundet. Wir beugten uns über ihr Handy, tippten und warteten. Philipp schrieb keine fünf Minuten später zurück, freute sich über Emmas Kontaktaufnahme und fragte, wie es ihr ginge.

Nach kurzem Smalltalk kam Emma zur Sache, fragte nach Bastian und ob Philipp wüsste, wovon er lebte.

»Nein«, schrieb er zurück. »Aber warum fragt ihr ihn nicht selbst?«

»Haben wir«, schrieb Emma. »Er sagt, es ginge uns nichts an.«

»Damit könnte er recht haben«, war Philipps Kommentar. Er fragte noch, ob wir Geldprobleme hätten. Als wir verneinten, beendete er die Unterhaltung relativ schnell, weil er noch arbeiten müsse, eine Präsentation, wir wüssten schon.

Kurz bevor wir uns verabschiedeten, fiel mir noch etwas ein. Ich fragte ihn, ob er eine Idee haben könnte, warum jemand einen Schlüssel in der Küchenwand versteckte.

Seine Antwort war ein großes Fragezeichen.

Wir hätten den gefunden, als wir ein Regal aufhängen wollten. In einem Versteck im Trockenbau. Emma zog mich aus meinem Zimmer in die Küche und gab mir zu verstehen, ich solle den Schlüssel holen.

Ich fand ihn dort, wo wir ihn gelassen hatten: in einem Glas mit Schrauben und Batterien. Emma machte ein Foto und schickte es im Messenger an Philipp.

»Keine Ahnung«, schrieb er. »Habt ihr es im Keller versucht?«

»Wir haben doch keinen«, schrieb Emma.

»Stimmt. Dann weiß ich auch nicht weiter.«

Danach beendeten wir das Gespräch und Emma schob ihr Handy von sich weg. Ich knipste nervös mit dem Daumennagel.

Sackgasse.

»Wir müssen in sein Zimmer«, flüsterte Emma am Abend. Eine Stunde lang hatte sie mich in den verschiedensten Stellungen geritten, sich vor mich gekniet und unter mich gelegt. Mehr als einmal hatte ich mich gefragt, was sie mit Marina getrieben hatte und mir, während ich Emma leckte und dabei zwei Finger in sie schob, bildlich vorgestellt, wie die beiden im Bett lagen. Ich fühlte mich zugleich dadurch erregt und erniedrigt. Treue schien Emma nicht so wichtig. Und Liebe war es anscheinend auch nicht.

»Und was willst du dort finden?«

Was suchst du? Was willst du von mir und was von Marina?

»Ich weiß es nicht, ich will nur endlich mehr über Bastian wissen. Mich macht es krank, dass ich so wenig über ihn weiß.«

Aber das ist doch nicht seine Schuld, wollte ich ihr sagen. Ihr Kopf lag auf meiner Schulter. Sie hielt mich umklammert und hatte ein Bein über mich gelegt. So nah war sie mir, so eng waren wir zusammen, und dennoch fürchtete ich, sie würde mich bei jeder Widerrede verlassen.

»Wenn du nichts findest und Bastian weder deine Joghurts futtert noch versucht, dich die Treppe herunterzuwerfen – ist dann wieder alles gut?«

Emma hob den Kopf. Ihr Haar kitzelte mich an der Wange.

»Wenn ich keine Angst mehr habe, dann ja.«

3.

An Emmas freiem Mittwoch arbeitete ich von zuhause aus und behauptete, ich würde auf einen Handwerker warten. Mittlerweile vermehrten sich die Anzeichen, dass unsere Agentur, die zu einer großen Werbeholding gehörte, in wirtschaftliche Nöte geraten war. Ein Etatverlust hatte den Druck erhöht, neue Kunden zu gewinnen. Ein großer Automobilkonzern hatte uns nach fünf Jahren das Budget entzogen. Wir seien einfach zu teuer. Dabei hatten wir die vergangenen Jahre kaum etwas verdient. Wie immer waren meine Chefs von der Hoffnung getrieben, bis zu einer Neuverhandlung der Verträge so unverzichtbar zu sein, dass der Kunde jeden Preis akzeptieren würde. Der Plan war nicht aufgegangen. Gewonnen hatte eine Agentur, die mit vielen polnischen Freelancern die Kosten drückte, technisch aber keine Ahnung von diesem Projekt hatte.

Dass diese Agentur den gleichen Fehler machte wie wir und in fünf Jahren gegen jemanden pitchen würde, der wiederum noch billiger war, tröstete meine Chefs wenig. Bald würden die Personalkosten die Reserven auffressen. Meine Kollegen hatten in den vergangenen Wochen immer wieder um neue

Kunden gepitcht und alle Ausschreibungen verloren. Anders ausgedrückt: Die Stimmung war schlecht. Mittlerweile freundete ich mich mit dem Gedanken an, mir einen neuen Job zu suchen, so wie viele Kollegen es in den vergangenen Wochen und Monaten. Über XING und LinkedIn las ich von ihren neuen Positionen in den vielen großen und kleinen Agenturen. Ironie an der Sache war, dass einige auch zu der Agentur wechselten, die den Pitch um den Automobilkunden gegen uns gewonnen hatte. Jetzt arbeiteten die gleichen Leute für den Kunden, verdienten dabei mehr Geld als vorher, weil sie für ihr Wissen bezahlt wurden, und die Gewinneragentur verdiente noch weniger am Kunden, musste dafür auf der technischen Seite noch mehr billige Arbeitskräfte aus Osteuropa einstellen, getrieben von der Hoffnung, in fünf Jahren würde alles besser.

Ein Teufelskreis.

Emma und ich warteten, bis Bastian das Haus verließ, und informierten dann Marina. Während ich von meinem Zimmer aus auf die Straße sah, um sicherzugehen, dass Bastian nicht unvermutet zurückkam, ließ Emma die sichtlich aufgeregte Marina in die Wohnung.

Zu dritt brachen wir in sein Zimmer ein. Verletzung seiner Privatsphäre traf es eigentlich besser, denn seine Tür war nicht verschlossen. Vermutlich gab es nicht einmal einen Zimmerschlüssel, so alt wie die Türen waren.

Ich hatte ein schlechtes Gewissen, als wir in seine Regale sahen, nach Kontoauszügen suchten, nach Arbeitsverträgen, nach Belegen für ein Stipendium.

Sein Zimmer war sehr übersichtlich eingerichtet. Ein Bett mit winzigem Beistelltischchen, ein schmales, elegantes Regal, ein offener Kleiderschrank, ein Schreibtisch, der aus zwei Böcken mit Platte bestand. Alles penibel aufgeräumt. Beinahe wie in einem Hotelzimmer.

Reduce to the max.

Im Regal standen neben der Fachliteratur über BWL nur ein paar Aktenordner. Ich steckte den Zeigefinger in das Loch und zog den Ordner aus dem Regal. Farbige Register halfen auf den ersten Blick bei der Orientierung. Daran hatte Bastian sicher nicht gedacht, als er Ordnung geschaffen hatte – dass ihn ein Fremder schneller ausspionieren konnte.

Doch wonach suchte ich eigentlich? War allein die Tatsache, dass Bastian seine Tür unverschlossen ließ und seine Dokumente offen präsentierte, nicht Beweis genug dafür, dass er nichts zu verbergen hatte?

Dennoch war ich enttäuscht, als ich unter dem Register Rechnungen lediglich einen Kaufbeleg für seine Möbel fand, seinen Laptop, seine Sportschuhe. Brille. Keine Quittung war älter als zwei Jahre. Vermutlich sortierte er sie regelmäßig aus.

Ein zweites Register verriet, dass Bastian die Anschreiben der Polizei aufgehoben hatte. Anzeige, Vorladung, Stalking. Mit schweißnassen Fingern blätterte ich durch die Schreiben.

»Hast du was?«, fragte Emma.

»Nein«, antwortet ich. Was ich sah, bestätigte nur, was wir schon wussten: dass es Anzeigen gegeben hatte. Mehr nicht. Sollte ich sie darauf ansprechen?

»Die wirklich wichtigen Dokumente hat er bestimmt in irgendeinem Schließfach«, sagte Marina, während sie in seinen Kleiderschrank guckte. »Sonst hätte er seine Zimmertür abgeschlossen.«

Nach einer Viertelstunde hatten wir genug. In Bastians Zimmer war nichts zu finden, das auf kriminelle Aktivitäten hinwies. Wir waren einfach zu naiv gewesen.

Schweigend saßen wir uns in unserer Küche gegenüber.

Ab und zu tippte ich auf meinem Laptop herum und korrigierte halbherzig ein paar Designs. Der Projektmanager hatte wieder neue Texte geschickt. Unser Kunde änderte ständig in letzter Minute die Copybücher, die anschließend wild zwischen Designer und Texter hin und her geschickt wurden. Kein Wunder, dass sich immer wieder Fehler einschlichen, die erst in der letzten Freigaberunde auffielen.

»Können wir denn jetzt einfach die Sache auf sich beruhen lassen?«, fragte ich. Am Nachmittag spielte Deutschland um den Einzug ins Achtelfinale. Das Spiel hätte ich gerne in der Agentur gesehen, da konnte ich Arbeit vortäuschen, wie die anderen. Mich einfach ohne Ansage in die Brauerei schleichen und dort beim Public Viewing unserer Mannschaft beim Versagen zuzusehen, traute ich mich hingegen nicht.

Marina stand an unserer Balkontür und starrte auf das rotweiße Flatterband, das quer vor dem Gitter gespannt war.

»Warum wird der Balkon eigentlich nicht repariert?«

Bevor ich etwas erwidern konnte, gab sie sich selbst die Antwort. Rhetorische Fragen in Zeiten des Misstrauens.

»Vermutlich wollen sie uns hier langsam rausekeln. Hab ihr schon euren Keller geräumt?«

»Wir haben keinen«, erwiderte ich und sah zu Emma hinüber. Die zuckte mit den Schultern. Wir erzählten von unserem Verschlag in der dunkelsten Ecke des Kellers und dass wir bis auf ein paar Bücher und ein paar Umzugskartons dort nichts stehen hatten. Und dass ich die leeren Kartons vor ein paar Tagen hochgeholt und bei eBay-Kleinanzeigen verkauft hatte. Für 50 Cent pro Stück.

»Ihr habt echt keinen Kellerraum? Komisch.«

»Kannst ja mal nachzählen. Acht Wohnungen und der Trödelladen. Acht Keller. Ist einer zu wenig.«

Jetzt seufzte ich. Ich konnte nachfühlen, wie es Bastian bei unserer ersten Tour gegangen war.

Marina schüttelte den Kopf.

»Ich weiß gar nicht, wohin mit dem Zeug. Ich kann das doch nicht alles verschenken.«

»Was man ein Jahr nicht braucht, kann eh weg.« Sogleich bereute ich meine Worte. Marinas Tonfall war scharf.

»Echt? Willst du mir jetzt vorschreiben, was ich aufheben und was wegwerfen soll?«

»Ich nicht, aber die Hausverwaltung vielleicht.«

Es war, als hätte Marina mein Friedensangebot gar nicht gehört. Ihre Mimik war auf Krawall justiert.

»Ihr Zugezogenen mit leichtem Gepäck kotzt mich an. Nur weil ihr so beliebig seid und eine Stadt und einen Job wechselt wie andere die Unterwäsche, meint ihr, den Berlinern sagen zu müssen, wie sie leben sollen.«

Diese Diskussion hatte ich zu diesem Zeitpunkt nicht erwartet. Berliner. Ein altes Thema. Als ich nach Berlin gezogen war, hatten die Schwaben noch in der Schusslinie gestanden. *Schwaben go home* war überall zu lesen gewesen, in der Kohlenquelle, einer legendären Kneipe in der Kopenhagener Straße, hing über der Tür zur Küche ein auf alt gemachtes Warnschild, das an Rattengiftköder-Hinweise erinnern sollte. Schwabenex, stand darauf, darunter war eine Kakerlake abgebildet. Eine Szenekneipe, wohlgemerkt, die Wert auf Chillen und Chillen lassen legte und selbst erst lange nach der Wende dort aufgemacht hatte.

Aber vielleicht hatte ich das Schild ja missverstanden, und es war wie alles in dieser Stadt nur ironisch gemeint gewesen. Selbstironisch. Weil der Besitzer selbst aus dem Ländle hergezogen war.

Hilfesuchend sah ich zu Emma hinüber, doch ihr ausdrucksloses Gesicht deutete darauf hin, dass ich in dieser Diskussion allein bleiben würde. Der Zeitpunkt des Zuzugs, die Herkunft der Eltern und vermutlich auch die Bereitschaft, in Hausflure zu pinkeln, entschieden in den Augen der aus

Vorwendezeiten stammenden Einwohner dieser Stadt, die jeden Satz mit den Fragewort *wa* beendeten, ob man sich irgendwann als Berliner fühlen durfte.

»So, ich muss jetzt noch ein bisschen arbeiten«, sagte ich. Marina starrte mich von der Balkontür aus an. Ich hatte Angst, sie würde jetzt einen handfesten Streit vom Zaun brechen, doch unsere Nachbarin lachte lautlos und spöttisch.

»Manchmal fühle ich mich echt allein in dieser Stadt«, sagte sie und löste sich von der Balkontür.

»Wie geht's jetzt weiter?«, fragte Emma. Marina drehte sich auf dem Weg nach draußen noch einmal um.

»Achtsam bleiben, meine Liebe, immer die Augen aufhalten.«

Dieser prätentiöse Abgang passte zu Marina. Sekunden später schlug die Wohnungstür.

»Du kannst manchmal so unsensibel sein« Der Vorwurf traf mich wie ein schlecht geworfener Ball beim Schulsport.

»Unsensibel? Ich? Weil ich gesagt habe, sie solle sich von Sachen trennen?«

»Du kennst sie doch, guck dir mal ihre Wohnung an. Die wirft nichts weg. Die Wohnung und all das, das ist ihr Leben.«

All das? Was war all das, was im Keller lag? Doch nur Schrott, oder nicht?

»Ich weiß nicht, was sie im Keller zu liegen hat und von dem sie sich nicht trennen mag, aber vielleicht mietet sie sich einfach eine Box bei MyPlace und lagert ihren Kram da ein. Vielleicht bin ich nicht unsensibel, sondern sie nur zu dusselig.«

Das hätte ich nicht sagen sollen. Der zweite Fehler an diesem Tag. Emma ballte ihr Gesicht zur Faust und schickte mich auf die Dielen.

»Weil nicht jeder die gleichen Ansichten wie du hast, ist er gleich ein Idiot? Was ist denn das für eine engstirnige Haltung?«

Klasse, wie Marina es geschafft hatte, ihre Wut auf uns zu übertragen. Sie hatte sich aus dem Staub gemacht und wir stritten uns.

»Ich versuche doch nur, positiv zu denen. Wenn Marina die Sanierung der Keller verhindern kann, soll sie es doch machen. Ansonsten muss sie sich damit abfinden. Und wie sie das macht, ist ihr überlassen.«

Emma verschränkte die Arme vor der Brust.

»Richtig, halt dich nur raus. Beziehe keine Stellung. So erreicht man immer das Beste für alle.«

Es klang so endgültig, dieses Urteil, das mich in die Ecke stellte und mich zu einem haltungslosen Gesellen machte, der es am liebsten hatte, wenn er sich nicht für eine Seite entscheiden musste. Aber warum musste ich das machen? Warum konnte ich nicht einfach die Position des neutralen Beobachters einnehmen?

Immerhin hatte jede Medaille doch zwei Seiten. Es gab nur eine Sicht der Dinge, keine allgemeingültige Wahrheit. Wer die wollte, musste Philosophie studieren.

Ich hob die Hände über den Kopf.

»Ich ergebe mich. Sorry, dass ich davon angefangen habe. Es tut mir ehrlich leid, wenn ich Marina an den Karren gefahren bin. War nicht meine Absicht.«

Zwei, drei Sekunden lang befürchtete ich, Emma würde ebenso wie Marina mein Friedensangebot ablehnen, doch endlich entkrampfte sich ihr hübsches Gesicht. Zwei Tränen rollten ihre Wangen hinunter. Das hatte ich nicht kommen sehen.

»Was sollen wir denn machen? Ich fühle mich so hilflos.«

Ratlos blieb ich sitzen. Es war so absurd. Vielleicht hätte ich sie umarmen sollen. Aber meine Arme waren wie aus Holz.

4.

Am Abend sah ich die Berichte im ZDF zum verlorenen Spiel der Mannschaft. Es hatte kein Entkommen vor dieser Hiobsbotschaft gegeben, und Angesichts der Tatsache, dass Emma tatsächlich um ihr Leben fürchtete, war die Niederlage in einem Fußballspiel so unglaublich irrelevant, dass es fast lächerlich war.

Da standen elf Millionäre auf dem Rasen und mussten Deutschland repräsentieren, waren aber nicht in der Lage, ihre Leistungen abzurufen, die sie in ihren Vereinen zeigten, und verloren kläglich mit 0:2. Jetzt sollte ich traurig darüber sein? Mein Facebook-Account war voll von Trauerbekundungen und gehässigen Kommentaren. Ich ignorierte sie und markierte stattdessen David und Serkan für ein Konzert von Nile Rodgers & CHIC im Tempodrom im August. Vielleicht gab es ja noch Karten.

Ich arbeitete noch lange in den Abend hinein. Plötzlich hatte es Korrekturen gegeben, die ganz dringend umgesetzt werden mussten. Immer wenn ich im Home-Office war, fühlte ich die Verpflichtung, für das Privileg wenigstens länger zu arbeiten. Also schob ich Pixel hin und her, bis mein Kopf brummte.

Einmal nur hatte ich meine Arbeit unterbrochen, um noch einmal bei Herrn Kassulke zu klingeln, doch wieder hatte er die Tür nicht geöffnet. Ob er verreist war? Gab es Blumen, die man gießen sollte? Oder war er nur schwerhörig? Vielleicht besuchte er auch seine Kinder. Was wusste ich schon über ihn. Nichts.

Wieso war es so schwierig, in einem Mehrfamilienhaus auch nur ein wenig Verantwortung für seine Mitmenschen zu übernehmen? Wenn Herr Kassulke verletzt und hilflos in seiner Wohnung lag, würde es doch niemand erfahren? Aber vielleicht hatte er einen Hausnotruf. Bestimmt hatte er den.

Emma war längst in ihrem Zimmer verschwunden. Ich hatte sie am Ende doch noch gedrückt, meine hölzernen Arme um sie gelegt und gehofft, sie würde aufhören zu weinen, ohne dass ich etwas sagen musste.

Sie hatte noch geschluchzt, sie fühle sich unwohl in unserer Wohnung, aber sie wolle nicht ausziehen, es sei doch auch ihre Wohnung und sie habe hier so viel Arbeit reingesteckt. Eigentlich müsse Bastian ausziehen. Aber vielleicht würde er seine Freundin hier aufnehmen. Die von der Party. Und überhaupt.

Ich sagte, es sei doch noch überhaupt nichts passiert und wenn man es genau betrachte, gäbe es überhaupt keinen Grund, Bastian gegenüber misstrauisch zu sein, nur, weil wir so wenig über ihn wüssten. Und wenn er die Wohnung für sich allein haben wolle, warum habe er dann überhaupt mich als neuen Mieter aufgenommen?

Schließlich hatte sich Emma so weit beruhigt, dass sie sich mit ihrem Laptop in ihr Zimmer verkroch, um die fünfte Staffel von *Orange is the new black* auf Netflix zu gucken, bevor in einem Monat die neue Staffel veröffentlicht wurde. Ich konnte mit dem Frauenknast nie viel anfangen. Mein Netflix-Programm bestand hauptsächlich aus Science-Fiction, Fantasy und Marvel. Die erste Staffel von *Altered Carbon* fand ich sehr interessant und auch die erste deutsche Netflix-Serie *Dark* hatte mich begeistern können.

Wenn ich mich von einem langen Arbeitstag entspannen wollte, legte ich mich häufig mit meinem MacBook auf mein Bett und sah eine Folge nach der anderen an. Binge-

Watching. Mit Chips und Cola. War billiger als Punkrock im Schokoladen oder eines der vielen anderen Konzerte in einem anderen Club, auch wenn mich die Vielfalt des Angebots in meiner Stadt immer wieder unter Erlebnisdruck setzte. Man konnte nicht in Berlin leben, ohne jeden Tag auszugehen. Ich fragte mich manchmal, wie die Familien das machten. Berlin war eine Stadt für junge Menschen ohne Kinder. Die Parks waren dreckig, die Straßen voll, Hunde hatten eine größere Lobby und die Wohnungen waren doch schon für einen allein unbezahlbar. Wenn ich mir vorstellte, ich müsste eine Drei-Zimmer-Wohnung mit einem dieser niedrigen Gehälter bezahlen, mit denen man in der Werbung abgespeist wurde, bekam ich das kalte Grausen.

Mit einer Familie wäre ich in eine mittelgroße Stadt in Bayern oder Baden-Württemberg gezogen, mit sicheren Arbeitsplätzen, guter Luft und vor allem weniger Stress. Aber ich hatte keine Familie, und es sah ganz danach aus, als würde es sich in den nächsten Jahren auch nicht ändern. Vielleicht änderte sich meine Sicht noch, wenn ich 40 war. Aber daran verschwendete ich so gut wie keinen Gedanken. Als ich nach Berlin gekommen war, hatte ich vom Leben keine Ahnung gehabt. Sechzehn Jahre später fand ich, dass ich immer noch keine Peilung hatte. Wie die Hälfte der Berliner hing ich in der verlängerten Adoleszenzphase fest und weigerte mich, erwachsen zu werden.

Zwar verbrachte ich die Wochenenden nicht im Berghain, weil ich mit meinem Aussehen vermutlich ohnehin nicht reingekommen wäre, ich nahm auch keine Drogen mehr, mal abgesehen vom Alkohol, aber die Vorstellung, Verantwortung für einen anderen Menschen als mich selbst zu übernehmen, erschreckte mich enorm.

Vielleicht war das auch der Grund dafür gewesen, dass meine letzte Freundin mich verlassen hatte. Wie ich über Facebook las, hatte sie inzwischen ein Kind.

Spät in der Nacht kam Bastian nach Hause. Sein klingelnder Schlüsselbund, seine Schritte an der Tür, die nach einer kurzen Pause leiser wurden, nachdem er vermutlich wie immer seine Schuhe ausgezogen hatte, das sanfte, kaum wahrnehmbare Klicken der Tür zum Bad. Auf meinem Bauch lag das MacBook im Ruhezustand. Die Kopfhörer hatte ich im Schlummer heruntergeschoben.

Ich wollte aufstehen, ihn fragen, wie sein Tag war, aber der Elan fehlte. Vorsichtig ließ den Computer von meinem Bauch auf den Boden gleiten.

Die Badezimmertür ging, Schritte im Flur. Bastian betrat sein Zimmer. Ob er merkte, dass wir es durchsucht hatten? Wir hatten doch alle Spuren beseitigt, oder nicht? Hatten die Bücher wieder zurückgestellt, die Tür wieder geschlossen. Plötzlich raste das Adrenalin durch meinen Körper und ich war wach. Hatte er vielleicht geheime Markierungen an seinen Sachen angebracht, die von uns übersehen ihm jetzt halfen, den Einbruch in seine Privatsphäre nachzuweisen?

Jede Sekunde rechnete ich damit, dass die Tür zu meinem Zimmer aufgestoßen wurde und ein wütender Bastian hereinpolterte, um mich zur Rede zu stellen, mich zu fragen, was mir einfiele, in seiner Abwesenheit sein Zimmer zu durchsuchen, was ich denn suchen würde und ob ich allein gewesen sei.

Ich würde ihn fragen, mit zitternder Stimme und einem flatternden Zwerchfell, welche Beweise er denn habe und mich in diesem Moment dafür schelten, dass ich mich nicht auf dumm gestellt hatte.

Wie er denn darauf käme, dass ich in seinem Zimmer gewesen sei, natürlich sei ich das nicht gewesen, und ob ihm gut ginge.

Je länger ich mir ausmalte, wie unser Gespräch verlaufen würde, umso größer wurde meine Nervosität. Erst nachdem ich mir in Gedanken bereits eine Schlägerei mit Bastian geliefert hatte und mich fragte, wie Emma darauf reagieren würde, mir vorstellte, wie sie aus dem Zimmer gerannt kam und sich zwischen uns stellte, wurde mir nicht nur die Absurdität dieses Gedankens klar, sondern auch, dass es schon seit Minuten ruhig geblieben war.

Was immer Bastian in seinem Zimmer vorgefunden hatte – es hatte nicht ausgereicht, um ihn zu einem Berserker werden zu lassen.

In dieser Nacht lag ich noch lange wach, bis das Adrenalin nicht mehr wirkte und mein Blutdruck gesunken war. Wie war ich nur in diese Situation geraten, in der ich Angst vor einer körperlichen Auseinandersetzung mit meinem Mitbewohner bekam? Sollte die eigene Wohnung nicht ein Ort der Sicherheit sein? Und das alles nur, weil Tobias, dieser Vollpfosten, besoffen vom Dach gefallen war.

Warum konnte ich nicht einfach nur zusehen? Warum musste ich mithelfen? Wegen der patschenden Hände auf dem Eis. Schlittschuh, Pudelmütze, Rekordwinter.

Emma war die patschenden Hände. Herr Kassulke auch. Und Marina. Ich konnte nicht einfach nur zusehen.

Über diesen Gedanken schlief ich schließlich doch ein.

5.

Ich war in Brandenburg aufgewachsen, in einer Kleinstadt im Norden Berlins. Eine Stadt, die in den letzten Kriegstagen von der Wehrmacht sinnlos verteidigt und von der Roten

Armee erbarmungslos zusammengeschossen worden war. Das Resultat waren eine Menge Plattenbauten und zwei oder drei widerhergestellte Baudenkmäler. Das Stadttor. Das Rathaus. Die Kirche. Immerhin war nach der Wende unsere Schule saniert worden.

Das Schönste an meiner Heimatstadt war der See vor den Toren der Stadt. Im Sommer gingen wir dort baden und hatten den Strand meist für uns allein, weil er nicht im Einzugsbereich von Berlin lag.

Im Winter gingen wir dort Schlittschuhfahren, ganz ohne Eintritt für überfüllte Eisflächen zu zahlen. Gedränge auf dem Eis kannten wir nicht. Auch nicht in diesem Rekordwinter. Spiegelglattes Eis, Beule am Hinterkopf, taube Füße. Das Eis peitschte, knallte, krachte. Der Himmel wölbte sich blau über Tausenden Eisläufern. Meine Eltern und ich mittendrin.

Am Ende des kurzen Dezembertages glitten wir zum Steg zurück, über den wir auf das Eis gestiegen waren. Warum das Loch im Eis war, wusste ich nicht, und wir sprachen später zwar noch oft darüber, aber wir fanden keine Antwort. Vielleicht Eisfischer, vielleicht eine warme Strömung.

Meine Eltern trafen Bekannte, und mein Bruder zog seine Schlittschuhe aus. Nur ich sah, wie das kleine, vielleicht zweijährige Kind im blauen Schneeanzug mit der Schalmütze auf die Knie fiel, wie es über das Eis krabbelte, wie es zum Loch im Eis rutschte. Die Mütze bedeckte Kopf und Hals und hinten dran hing ein langer Bommel, vielleicht 30 Zentimeter, wie ein Zopf.

Die Eltern des kleinen Kindes unterhielten sich mit anderen, es war Rekordwinter, was machte das Loch im Eis auch da? Ich war auf einmal wie erstarrt, spürte meine Füße als Eisklötze und sah zu. Sah nur zu. Fasziniert und wissend, was kommen würde. Doch ich sagte nichts.

Das kleine Kind krabbelte an das Eisloch, vielleicht 50 Zentimeter im Durchmesser, und guckte hinein, in das eiskalte Wasser. Meine Mutter lachte laut. Ich starrte. Das Kind drehte den Kopf, als wollte es etwas sagen, rutschte aus, landete auf dem Bauch, die Hände glitten zu den Seiten weg, das Gesicht tunkte vorneüber in das Wasser, der lange Bommel tauchte in das Eisloch, sog sich voll, der Kopf verschwand im Loch.

Ich starrte, konnte nirgendwo anders hinsehen. Meine Beine waren gefroren, meine Lippen, mein Mund, meine Hände. Ich konnte nichts machen. Nur starren.

Die vollgesogene Mütze zog das Köpfchen unter Wasser. Ich sah die Hände auf das Eis klatschen, die Füße zappeln, nur ich, niemand sonst. Warum nicht? Warum lachte mein Vater, warum bekam mein Bruder seine scheiß Schlittschuhe nicht aus? Warum sahen die Eltern nicht nach unten?

Hilflos patschten die kleinen Hände auf das Eis, die Füße strampelten in der Luft, die Mütze zog den Kopf noch tiefer, bis der ganze Oberkörper im Loch verschwand. Lautlos die Hände, die Füße, die Bewegungen wurden schwächer, der Kopf im Wasser, ich starrte, fasziniert vor Grauen. Warum waren meine Füße wie festgefroren? Was passierte da?

Und gerade als ich dachte, jetzt müsste ich, jetzt könnte ich, entdeckte die Mutter den stillen Kampf. Der Schrei gellte über das Eis, meine Mutter stoppte ihr Lachen, drehte den Kopf. Die Frau machte einen schnellen Schritt zur Seite, glitt aus, rappelte sich wieder auf und rief »Oh, mein Gott«, und griff nach dem Kind am Loch.

Patsch, patsch, patsch.

Das Bild hatte ich nie wieder aus meinem Kopf bekommen.

Doch viel belastender, beschämender und unerträglicher war der Gedanke, den ich damals hatte. Ein Gedanke, den ich nie wieder in meinem Leben denken wollte.

Besitzverhältnisse

Bei der Ehrenstein-Täuschung
glaubt der Betrachter Objekte
wahrzunehmen, die nicht
vorhanden sind.

1.

Es roch nach Schweiß und Bier und künstlichem Nebel.
Die Luft war drückend. Draußen vor der Tür herrschten
bestimmt immer noch an die 30 Grad. Die Gitarre auf der
Bühne kreischte. Neben mir hüpfte ein Typ vor Freude
einmal kurz, als klar wurde, welches Lied die Eels spielten.
Aber zum Pogen eignete sich diese Version nicht. Nicht
einmal zum Mitsingen. Dabei hatte ich den ganzen Abend
darauf gewartet, dass ich *You better give me something to fill
the hole* singen, grölen konnte, doch der Herr Everett
entschied sich dafür, das Lied im Stil des neuen Albums zu
interpretieren. Bei allen anderen Liedern spielte es keine
Rolle, nur bei meinem Lieblingslied.

»Ist das *Novocaine for the soul?*«, rief Emma in mein Ohr.
Mit einer Hand krallte sie sich in meinen Arm. Ich hatte sie
gestern vermisst. Jetzt konnte ich kaum erwarten, dass dieses
Konzert endlich vorbei war, damit wir ins Bett gehen
konnten.

Ich hatte Emma mit den Tickets überrascht. Eigentlich
hatte ich mit David gehen wollen, doch nach der
Mittagspause war er wiederholt zur Toilette gerannt. Er hatte
sich nach Hause verabschiedet, die Hand auf dem Bauch, und
mich am späten Nachmittag per WhatsApp gefragt, ob ich
sein Ticket haben wolle. Für meine kleine Freundin, wie er

mit einem traurigen und einem lächelnden Smiley hinzufügte. Er würde leider durchfallen, pardon: ausfallen.

Von selbst wäre Emma wohl nicht auf die Idee gekommen, ins Tempodrom zu gehen, auch wenn sie *The Deconstruction* bei Spotify rauf und runter gehört hatte. Inzwischen wusste ich, dass sie ihr Geld zwar schneller für den Konsum ausgab, als ich Altersarmut sagen konnte, aber genau aus dem Grund wäre ihr das Ticket zu teuer gewesen. Ihr letztes Gehalt steckte schon in neuen Oberteilen und Schuhen.

Ich fand aber, dass sie mal wieder auf andere Gedanken kommen sollte. Und ich kam mit meinem Geld gut aus. Außerdem musste ich wieder etwas gut machen, der Streit um meine Äußerungen zu Marina hatte unserer Beziehung nicht gutgetan, also so lud ich sie ein.

»Hört sich so an«, schrie ich zurück. Wir standen irgendwo in der hinteren Hälfte des Zuschauerraumes. Auf die Ränge hatten wir es nicht mehr geschafft, dazu war Emma zu spät von der Arbeit gekommen.

Ich brachte Emma zum Lachen, indem ich die Interpretation auf der Bühne ignorierend, den Refrain in der Albumversion mitgrölte, einfach aus Trotz. Den Anschlusssong sparte sie sich und versprach, auf dem Rückweg von der Toilette noch ein Bier mitzubringen. Das Konzert dauerte zwar schon eine ganze Weile, aber ich wusste durch setlist.fm von den anderen Auftritten auf dieser Tour, dass noch ein paar Zugaben folgten und ich auf den Titeltrack des neuen Albums nicht warten musste.

Emma war schnell zurück. Mit leeren Händen und weit aufgerissenen Augen.

»Was ist...«, formten meine Lippen in die dröhnende Musik.

»Er ist hier«, hörte ich sie sagen.

»Wer?« Irgendwie kannte ich die Antwort bereits. Sie konnte nur einen Menschen meinen.

»Bastian, ich habe ihn gesehen, bei den Toiletten.«

»Ganz sicher?«

Sie verdrehte die Augen.

»Na und? Vielleicht steht er auf die Eels.«

»Das wäre ja ein toller Zufall.«

»Sowas soll's geben.«

Plötzliche Stille. Applaus brandete auf. Jubel. Nächster Song. Emmas Blick wechselte zwischen panisch und skeptisch.

»Komm bitte mit«, drängte sie. »Sprich ihn an. Ich will wissen, wie er reagiert.«

Ich ließ bewusst die Augen rollen, bereute es sofort, und folgte ihr durch die Zuschauer, die den nächsten Song bejubelten.

Wir drängten uns nach hinten, wo es zu den Garderoben, den Toiletten und der Bar ging. Die Musik pulsierte gedämpft. Das helle Licht war unangenehm grell. Servicekräfte bedienten zwei Frauen, die für Getränke anstanden. Kein Bastian.

»War das hier?«

Emma nickte und wies dabei auf die Tür zu den Toiletten. Ich brauchte nicht einmal eine Minute, um mich zu vergewissern, dass Bastian nicht in den WCs war.

Noch während wir überlegten, ob wir in die Ränge gehen und dort suchen sollten, beendeten die Musiker den Hauptteil des Konzertes und warteten auf die Bitte um Zugabe, die sehr rasch und lautstark vom Publikum eingefordert wurde.

»Hier passen viertausend Menschen rein. Ihn zu finden, ist doch aussichtslos.«

Emma drehte sich mit steigender Verzweiflung im Kreis. Fans strömten durch die Türen zu den Toiletten oder den Zapfanlagen, im Zuschauerraum ertönten weiter die Rufe nach Zugabe.

»Er ist hier. Und nicht zufällig.«

»Er wusste doch gar nicht, dass wir hier sind.«

»War das Konzert ausverkauft?«

»Ich habe keine Ahnung.«

»Dann brauchte er mir doch nur zur Arbeit zu folgen und sich hier eine Karte zu kaufen.«

»Wieso sollte er dir folgen?«

Emma starrte zur Decke. Wusste sie, dass ihr T-Shirt schweißnass war? Das Jubeln und rhythmische Klatschen im Saal wurden lauter. Als sie mich wieder ansah, blitzte es in ihren Augen. Jetzt bitte keine Tränen. Nicht hier. Nicht jetzt.

»Weil er nicht ganz dicht ist.«

»Hör mal, ich bin ziemlich sicher, dass das Konzert ausverkauft war. Du hast dich bestimmt getäuscht. Und falls er eine Karte hatte, dann ist er eben zufällig auch hier gewesen. *So what?*«

Die Eels hatten Mitleid bekommen und stimmten die erste Zugabe an. Ein Platz mit Blick auf die Bühne wäre mir jetzt lieber gewesen. Wenn ich jedoch meine Chancen auf einen Fick mit Emma wahren wollte, musste ich ihr Spiel spielen.

»Bitte, es gibt keinen Grund zur Sorge, ehrlich.«

There is no reason for worries. Bitte gehen Sie weiter.

Ihr Blick war der eines sterbenden Rehs. Vielleicht sollte sie mal zum Arzt.

Wir gingen noch vor der letzten Zugabe. In der U-Bahn lehnte sie sich an mich. Ich versuchte nicht, sie aufzumuntern. Es war nicht nötig. Als die U-Bahn in der Vinetastraße einfuhr, hatte sie ihre Hand in meinem Schritt. Und auf dem Weg die Berliner Straße runter, presste sie sich schon wieder unbeschwert kichernd an mich. Sie half, den Schlüssel aus meiner Hosentasche zu ziehen und lachte, als ich mich krümmte, weil ihre Hand nicht nach dem harten Metall in meinen Shorts suchte. Auf der Treppe nach oben griff ich ihr unter das T-Shirt, das durchgeschwitzt war und herrlich nach ihr roch.

Emma quiekte.

Auf dem Treppenabsatz im ersten Stock hielten wir an, Emma drehte sich schwer atmend um, umarmte und küsste mich. Ihre Zunge war flink. Sie schmeckte nach Bier und Pfefferminzbonbon.

»Schon mal in einem Treppenhaus gefickt?«, keuchte sie in meinen Mund.

»Nein«, flüsterte ich wahrheitsgemäß und ließ meine Hände wieder unter ihr T-Shirt gleiten. Es war kurz vor Mitternacht. Herr Kassulke würde um diese Zeit niemals die Wohnung verlassen. Und falls jemand zur Haustür hereinkam oder einer die Wohnung aus den oberen Etagen verließ, würden wir es rechtzeitig hören.

Sie schob mich rückwärts an die Wand zwischen den beiden Wohnungstüren. Links war die Wohnung von Tobias. Ich hatte gerade Emmas Hose heruntergeschoben, als Emma mit dem Rücken gegen den Lichtschalter kam, die Beleuchtung im Treppenhaus klickend ansprang. Im gleichen Augenblick hörte ich sie über meine Schulter keuchen: »Die Tür ist auf.«

Ich hielt in der Bewegung inne, der Schock saß tief, wie damals, als mich ein Mitbewohner in meiner ersten WG mit heruntergelassenen Hosen vor dem Computer erwischt hatte.

Erschrocken zog ich meine Hände zurück.

»Was?«, zischte ich dabei und folgte Emmas Blick. Da sah auch ich den Spalt zwischen Tür und Rahmen zu Tobias' Wohnung.

In den ersten Tagen nach seinem Tod war die Wohnungstür versiegelt gewesen, ebenso wie der Zugang zum Dachboden, aber dann waren die Markierungen der Polizei verschwunden und nichts hatte mehr auf den Unfall hingedeutet.

Stumm umklammerte Emma mich wie ein Koala seinen Eukalyptusbaum, und schnappte nach Luft. Meine Knie wurden weich. Ihr T-Shirt rutschte wieder an seinen Platz.

»Ist da jemand eingebrochen?«, flüsterte sie, schob mich zur Seite und machte einen zaghaften Schritt zur Wohnungstür.

Mit zitternder Hand drückte ich die Wohnungstür auf. Keine Ahnung, was mit den Sachen unseres Nachbarn passiert war. Hatte die Hausverwaltung jemanden gefunden, der sich darum kümmerte? Einen Bruder? Eltern? Eine Ex-Frau?

Als das Licht vom Treppenhaus in den Flur fiel, zeigte sich, dass sich noch niemand gekümmert hatte. Im Flur standen Schuhe, am Kleiderhaken hingen Jacken.

Die Flurbeleuchtung erlosch.

Emmas linke Hand krallte sich in meinen Unterarm. Ihre Stimme war ein Hauch. »Ob da noch jemand drin ist?«

Ich beugte mich vor und lauschte. In der Wohnung war es still. Ich tastete nach dem Lichtschalter. Die Relais klickten.

Es roch muffig. Hatte jemand den Kühlschrank ausgeräumt? Hatte überhaupt jemand die Wohnung betreten, nachdem die Polizei dagewesen war?

Vor dem nächsten Schritt untersuchte ich das Türschloss. Einbruchsspuren waren nicht zu sehen, aber diese alten Schlösser bekam man doch sicher mit einer Kreditkarte auf. Nicht, dass ich so etwas jemals versucht hätte, aber die Leichtigkeit, mit der Bastian die verschlossene Tür zum

Dachboden überwunden hatte, sprach Bände für die Sicherheit.

In unserer WG hatten wir abgemacht, beim Verlassen den Schlüssel immer zweimal im Schloss zu drehen.

Wieder lauschten wir. In der Wohnung regte sich weiterhin nichts.

Langsam ging ich voran.

»Was, wenn da noch jemand drin ist?«, wisperte Emma in mein Ohr. Würde ein Einbrecher zur Waffe greifen, wenn er sich in die Ecke gedrängt fühlte? Meine Reaktion kam mehr aus dem Bauch als dem Kopf.

»Hallo?«, rief ich durch den Flur. Mein Puls pochte im Hals. Jetzt, jetzt würden schwere Schritte auf den durchgebogenen Dielen ertönen, ein Mann in Schwarz mit Sturmhaube würde auf uns zustürmen, in der einen Hand eine Taschenlampe, in der anderen ein Brecheisen. Auf dem Rücken den Sack mit der Beute. Mit welcher Beute? Wer brach in die leerstehende Wohnung eines Künstlers ein und was wollte er hier?

Nichts geschah.

Zögernd schlich ich den Flur hinunter. Links lag das Bad. Auf dem Waschbecken standen Zahnpaste und Zahnbürste in einem leeren Marmeladenglas. Es roch nicht gut. Wahrscheinlich war das Wasser aus den Siphons verdunstet und die Gerüche aus den Abflüssen drangen ungehindert in die Wohnung.

Die Dielen knarrten unter unseren Füßen. Emma folgte, hielt mich dabei immer noch am Arm fest, als wolle sie mich bei der erstbesten Gelegenheit zurückziehen. Wenn die Panik kam.

Rechts ging es ins Wohnzimmer. Durch die hohen Kastenfenster drang fahles Laternenlicht. Nicht viel, aber unschwer ließ sich erkennen, dass hier die Ordnung nicht zuhause war.

Zuvor war ich nie in Tobias' Wohnung gewesen, aber ungefähr so hatte ich sie mir vorgestellt. Auf dem Boden standen Leinwände, die es nicht wie die mehrere Dutzend anderen an die Wände geschafft hatten. In der Mitte des Raumes, der ungefähr so groß war wie Emmas und mein Zimmer zusammen, stand ein großes Sofa, das im Schummerlicht glänzte. Altes, blankgewetztes Leder?

Auf den kleinen, niedrigen Tischen, die um das Sofa und unter den Fenstern standen, lagen Bücher. Stapelweise.

Meine Hand ging zum Lichtschalter. Erst als meine Finger auf das etwas klebrige Plastik gedrückt hatten, dachte ich an Fingerabdrücke und Spuren, doch dafür war es zu spät. Die Glühbirnen an der Decke flammten auf.

Es war schwierig zu sagen, ob die Unordnung in diesem Raum ein Teil des Wohnkonzepts unseres ehemaligen Nachbarn oder durch einen Einbrecher verursacht worden war. Durch die vollständige Abwesenheit von Schränken fehlten auch die charakteristischen Einbruchsspuren, die ich aus den Filmen kannte: aufgerissene und durchwühlte Schubladen, offenstehende Türen.

Wortlos sahen Emma und ich uns an. Ich zuckte mit den Schultern. Jetzt entspannte Emma sich deutlich.

»Vielleicht hat die Hausverwaltung hier nach dem Rechten gesehen und nicht richtig abgeschlossen?«

»Kann sein«, erwiderte ich. Wir betraten noch die Küche und das Schlafzimmer. Auch hier waren keine offensichtlichen Einbruchsspuren zu erkennen. Die ganze Wohnung wirkte wie gerade von Tobias verlassen. Auf dem Küchentisch lag sogar noch der Korkenzieher, auf dem ein Korken steckte, als sei er eben erst gezogen worden. Der letzte Korken aus der letzten Flasche seines Lebens.

Gerade wollte ich Emma vorschlagen, die Wohnung wieder zu verlassen und einfach die Tür richtig ins Schloss zu ziehen, da spürte ich wieder ihre kalte Hand an meinem Unterarm. Mit der anderen zeigte sie links neben den Esstisch zu Boden.

Wo bei uns das alte Buffet stand, hockte hier ein abgestoßener Apothekerschrank an der Wand. Eine der unteren Schubladen, die größer waren als die vier Reihen darüber, stand offen. Lose Din-A4-Papiere ragten über den Rand, als hätte sie jemand herausgerissen und nachlässig wieder hineingestopft.

Ich bückte mich und musterte die Papiere. Es waren Briefe. Offizielle Schreiben. Antworten auf Anfragen. Sehr geehrter Herr Bockelmann… leider können wir…. Bitte wenden Sie sich…

»Was ist das?«, fragte Emma.

»Moment«, sagte ich und legte die Briefe auf den Küchentisch.

Stück für Stück versuchten wir, das Puzzle zusammenzusetzen. Über ein Jahr oder länger hatte Tobias Anfragen zu Besitzverhältnissen gestellt. Wem gehörte die Stadt? Das schien seine Frage zu sein. Senatsverwaltung, Grundbuchamt, Bundesanstalt für Immobilienaufgaben, kommunale Wohnungsgesellschaften – er hatte sie alle angeschrieben. Doch warum hatte er die Briefe nicht abgeheftet? Gehörten die nicht in einen Aktenordner?

Während ich die Schreiben durchging, bückte sich Emma erneut vor dem Apothekerschrank und zog einen Leitzordner aus einer zweiten großen Schublade.

»Guck mal«, sagte sie mit gedämpfter Stimme. Auf dem Rücken hatte jemand in gut leserlichen Buchstaben *Wem gehört die Stadt?* geschrieben.

Doch als Emma den Ordner aufklappte, war er leer.

»Da stimmt doch was nicht. Das hat doch jemand durchsucht und nicht wieder ordentlich abgeheftet.«

Entweder das, oder Tobias war ein echter Künstler, der auf Ordnung nicht viel gab und in dessen Kopf immer der zweite Schritt vor dem ersten kam.

»Er hat also zu Besitzverhältnissen recherchiert. Ging es um unser Haus?«

Ich ließ beide Hände durch die Haare gleiten.

Sie waren fertig. Meine Augen brannten, jetzt, wo das Adrenalin abgebaut war. Ich brauchte Schlaf oder eine Dusche oder beides. Und eigentlich hätte ich vorher gerne dort weitergemacht, wo wir im Treppenhaus aufgehört hatten.

»Könnte sein.«

Emma steckte den Ordner zurück in die Schublade, die Papiere schob sie zusammen und faltete sie in der Mitte.

»Die nehme ich mit.«

»Das kannst du nicht…«

»Doch, kann ich.«

Ihr Blick war fest und entschlossen. Sie konnte.

Beim Verlassen der Wohnung stellten wir sicher, dass die Tür richtig ins Schloss fiel.

In unserer Wohnung brannte kein Licht.

»Er ist nicht zuhause«, flüsterte ich.

»Hallo«, rief Emma. Ich zuckte zusammen. »Klopf mal.«

Ich wollte ins Bett, keine Diskussionen vom Zaun brechen. Doch ich wusste, sie musste ihren Willen bekommen, damit ich meinen bekam.

Also klopfte ich. »Bastian?«

Keine Antwort.

»Wenn er gerade nach Hause gekommen wäre, wäre er noch wach«, sagte ich. Emma winkte ab und ging in ihr Schlafzimmer. Dort legte sie die Papiere aus Tobias' Wohnung mit den Worten »Das zeige ich Marina.« auf ihren Schreibtisch.

Dann drehte sie sich um und lüftete ihr T-Shirt.

»Wo waren wir vorhin stehengeblieben?«, fragte sie lasziv.

»Mit stehenbleiben hast du es ganz gut getroffen«, erwiderte ich ebenso lasziv.

Das Bett nahm noch erregend lang über die Wand den Kontakt mit unseren Nachbarn auf. Jedenfalls mit denen, die noch da waren.

Doch Herr Kassulke blieb uns eine Antwort über die Wasserrohre schuldig.

2.

Wenn man etwas über ein Thema herausfinden will, muss man recherchieren. Emma hatte mich eingespannt wie Philipp Marlowe, der für die Beschattung eines untreuen Gatten engagiert worden war.

In der Agentur war das bekannte Sommerloch aufgebrochen. Die Kunden waren zuhauf im Urlaub und auch ich wurde von meinem Creative Director aufgefordert, doch mal an meine Urlaubstage zu denken. In diesem Jahr war ich bislang nur Ende Februar einen Tag der Agentur ferngeblieben, um ein verlängertes Wochenende mit ein paar Freunden im Harz zu rodeln. Der Winter hatte ja zum Ende noch eine spektakuläre Show abgeliefert. Die Unterkünfte waren zahlreich und bezahlbar gewesen. Der Vorteil, wenn man ohne Kinder verreisen kann.

Ich hatte überlegt, ob ich ein wenig Abstand gewinnen sollte, vielleicht mit Emma in den Harz fahren und wandern. Aber sie hatte eine andere Idee gehabt. Weil sie ihre freien Tage in der Woche nehmen musste, wenn im Kletterwald weniger los war, hielt sie es für eine gute Idee, Bastian zu beschatten. Ich könne doch den Freitag frei nehmen und einen Anfang machen. Vielleicht, so hatte sie gesagt und mit den Briefen unseres Nachbarn gewedelt, hat Tobias mehr über unseren sauberen Mitbewohner herausgefunden, als diesem lieb war. Vielleicht, so spekulierte sie weiter, hat dann jemand ganz gezielt diese Briefe verschwinden lassen. Gewissheit könnten wir nur bekommen, wenn wir mehr über Bastian herausfänden.

Seufzend hatte ich eingelenkt. Eine nackte Emma, die für mich die Beine breitmachte und die Wasserrohre zum Singen brachte, konnte alles haben.

Ich hatte jedoch noch nie Detektiv gespielt. Ich war Designer. Wie folgte man einem Menschen unauffällig?

In einem Abstand von zwanzig Metern? Er würde mich doch sofort bemerken. Also musste ich es offensiv angehen. Am Morgen verließ ich zur gleichen Zeit mit Bastian die Wohnung, ließ es wie einen Zufall aussehen. Was sollte ich ihm sagen?

»Morgen, alles klar?«, fragte er unverbindlich auf der Treppe. Rhetorische Fragen in Zeiten des Misstrauens.

Nein, nichts ist klar, Emma denkt, du würdest ihr folgen, sie stalken, weil Marina sagt, du seist ein Soziopath. Aber sonst, geiles Wetter, oder? Und übrigens – warst du vor ein paar Tagen auf dem Eels-Konzert?

»Alles bestens«, log ich.

Vor der Tür zückte er sein Handy.

»Ich habe einen Wagen gemietet«, sagte er beinahe entschuldigend. Über die Schulter hing eine kleine Sporttasche.

»Wohin musst du, vielleicht kannst du mich ja mitnehmen?«

»Nach Marzahn, sorry.«

Überhaupt nicht meine Richtung.

»Musst du nicht zur Uni?«

Bastian sah mich nichtssagend an. »Heute nicht.«

Wir bogen nach links in Richtung Berliner Straße ab. Er ging so schnell, dass ich außer Atem kam.

»Schreibst du schon an der Masterarbeit?«

»Noch nicht.« Nicht einmal zehn Meter weiter blieb er an einem grauen, mit einem mintgrünen Q beklebten Mini stehen und tippte auf seinem Handy herum. Die Zentralverriegelung klickte.

»Wusstest du, dass die Mietwagen alle eine höhere Motorisierung haben als die Standardausstattung vorsieht? Damit man als Fahrer Lust bekommt, so einen zu kaufen.«

Mit prüfendem Blick ging Bastian um das Auto herum und untersuchte es auf Schäden. Ich holte mein Handy aus der Hosentasche. Die DriveNow-App meldete einen verfügbaren Wagen ein paar Schritte zurück. Mit einem Klick hatte ich ihn reserviert. Meine Hände zitterten.

»Und? Geht das Konzept auf? Nutzt die Generation Y nicht eher Dinge, statt sie sich zu kaufen?«

»Mir wäre es ja ganz recht, wenn es weniger Autos auf den Straßen gäbe. Die stehen doch eh die meiste Zeit herum.«

Bastian beendete seine Runde und öffnete die Tür.

»Tja, für die meisten Menschen ist ein eigenes Auto halt noch ein Teil der individuellen Freiheit.«

Bastian warf seine Tasche auf die Rückbank und setzte sich in den Wagen.

»Und was denkst du?«

Bevor er die Tür zuzog, huschte ein Lächeln über sein Gesicht.

»Es ist schlicht kein Platz in den Städten, damit jeder ein Auto, das die meiste Zeit nicht benutzt wird, vor dem Haus parken kann. Ich denke, es geht nur über das Geld. Kostenloses Parken auf öffentlichem Straßenland? Warum nicht 80 Euro Parkgebühren verlangen. Pro Monat. Hab einen schönen Tag.«

Die Tür knallte. Ich sah ihn das Handschuhfach öffnen. 80 Euro im Monat für Anwohnerparken. So konnte man das auch sehen. Die betroffenen Anwohner, die nicht auf das eigene Auto verzichten wollten oder konnten, sahen das bestimmt anders.

Bevor er startete, war ich schon auf dem Weg.

In wenigen Sekunden war ich bei meinem reservierten Auto, einem 1er BMW. Ich riss mein Portemonnaie aus der Gesäßtasche und hielt es an den Sensor, der von innen an der Windschutzscheibe angebracht war. Die rote Lichtdiode darin sprang auf grün, die Zentralverriegelung klickte.

Scheiß auf Schäden durch den Vormieter.

Über den Controller in der Konsole gab ich meinen Pin ein. Durch die Scheibe sah ich, wie Bastian in seinem Mini aus der Parklücke stieß.

Ich startete den Motor.

Hektisch schob ich den Gangwahlschalter der Automatik auf D und rangierte, Hebel auf R. Zurücksetzen. Hebel auf D. Wo war Bastian?

Ich gab Gas und huschte mit einem satten Brummen auf die schmale Straße. Die T-Kreuzung war leer. Ich setzte den Blinker. Er konnte an dieser Stelle nur rechts abbiegen und stadtauswärts fahren.

An der nächsten Ampel standen drei Wagen. In Gegenrichtung stauten sich die Pendler. Ich bremste, starrte geradeaus, die Sonnenblende heruntergeklappt in der Hoffnung, man würde mein Gesicht dadurch im Rückspiegel nicht erkennen.

Bastians Mini stand eine Ampel weiter, dort wo sich an der U-Bahn-Station die Berliner Straße teilte. Er fuhr geradeaus. Was hatte er gesagt? Marzahn? Hätte er dann nicht über die

Wisbyer und Ostseestraße fahren müssen? Vielleicht schreckte ihn der Berufsverkehr ab.

Meine feuchten Hände krallten sich ins Lenkrad.

Meine erste Autoverfolgungsjagd. Und das mit 600 Euro Selbstbeteiligung. Hoffentlich dachten die anderen Autofahrer für mich mit.

Bei der nächsten Grünphase kam ich bis auf drei Autos an ihn heran. Schön Abstand halten. Kurz vor dem S- und U-Bahnhof Pankow setzte er wieder den Blinker.

Autobahnzubringer. Vielleicht fuhr er über den Ring.

An der Kreuzung hielt er. Plötzlich rannte jemand auf das Auto zu, riss die Tür auf, und bevor ich mehr sehen konnte, als dass die Person kurze Haare hatte und einen Rucksack über der Schulter trug, war sie ins Auto gesprungen. Die Ampel sprang auf grün.

Die Fahrt ging weiter in Richtung Osten auf die Prenzlauer Promenade, dann nach Norden zur Autobahn. Da war jemand zu Bastians ins Auto gesprungen. Ein Fremder? Ein Bekannter? Ein Freund? Waren sie verabredet gewesen und das Treffen war der Grund für diesen Umweg?

Mein Puls nagelte wie die Bodenschwellen im Beton.

Warum machte ich das? Und was glaubte ich, hier herauszufinden? Lag sein Ziel irgendwo in Brandenburg, würde das hier ein ziemlich teurer Trip werden. Vielleicht fuhr er ja sogar ein paar Tage weg, zusammen mit der unbekannten Person, die zu ihm ins Auto gestiegen war.

Es war so unüberlegt gewesen, ihm einfach zu folgen.

Doch noch bevor wir auf die Autobahn fuhren, verlor ich das andere Auto aus den Augen. Einen Moment lang war ich abgelenkt gewesen und plötzlich waren andere Autos vor und neben mir. Ich konnte nicht überholen, setzte den Blinker und nutzte die erste Lücke.

Zu spät sah ich einen grau-grünen Mini schon vor der ersten Autobahnabfahrt wieder abbiegen. Zu spät, um ihm zu folgen.

»Scheiße«, fluchte ich laut.

Bis ich an der Ausfahrt Heinersdorf gewendet und zurückgefahren war, dauerte es fünf Minuten. Eine Ewigkeit.

Ich rollte an Kleingärten vorbei, ziellos.

Jede Minute kostete mich einen Euro. Wofür? Um meinem Mitbewohner hinterher zu spionieren. Gerade als ich mich dazu entschlossen hatte, das Auto zurück in die Parkzone zu bringen und dort abzustellen, sah ich am Straßenrand die ersten Plakate: *Stoppt das Projekt Blankenburger Süden. Hier wohnen Eltern, Kinder, Enkel. Hände weg von unseren Kleingärten.*

Ich hielt am Straßenrand. Zu meiner Rechten erstreckte sich eine riesige grüne Fläche.

Der Blankenburger Süden.

Ob mein Mitbewohner hierhin unterwegs gewesen war?

Ich wusste es nicht. Ich wusste nur, dass ich ihn verloren hatte. Steve McQueen war ich nicht.

Unschlüssig stand ich neben meinem Wagen.

Was Emma wohl am Abend sagen würde? Ich sei total unfähig. Ich hätte eine tolle Gelegenheit verpasst.

Wie gerne würde ich Emma mit weiteren Informationen versorgen, vielleicht auch mit der Wahrheit. Ich musste nur recherchieren.

Die beiden Amerikaner öffneten die Tür so schnell, als hätten sie auf mich gewartet. Die Taschen mit den Handtüchern über ihren Schultern bewiesen, dass sie wohl eher auf den Sommer gewartet hatten. Auf Badewetter. Ken und Barbie? Nein. Mark. Mitch, Michael, Mike. Oder? Und sie? Irgendein seltener Name. Wie dieser Film mit Zellweger.

Reneé? Nein, so hieß die Schauspielerin. Janes Diary. Jones Diary. Bridget Jones' Tagebuch. Bridget und Mike.

»Hi«, sagte ich und überlegte, in welcher Sprache ich sie ansprechen sollte. Mit Sicherheit war ihr deutscher Wortschatz limitiert, wie bei den meisten anglophonen Berlinern. Auf der Party hatten wir uns auf Englisch unterhalten und ich hatte den Eindruck gehabt, sie seien erleichtert darüber gewesen.

»Eine blöde Frage«, sagte ich auf Englisch. »Aber wann hab ihr Herrn Kassulke das letzte Mal gesehen?«

Mike stutzte und nahm den Kopf etwas zurück wie ein Huhn, bevor es ein Korn aufpickt. »Du wohnst unter uns, richtig?«

»Ja, sorry, ich bin Lennart. Wir haben uns auf meiner Einweihungsparty gesehen.«

»Richtig«, sagte Mike. Von der Seite trat Bridget heran. Sie trug über ihren Shorts nur ein Bikinioberteil. Ich fürchtete, sie würde meinen Blick bemerken, und sah Mike ganz demonstrativ in die Augen.

»Normalerweise hört und sieht man von ihm ständig was, und wenn es nur das Klopfen an den Heizungsrohren ist. Aber seit einigen Tagen...« Ich konnte nicht einmal sagen, wie lange es her war, dass ich ihn das letzte Mal gesehen hatte. »Vielleicht liegt er hilflos in seiner Wohnung.«

Erst schüttelte Mike den Kopf, nach einem Seitenblick zu Bridget schüttelte auch sie ihr Haupt, so dass die blonden Haare wehten. Ich wollte sie eigentlich immer schon fragen, an welcher Schule sie unterrichtete und was so ein Kurs kostete.

»Schade, egal«, sagte ich und wollte mich schon verabschieden, als mir noch etwas einfiel. Ich musste diese Frage stellen. Weil Emma die Antwort interessierte.

»Übrigens: Wisst ihr eigentlich, womit Bastian sein Geld verdient?«

Ich stellte die Frage beiläufig, als würde ich nach dem Wetter für die nächsten Tage fragen. Sie traf auf Unverständnis. Wie ich denn auf die Idee käme, dass sie wüssten, wie mein Mitbewohner Bastian sein Leben bestreite. Sie betonten dabei besonders die Worte *sie* und *mein.* Ich verstand, entschuldigte mich für die Frage und brach das Gespräch ab.

Peinlich berührt verabschiedete ich mich, warf in einer Körperdrehung eine Hand zum Gruß in die Luft, und nahm bereits die ersten Stufen nach unten, als ich Mike sagen hörte: »Er ist ein bisschen seltsam, oder?«

Strange, sagte er. Wie Doctor Strange. Ich hielt inne und drehte mich um. »Weil wir wenig über ihn wissen, oder?«

Mike legte den Kopf schief. »Nicht nur deshalb.« Er sah zu seiner Freundin und sagte leise etwas zu ihr, das ich nicht verstand. »Hast du eine Minute?«, sagte er dann.

Ihre Wohnung war der Gegenentwurf zu Marinas durchgeknalltem Sammelsurium. Das Paar hatte sie minimalistisch mit ganz wenigen Möbelstücken eingerichtet, fast karg. Die beiden Bilder in der Küche hingen vertikal. Ein Herd, ein Küchenschrank, ein Tisch. Vier gleiche Stühle. So etwas hatte ich hier in Berlin lange nicht gesehen.

»Es geht um den Künstler, der hier gelebt hat, oder?«

»Habt ihr ihn gekannt?«

»Ja, schon, ein bisschen. Wir waren mal auf einer seiner Ausstellungen. War schon ein Schock, sein Tod.«

Ich trank dankbar aus der Flasche Ostmost, die Bridget mir hingestellt hatte. Mike öffnete sich und seiner Freundin mit dem Feuerzeug ebenfalls eine. Auch in ihrer Küche hatte sich die Temperatur inzwischen beinahe der Außentemperatur angeglichen.

»Wart ihr auch mal auf dem Dach?«

»Manchmal.« Mike verschränkte die Arme und stützte sich auf die Tischplatte. Von seinen Handgelenken zog sich ein Tribal bis zum Ärmelsaum eines T-Shirts. Er sah aus wie ein Polizist undercover, der einen Verdächtigen einschüchtern will.

»Hast du auch die Aufforderung der Hausverwaltung bekommen, den Keller zu räumen?«

»Klar, aber wir haben keinen Keller. Deshalb betrifft uns das nicht so.«

Mike hob die Augenbrauen. »Wir haben ein wenig Angst. Wegen der Wohnung.«

Angst? So sah er nicht aus. Er passte mit seinem Style auch auf ein Motorrad. Bestimmt war er von oben bis unten tätowiert.

»Was meinst du?«

»Wir hatten von Tobias gehört, dass hier im Kiez immer mehr Wohnungen in Eigentumswohnungen umgewandelt werden.«

Die Sache mit dem Haus an der Wisbyer, Ecke Schönhauser Allee, wo alle Mieter des Vorderhauses die fristlose Kündigung erhalten haben, weil angeblich die Bewohner durch Gegenstände auf den Balkonen die Sanierungsarbeiten behindert hätten, mache ihnen sorgen. Schließlich sei das Haus seit Jahren eingerüstet. Und jetzt hier, die Keller, ob das nicht auch ein Weg sei, sie rauszuekeln.

»Habt ihr von unserem Balkon gehört?«

Als sie verneinten, erzählte ich ihnen vom Beinaheabsturz. Ihre Augen wurden vor Staunen immer größer. Ab und zu fehlte ein englisches Wort, aber Mike und Bridget, auf deren hervorgewölbtes T-Shirt ich immer wieder ganz beiläufig starrte, waren geduldig.

»Und Emma denkt jetzt, Bastian habe das Gitter angesägt?«

Ich empfand es als sehr angenehm, dass Mike Emma beim Namen nannte. Es war verbindlich. Vertraulich.

»Ja, aber vielleicht war es einfach nur alt.«

»Eben. Warum sollte er das auch tun?«, hauchte Bridget und strich sich eine blonde Strähne hinter das Ohr. Der Bikini stand ihr ausgezeichnet.

»Aus Eifersucht«, sagte ich. Das war Emmas Theorie, oder nicht? Aus Rache, weil sie etwas mit mir angefangen hatte. Weil sie nichts von ihm wollte. Wie bei Marina. Und Sigrid.

»Glaubst du das wirklich?« Mike ließ spöttisch die Luft durch die Nase entweichen wie ein Stier vor dem Angriff.

»Was soll ich denn glauben?«

»Tobias hat sich mit Bastian gestritten. Immer mal wieder. Weil sie anderer Meinung waren, was die Entwicklung im Kiez anging. Bastian fand, dass ohne Investoren die Häuser vergammeln. Tobias war der Meinung, dass Investoren niemandem anders dienen als ihrem eigenen Bankkonto. Und dass die Mieter ohne Rücksicht rausgeekelt werden.«

»Bei welchen Gelegenheiten haben die sich denn gestritten? Ich dachte, es gab nach Sigrid und Gregors Unfall keine Partys mehr.«

»Auf dem Dach«, sagte Bridget und erzählte vom letzten Frühjahr. Der Unfall war ein paar Monate her, als es in Berlin zum ersten Mal ein paar warme Tage gab. Mike und Bridget waren vor fünf Jahren nach Berlin gezogen. Aus Seattle, der Hauptstadt des Grunge, wie ich einwarf. Die beiden nahmen das wortlos zur Kenntnis. Vermutlich hatten sie den Spruch, so alt er war, schon zu häufig gehört.

Wie Herr Kassulke bereist erzählt hatte, war das Zusammenleben im Haus durch den Tod von Sigrid und Gregor bereits nachhaltig gestört. Sie hatten sich als eine große Familie gesehen, auch wenn die Amerikaner nicht sagen konnten, warum die perfekte Harmonie mit dem Abgang von Sigrid und Gregor plötzlich ebenfalls verschwunden war.

Zusammen kochen, Blumen gießen, Handwerkerleistungen. Es schien, als seien meine beiden Vormieter Dreh- und Angelpunkt des Hauses gewesen, und dennoch war mir schleierhaft, wieso die Bewohner nicht im Anschluss zusammengehalten haben. Mike hatte eine Erklärung dafür.

Im Mai hatten sich alle Bewohner, die fit genug waren, auf dem Dach getroffen, um gemeinsam ihrer Trauer durch den übermäßigen Konsum von Alkohol Ausdruck zu verleihen und gemeinsam darauf zu achten, dass niemand in die Tiefe stürzte.

Auch Bastian war auf dem Dach gewesen. Sie kannten sich. Immerhin hatte er ein halbes Jahr lang die Hausgemeinschaft bereichert. Sein ziemlich dunkler Humor sei an den wöchentlichen Abenden, an denen sie sich zum Spaghettiessen getroffen hatten, ziemlich offensichtlich gewesen. Humor ist, wenn man trotzdem lacht, war sein Motto gewesen.

Doch drei Monate nach Bastians Einzug habe Sigrid immer häufiger die Treffen, die meistens am Freitag stattfanden, kurzfristig abgesagt und man habe bei Marina oder bei Mike und Bridget gekocht.

Marina war ziemlich schnell klargewesen, dass Sigrid nicht wegen irgendwelcher Termine fehlte. Sie wollte nicht mit Bastian zusammen sein.

Er hatte sich in sie verliebt und sie konnte seine Annäherungen nicht ertragen, sagte Mike. Woher er das wüsste, fragte ich zurück, ob sie denn mit Bastian mal über sein Verhältnis zu Sigrid geredet hätten. Bridget sagte, man habe es Bastian angesehen, wenn er und Sigrid im gleichen

Raum gewesen seien. Dann habe er ständig Gregor und Sigrid angesehen und Sigrid sei immer unsicherer geworden, je länger der Abend dauerte.

»Bastian hat die Hausgemeinschaft buchstäblich von innen heraus zerstört. Hat sie alle gegeneinander aufgebracht. Dazu hat er gerade einmal ein halbes Jahr gebraucht. Denn nach dem Unfall von Gregor und Sigrid war nichts mehr wie zuvor. Bastian stritt sich mit Tobias über die Gentrifizicrung, wann immer wir zusammensaßen, und das letzte Mal dann vor einem Jahr im Mai auf dem Dach. Sie sind sich fast an den Hals gegangen. Bastian hat Tobias fast wahnsinnig gemacht mit seinem Sarkasmus. Bei einer Eigentumsquote von unter 20 Prozent dürfe man sich nicht wundern, wenn jede Änderung zu Lasten der Mieter als Generalangriff auf ein Grundrecht gewertet würde. Die Menschen würden doch eine eigene Wohnung geradezu ablehnen, selbst wenn sie sich eine leisten können. Aber wie solle das gehen: Kaum Miete zahlen wollen aber immer die beste Wohnung. Wie die gebaut oder unterhalten werden soll, ist anscheinend egal, sagte Bastian.

Tobias hat geflucht und ihn einen Lobbyisten der Spekulanten genannt; Bastian uns ein Teil des Problems, als Zugezogene, die die Gegend aufwerten würden, das wiederum hat Tobias bestätigt und uns plötzlich blöd angemacht. Das konnte ich nicht auf mir sitzen lassen, wir haben niemandem die Wohnung weggenommen, aber Marina war irgendwie plötzlich der gleichen Meinung. Danach flogen die Schimpfworte. Die beiden waren nie wieder gemeinsam oben und die anderen Bewohner zogen sich alle zurück. Es war, als habe Bastian ein Virus eingeschleust, das uns alle krank gemacht hat. Keiner hatte danach mehr Zeit, keiner hatte Lust, sich zu engagieren. Und irgendwie war plötzlich jeder gegen jeden. Dabei waren vorher alle so nett zueinander.«

Bridget brach den Satz vor der letzten Silbe ab und sah zur Decke. Ihre Unterlippe zitterte.

»Ich frage das jetzt ganz naiv: Meint ihr, Bastian hat was mit dem Unfall zu tun?«

Mike und Bridget sahen sich an. Bevor er antwortete, schluckte Mike sichtlich. »Es gibt keine Beweise, oder? Die Polizei geht von einem Selbstmord aus. Auf trockener Straße gegen einen Baum, ungebremst.«

»Und was denkt ihr?«

Mike atmete tief durch, trank seine Flasche leer.

»Das ist dann eigentlich auch egal, oder? Wenn er sie umgebracht hat…« Er sagte *killed them both*. Plötzlich kam ich mir vor wie in einem Krimi und ich war der Detective bei der Zeugenbefragung. »… dann hat er es so geschickt gemacht, dass man ihm nichts nachweisen kann. Die Frage, die wir uns gestellt haben, war die nach dem Motiv.«

»Ich dachte, es war Eifersucht.«

Jetzt waren wir wieder am Anfang unserer Unterhaltung angelangt. Wenn es nicht Eifersucht gewesen ist, was dann?

»Er hat unsere Hausgemeinschaft zerstört. Und jetzt frage ich: Wem nützt das? Wem nützt ein Haus, aus dem alle ausziehen, weil sie sich nicht mehr wohlfühlen?«

In meinem Kopf schwirrten die Gedanken. Wem nützt ein leeres Haus. Tobias, so wenig ich ihn gekannt hatte, hätte darauf nur eine Antwort gehabt.

»Ihr meint, er will das Haus entmieten? In wessen Auftrag? Oder gehört es ihm?«

Bridget winkte ab. »Das ist mir alles zu viel. Ich habe keine Lust, darüber noch zu reden. Mike, bitte, lass uns gehen.«

Mike stand auf. » Sorry, wenn ich so ungemütlich werde, aber es ist zu heiß hier. Wir wollen jetzt zum See.«

Ich verabschiedete mich ohne weitere Worte. Sie hatten ihren Standpunkt klargemacht. Mehr gab es nicht zu sagen. Höchstens zu spekulieren.

Ich recherchierte an diesem Tag noch nach Bastian. Tippte seinen Namen zusammen mit den Horrorhäusern in Berlin in das Suchfenster. Suchte nach den Immobilien, die von den Eigentümern mit Wohnungssuchenden aus Südosteuropa überbelegt wurden, googelte den Eigentümer eincs Objekts in der Gleimstraße, der dafür bekannt war, die Mieter rücksichtslos zu vertreiben, um die Wohnungen danach gewinnbringend zu verkaufen. Doch so lange ich auch suchte – ich fand keinen Hinweis auf Bastian.

Am Abend berichtete ich Emma von meinem fehlgeschlagenen Versuch. Emma, die nach ihrem langen, sehr heißen Tag im Kletterwald ziemlich geschafft war, hing auf ihrem Stuhl. Ihr enges Top klebte am Körper.

Ich schilderte kurz meine Verfolgungsjagd durch Pankow. Marinas Augenbrauen zogen sich zusammen. Vermutlich fragte sie sich, warum ich ihr am Nachmittag nicht davon erzählt hatte.

»Blankenburger Süden. Da sollen doch 10.000 Wohnungen entstehen.«

»Ja, aber erst in ein paar Jahren.«

»Und da hast du ihn noch gesehen?«

Ich zuckte mit den Schultern. »Ich habe gesehen, wie er in diese Richtung abgebogen ist. Dann war er weg.«

Ich erzählte noch, um von meinem Fehlschlag abzulenken, von unserer Unterhaltung am Mietwagen, von seiner Idee, 80 Euro pro Monat für einen Stellplatz auf der Straße zu nehmen, bereute es jedoch sogleich.

Marina winkte ab. »Dieser Schnösel. Alles über das Geld machen. Das sagen die, die genug Kohle haben. Aber diejenigen, die das Auto brauchen wie die Oma, die ohne nicht mehr einkaufen gehen kann, an die denkt er nicht.«

Ich wollte einwerfen, dass die sich die Einkäufe auch bringen lassen konnte, was bestimmt billiger kam als ein eigenes Auto, aber ich wollte die Stimmung durch einen Streit nicht versauen. Ich fand die verschwörerische Atmosphäre zwischen uns überraschend angenehm.

»Wir wissen also, dass er sich das Neubaugebiet angesehen hat, wo 10.000 Wohnung entstehen sollen durch die Enteignung von Kleingärtnern.«

Ich hob die Hand. »Es könnte sein, dass er dahin unterwegs gewesen ist.«

Von Marina kam ein genervtes Stöhnen. »Emma, dein Mitbewohner ist nicht nur ein schlechter Autofahrer, er ist einfach zu skeptisch.«

Mir entging nicht, dass Marina mich Mitbewohner nannte, und nicht Freund. War Emma etwa schon von mir abgerückt? Wusste Marina mehr als ich? Oder wollte sie einen Keil zwischen uns treiben? Das wohlige Gefühl der Vertrautheit wich einem Stich in den Bauch.

Als Marina sich irgendwann kurz vor Mitternacht verabschiedete, schwankte sie, stieß sich den Kopf am Türrahmen der Küche. Kein harter Schlag, aber er brachte sie zum Heulen.

»Mein Leben war so schön«, lallte sie und der Stich im Bauch wurde stärker. Tränen gaben mir immer das Gefühl, etwas falsch zu machen. Weil ich sie verursacht hatte oder sie nicht stoppen konnte.

»Ich bring sie hoch, okay?«, sagte Romy leise.

Wir beschlossen noch im Flur, Bastian erneut zu folgen, sobald sich die Möglichkeit dazu ergab.

Ich sah den beiden Frauen nach.

Patsch. Patsch. Patsch. Hände auf dem Eis. Mein Leben war so schön. Bis zu diesem Moment, der alles änderte. Bis zu den Bildern, die nie wieder von der Schrotthalde in meinem Kopf verschwinden würden.

Ich trank aus und räumte dann die Küche auf.

Bastian hatte sich noch immer nicht blicken lassen.

3.

Nach einer frustrierend einsamen Nacht traf ich ihn zufällig vor Kassulkes Wohnung. Er stieg mit der Sporttasche über die Schulter die Treppe hoch. Emma hatte mich vor ihrem Aufbruch zur Arbeit gebeten, es noch einmal bei Herrn Kassulke zu versuchen. Sie wollte, dass ich ihn zu Bastian befragte, ich machte mir hingegen ein wenig Sorgen. Obwohl das vielleicht unnötig war. Wenn er keinen Hausnotruf hatte, dann vielleicht eine Nichte oder einen Sohn, die er mindestens einmal am Tag anrief, um mitzuteilen, dass es ihm gut ging.

»Hi«, sagte ich und legte so viel freudige Überraschung in meine Stimme wie ich konnte. Bastian sah müde aus, sein T-Shirt, auf dem ein stilisierter Fernsehturm mit Discokugel prangte, war unter den Armen und auf der Brust verschwitzt. Draußen herrschten bestimmt schon wieder 30 Grad. Dieser Sommer entschädigte für den des vergangenen Jahres, als es gefühlt wochenlang nur geregnet hatte.

»Na?«, fragte er, nicht unfreundlich, aber eher so, als wolle er wissen, warum ich ihn ansprach. Sein Haar war zerzaust und sein Hipsterbart wirkte ebenso ungestutzt. Die Brillengläser waren fleckig.

»Nacht durchgemacht? In Marzahn?«

»Marzahn ist voll im Kommen«, erwiderte Bastian. »Alles klar bei dir?«

Und auf dem Weg nach Marzahn noch in Blankenburg vorbeigeschaut?, wollte ich fragen. Für Emma. Für mein Liebesleben.

»Sag mal, weißt du, ob Herr Kassulke weggefahren ist?«

Bastian stutzte. »Wieso sollte ich das wissen?«

»Hast du jemals bei ihm Blumen gegossen oder weißt du, ob das jemand aus dem Haus macht?«

Die Sporttasche rutschte ihm von der Schulter.

»Ich habe in den letzten zwei Jahren nicht ein einziges Mal bei irgendjemandem Blumen gegossen. Ich weiß nicht, ob Herr Kassulke Familie hat oder im Urlaub ist. Ich weiß auch nicht, wo Marina ist und wo Olga mit dem Kind steckt und warum ich Ken und Barbie oder wie die heißen so selten sehe. Aber wieso fragst du? Fehlt er dir?«

Natürlich kannte er ihre Namen nicht. Bastian sagte das so resigniert, beinahe teilnahmslos, dass ich einfach nur hoffte, er sei müde, weil er in den vergangenen Nächten wenig Schlaf bekommen hatte.

»Vielleicht geht es ihm nicht gut. Die Hitze…«

Bastian musterte mich durch seine Brille. In diesem Moment sah er wirklich nicht wie ein BWLer aus. Niemals. Sein Auftreten widersprach seiner Aussage. Die Bücher in den Regalen waren nur eine plumpe Fassade, die nicht bis zum Ende gedacht war, weil Bastian vergessen hatte, sich zu rasieren, ein weißes Hemd anzuziehen und die Haare zu stylen.

Wusste er nicht von dieser Text-Bild-Schere, wie wir in der Werbung den Fall nannten, wenn die Headline eine andere Aussage traf als das dazugehörige Visual? Wenn das Auge irritiert blinzelte, weil irgendetwas nicht stimmte, der Text nicht zum Bild passte.

»Und jetzt? Willst du die Polizei rufen?«

Ich zuckte mit den Schultern.

»Vielleicht erst einmal die Hausverwaltung. Allein schon wegen der Brüstung. Oder hast du da was erreicht?«

Bastian zog die Riemen der Tasche wieder über die Schulter und setzte einen Fuß auf die nächste Stufe.

»Es gibt keine Handwerker. Frühestens Ende Juli kommt jemand. Sie sagen, die Schlosser müsse man mit der Lupe suchen, die haben auf den Baustellen in der Stadt gerade extrem viel zu tun.«

»Toll. Die scheinen das ja gelassen zu sehen in unserer Verwaltung. Ist da nicht Gefahr im Verzug? Wenn wir an die Brüstung gehen, ist das doch gefährlich.«

Bastian sah mich einen ziemlich langen Augenblick einfach nur an. Dann sagte er ganz trocken, als erzähle er die Pointe eines Witzes: »Dann geh doch nicht an die Brüstung.«

Damit ließ er mich stehen. Ich hörte ihn auf halber Treppe noch sagen: »Ich muss mich erstmal hinlegen. Bis später.«

Kurz darauf rasselte sein Schlüsselbund, und unsere Wohnungstür fiel ins Schloss.

Was war das Merkmal eines Soziopathen? Fehlende Empathie? Aber konnte man die wirklich in einem Mehrfamilienhaus erwarten? Ich wusste tatsächlich nichts über die anderen Menschen in diesem Haus, mal abgesehen von Marina. Ich wusste nichts über das amerikanische Pärchen in der Wohnung über uns, die Bastian abfällig Ken und Barbie genannt hatte, doch deren Namen mir spontan auch nicht mehr einfallen wollten; wusste nichts über die alleinerziehende Mutter oder Herrn Kassulke. Wenn ich ehrlich war, so hatte ich die Amerikaner schon seit einer Woche nicht gesehen und ich fragte mich nicht, ob es ihnen gut ging. Machte mich das zum Soziopathen?

Der Mangel an Empathie. Geringes Schuldbewusstsein. Unfähigkeit zur Übernahme von Verantwortung. Zeigen wir diese Eigenschaften, oder wenigstens eine davon, nicht alle irgendwann einmal? Wie ich am See. Damals. Aber ich spürte die Reue für das, was ich damals getan hatte, oder besser, was ich nicht getan hatte. Mein Leben lang plagte mich mein Schuldbewusstsein. Ich würde mich immer bei dem Gedanken an den See in einer Art Phantomschmerz krümmen, beim Gedanken an die Hände, die auf das Eis patschten, hilflos und vergeblich. Und hoffentlich aus den Erfahrungen lernen.

4.

Zurück in unserer Wohnung, hatte sich meine Stimmung nicht verbessert. Mein Mitbewohner, der Geheimniskrämer, Stalker, Soziopath, stand unter der Dusche. Vielleicht sollte ich in der Küche das kalte Wasser andrehen, damit er sich verbrühte. Einfach um ihm zu zeigen, dass er Rücksicht nehmen musste. Auf Emma.

Die Sonne knallte auf die Häuser. In den Blumenkästen ächzten die Geranien. Die Freibäder waren bis zur Oberkante Überlauf gefüllt. Die Gruppen von Jugendlichen, die im Sommerbad Pankow immer wieder mal für Ärger sorgten, waren bestimmt inzwischen am Ende der Warteschlange angelangt und entsprechend genervt. Eine Stunde hatte ich schon mal am Wochenende gewartet, um hineinzukommen. Beim nächsten Mal würde ich vor zehn Uhr gehen.

Ich hatte mein Handy in der Hand, um Serkan und David eine WhatsApp zu schicken und zu fragen, womit sie ihre Zeit an diesem Wochenende verplemperten, als Bastian aus seinem Zimmer kam, deutlich erfrischt. Er gehe jetzt in die

Bibliothek und sei erst spät am Abend zurück. Sein Laptop steckte in einer Fahrradkuriertasche.

»Und du wartest auf Emma?«, fragte er im Gehen. Ich fand seinen Tonfall etwas zu sarkastisch. Warten. Wie ein Dackel auf Frauchen.

»Ich treffe mich gleich mit Freunden«, erwiderte ich und hoffte, er würde die Lüge schlucken. Ich tat, als tastete ich in meinen Shorts nach Handy und Schlüssel.

»Bis später«, sagte er. Auf der Treppe verhallten seine Schritte.

Ein paar Sekunden nach ihm schlüpfte ich aus der Wohnung. Mein Fahrrad glühte im Hinterhof. Die Sonne brannte auf der Haut. Ich sah Bastian gerade noch um die Hausecke verschwinden. In dieser Richtung lag nicht die U-Bahn. Hoffentlich nahm er kein Auto. Bevor ich die Ecke erreicht hatte, hörte ich bereits das leise Summen eines Elektrorollers, der einen Moment später um die Kurve glitt. Kein Mietwagen, aber ein geteilter Roller.

War er es? Der Fahrer trug eine Tasche, jedoch auf der anderen Körperseite. Unter dem Helm eine Sonnenbrille. Bart. Natürlich war er das.

Ich schwang mich auf mein Rad und trat in die Pedale.

Er bog nach rechts in die Wisbyer ein. Wenn er zur Bibliothek der HU unter den Linden wollte oder in die Stabi am Potsdamer Platz, hätte er doch die U-Bahn nehmen können.

Der Verkehr war um diese Zeit mäßig. Zur Rushhour stauten sich die Pendler bis zur nächsten Ampel. Dennoch machte ich mir berechtigte Hoffnung, die Verfolgungsjagd diesmal zu gewinnen. Die Durchschnittsgeschwindigkeit des Berliner Stadtverkehrs lag bei 30 Stundenkilometern.

Das schaffte ich locker.

Bastian fuhr an der Kreuzung Schönhauser weiter geradeaus auf die Bornholmer. Bibliothek am Arsch. Er hatte mich schon wieder angelogen.

Meine Neugier wuchs. Ich blieb dran, auch wenn Bastian einen Vorsprung herausholte. Kurz vor der Bösebrücke, wo vor 29 Jahren ein mutiger Stasi-Offizier mit den Worten »Wir fluten jetzt« den Schlagbaum geöffnet und die Mauer zu Fall gebracht hatte, war Bastians Vorsprung schon wieder geschmolzen. Mein Hemd klebte an meinem Körper, meine Lunge brannte. So gut, wie ich dachte, war ich doch nicht in Form. Ich hätte mit Emma häufiger Laufen gehen sollen.

Die Ampel an der Brücke sprang auf grün, Bastian beschleunigte surrend in seiner Kolonne. Ich kämpfte gegen die Steigung. Emma wäre stolz auf mich, wenn ich ihr am Abend von meinem Sieg erzählte, würde mich wieder in ihr Bett lassen, damit wir herausfanden, ob Herr Kassulke noch lebte.

Hinter der Brücke wechselte der Roller unvermittelt auf die linke Spur. Ich fuhr auf dem Radweg und kam nicht so schnell wie er auf die Abbiegespur.

Fuck. Ich hätte auf der Straße fahren sollen wie jeder Radfahrer, der etwas auf sich hielt. In Berlin fuhren doch nur die Idioten auf dem Radweg. Die anderen nutzten den Fußweg oder gleich die Straße.

Ich querte die Kreuzung und stellte mich an die Ampel. Bastian rollte in die Seitenstraße. Eine Straßenbahn donnerte über ihre Spur in der Mitte. LKW nahmen mir die Sicht. Endlich sprang meine Ampel auch auf Grün. Was wie eine Ewigkeit schien, hatte vielleicht nur 20 Sekunden gedauert, doch es war zu lange gewesen.

Ich bog in die Querstraße ein. Kein Roller zu sehen.

Die kleine Straße war links und rechts zugeparkt. In diesem Moment hörte ich das Johlen, die Rufe, ein Megafon. Eine Polizeisirene heulte auf.

Ein Unfall, schoss es mir durch den Kopf.

Die sich an der nächsten Querstraße stauenden Autos fuhren geradeaus weiter, weil sie rechts nicht abbiegen konnten.

Ein paar Sekunden später sah ich auch den Grund dafür.

Wieder Rufe, Schreie, einzelne Anwohner standen auf dem Gehweg, unterhielten sich, zeigten mit dem Finger auf das große Drama, das sich zwei Häuser weiter die Straße hoch abspielte. Vielleicht einhundert Menschen standen vor einem unsanierten Wohnhaus. Die Fassade unterschied sich deutlich von den anderen. Sie war nicht grau, sondern bunt beschmiert, strotzte vor Graffiti, die quer über bröckelnden Putz geschrieben waren. Ich wurde sofort an unser Haus erinnert. Die französischen Balkone waren teils abmontiert, teils durch Bretter ersetzt. Unter den Fenstern, von denen nicht eines dem anderen glich, verdeckten Transparente die nur noch rudimentär vorhandene Stuckfassade.

Leerstand sorgt für Notstand, stand darauf, und *Die Häuser denen, die drin leben.* Jetzt hörte ich auch die Musik. Hämmernde Bässe. Dazwischen E-Gitarren.

Drei Mannschaftswagen der Polizei blockierten die Straße, ein paar Dutzend Polizisten in voller Montur, mit Helmen und Schlagstöcken bewaffnet, waren aufmarschiert. Rotweißes Flatterband bildete eine lächerlich leicht zu durchbrechende Sperre. Für mich sah sie aus wie ein optimistisches Zeichen einer funktionierenden Zivilgesellschaft. Keine physische Barriere aus Stacheldraht, sondern ein dünnes Plastikband mit Signalwirkung trennte die Parteien. Die Übereinkunft, sich an dieses Symbol zu halten, wurde akzeptiert. In einer Stadt, in der rote Ampeln für Fußgänger, Radfahrer und Autofahrer nur Empfehlungscharakter hatten, war das schon bemerkenswert.

Ältere Menschen, junge Punks, Frauen, Männer, Kinder, Aktivisten, Gaffer, mit Bart und ohne, mit langen Haaren und Glatze, und keiner sah aus wie Bastian.

Ich hörte schon wieder Emma und Marina, die mir Unfähigkeit vorwarfen, sich darüber lustig machten, dass ich Bastian erneut aus den Augen verloren hatte, da sah ich den Roller hinter der Kreuzung auf dem Bürgersteig stehen. Ob geparkt oder vorübergehend abgestellt, konnte ich nicht sagen. Ebenso wenig, ob Bastian irgendwo in der Menge der Zuschauer und Demonstranten untergetaucht war.

Ich stieg ab, schob mein Rad den Kantstein hoch und hielt neben dem Motorroller. Er musste es sein. Ein Aufstöhnen ging durch die Menschenmenge. Den Grund dafür konnte ich nicht sehen.

»Bullenschweine«, hörte ich jemanden rufen. Die Polizisten schienen auf einen Einsatzbefehl zu warten, denn sie standen beinahe teilnahmslos an ihren Mannschaftswagen, die Helme hingen an ihren Gürteln. Ein Polizist, ich hielt ihn für den Einsatzleiter, diskutierte vor dem Hauseingang mit einem Mann in Anzug. Dieser hielt ein Klemmbrett mit Zetteln in der einen Hand, in der anderen eine Aktentasche. Neben den beiden stand eine zivil gekleidete Frau, vielleicht eine Politikerin. Sie redete auf die beiden ein, zeigte immer wieder auf das besetzte Haus und auf ihr Handy.

Aus der Menge heraus wurden Rufe skandiert. Nur von einzelnen, dafür umso lautstarker.

Spekulanten in ihre Schranken. Oder sowas Ähnliches.

Die meisten Anwesenden starrten nur stumm. Mein Herz schlug noch immer angestrengt in meinem Brustkorb, doch jetzt eher vor Nervosität denn vor Anstrengung.

Ich sah mich um. Wenn Bastian hier abgestiegen war, musste er auch wieder zurückkommen.

Ich schob mein Rad zum nächsten Hauseingang.

Eine Arztpraxis. Wohnungen. Ein türkischer Gemüseladen.

Was, wenn Bastian jetzt aus dem Haus kam und mich sah? Würde er nicht ahnen, dass ich ihn verfolgt hatte? Müsste er mich nicht zur Rede stellen und mich fragen, was mir einfiel?

Ich wollte gerade aufgeben, eingestehen, dass ich schon wieder versagt hatte, da kam Bewegung in die Polizisten. Sie setzten sich die Helme auf und marschierten beinahe gelassen zum Hauseingang. Einer von ihnen trug einen langen, augenscheinlich schweren Zylinder mit zwei Griffen an der Oberseite. Die Menschen vor dem Haus drängten sich dichter an die Absperrung und verdecken die Sicht. Wieder ertönten schrille Pfiffe, jemand grölte, Chorgesänge schwollen an und wieder ab.

Der Mann im Anzug beendete das Gespräch und drängte sich an den Polizisten vorbei durch die Mannschaftswagen. Neben dem Wagen standen zwei Frauen und ein Mann. Ein Mann mit Bart und Brille. Ich sah ihn nur kurz, aber ich war sicher, ihn erkannt zu haben.

Die Erkenntnis schoss mir in den Magen.

Also doch.

Ich griff mein Rad und wollte wieder zurück zur Straße, von der ich abgebogen war. Mittlerweile hatten sich aber so viele Menschen auf der Straße und dem Bürgersteig versammelt, dass kein Durchkommen mehr war.

In meinem Rücken hörte ich lautes Krachen, begleitet von Grölen, Fluchen. Eine Megafondurchsage, unverständlich, ich schob mich und mein Rad durch die Menschenmenge, gegen den Strom, erntete vereinzelte Beschimpfungen, doch die meisten Menschen beachteten mich gar nicht, drängten vor das besetzte Haus. Im Gewirr hatte ich Bastian längst aus den Augen verloren.

Noch drei Reihen, beinahe fuhr ich eine ältere Frau um, die mich wütend anstarrte. Immerhin schob ich mein Rad, die sollte sich nicht so anstellen. Dann war ich durch.

Ich stand an der Kreuzung, an der ich abgebogen war. Die Besatzung eines Streifenwagens regelte den Verkehr.

Mein Blick huschte zwischen den Passanten, den Fahrzeugen, den Polizisten hin und her, und gerade als ich wieder dachte, ich hätte ihn verloren, sah ich den Anzugträger an einem schwarzen SUV stehen, einem BMW X6, dem arrogantesten Auto, das je gebaut wurde, ein Fahrzeug wie ein gestreckter Mittelfinger. Eine Silhouette, die sagte: du kannst mich mal; eine Motorisierung, die dazu geeignet war, auf einer Kurzstrecke zwei Eisbären zu töten.

Doch noch mehr als der Ärger über das Auto, trieb der Anblick der Person, die vor dem Anzugträger in den BMW stieg, meinen Puls in die Höhe.

Jemand mit Bart und Kuriertasche.

5.

Eine kalte Dusche rettete an diesem heißen Tag mein Leben.

Ich hätte noch in den Treptower Park fahren können, mit David oder Serkan eine Runde Stand-Up-Padelling machen und mich danach gepflegt im Freischwimmer besaufen können, aber irgendwie hatte ich den richtigen Moment verpasst. Also war ich zurück nach Hause gefahren.

Zum Glück hatte ich genügend Hefeweizen kaltgestellt. Wenn Emma nach Hause kam, war ich hoffentlich noch nüchtern genug, um die Wasserrohre zum Klingen zu bringen.

So trank ich in der Küche mein Bier, streamte die Eels und suchte nach Spuren von Bastian im Internet. Was ich fand, waren Spuren von Alkohol im Glas und von Erdnüssen in den Chips.

Das Klingeln hörte ich dennoch.

Was hatte ich erwartet? Emma, die früher Feierabend gemacht und ihren Schlüssel vergessen hatte? Ken und Barbie, die mich zum See mitnahmen?

Mit der schwarzhaarigen, sehr leicht bekleideten Frau, die mit einer Flasche Weißwein in der Tür stand, hätte ich rechnen sollen.

Marina hatte Lippenstift aufgetragen. Ihr Blick wanderte über meinen nackten Oberkörper. Mittlerweile war es in unserer Wohnung so heiß geworden, dass ich nur in Shorts herumlief. »Habt ihr eine Sekunde? Oder stör ich?«

»Emma ist noch nicht da«, erwiderte ich und ließ meinen Blick ebenfalls über ihren Körper wandern, unwillkürlich, aber magisch angezogen von ihrem sehr kurzen, schwarzen Kleid, das nur von zwei Trägern über den Schultern gehalten wurde. Der Ausschnitt war sehr tief und entblößte die beiden Ansätze ihrer Brüste. Ihre Nippel waren zwei erbsengroße Hügel im groben Stoff des Kleides.

»Ist okay, du kannst es ihr ja erzählen«, sagte sie und machte einen Schritt in unsere Wohnung. Unwillkürlich trat ich zur Seite. Sie war barfuß und schwankte dennoch, als ginge sie auf Stilettos. Die wievielte Flasche war das?

Ich folgte ihr durch den Flur.

Dabei bewunderte ich ihren Hintern unter dem kurzen Kleid. Wie alt war sie? Mitte 30? Ende 30? Aber eine Figur wie eine 20-jährige. Zielstrebig ging sie zur Küche.

»Wann kommt Emma denn?«

Ich holte mein Handy aus den Shorts. Es war kurz nach fünf. Bis acht war der Hochseilgarten geöffnet. Meistens musste sie noch aufräumen, das Klettergeschirr sortieren. Von der Jungfernheide brauchte sie eine halbe Stunde.

»Frühestens um neun ist sie hier.«

Marina blieb in der Küche stehen. »Und Bastian?«

»Der ist unterwegs.«

Sollte ich ihr von meiner zweiten Verfolgungsjagd erzählen? Vom erneuten Versuch, mehr über ihn herauszufinden? Vom besetzten Haus und dem Treffen mit dem Anzugträger? Ich beschloss, auf Emmas Rückkehr zu warten, damit sie die Informationen aus erster Hand bekam.

Marina stellte die Weinflasche auf den Tisch. Sie war nur noch halbvoll. »Hast du ein Glas?«

Ich wies auf das alte Buffet, in dem ich die Briefe gefunden hatte. Die persönliche Post von Menschen, die nicht mehr lebten und doch immer noch in dieser Wohnung präsent waren.

Marina ging mit wiegenden Hüften und schwingendem Hintern vom Küchentisch zum Buffet, zog die Glastüren auf und streckte sich, um eines der Weingläser vom obersten Regalbrett zu holen. Wir besaßen fünf oder sechs Gläser, alle in verschiedenen Größen. So wie wir keinen einzigen Teller zweimal auf den Tisch stellen konnten. Kaputtgegangen. Irgendwo nachgekauft. In anderer Größe und Farbe.

Marinas stellte die Beine auseinander, beugte sich unnötig weit über das Büffet und drückte den Hintern heraus. Das Kleid rutschte etwas hoch und entblößte die Rückseite ihrer nackten Oberschenkel. Als sie sich umdrehte, sah ich, dass ihr Kleid dieser Bewegung in Brusthöhe nicht hatte standhalten können. Ihre beiden Brustwarzen hatten sich über den Rand ihres Ausschnittes herausgeschoben. Plötzlich wummerte eine dumpfe Explosion in meinem Bauch und ich spürte die Erregung in meinen Shorts. Das machte sie doch mit Absicht.

Sie zwirbelte das Weinglas am Stiel und sagte mit gespielter Unschuld: »Trinkst du ein Glas mit?«

Ich schluckte schwer. »Ich bleibe beim Bier.«

Sie zuckte mit den Schultern. Ich hatte gehofft, ihre Nippel würden wieder in das Kleid rutschen, doch die Warzen hatten anderes im Sinn. Marina zog einen Stuhl heran und setzte sich.

»Das ist vielleicht eine Hitze, was?«

»Und du trägst auch noch ein schwarzes Kleid.«

»Ich wollte eigentlich ausgehen.«

»Jetzt?«

»Später.«

Der Wein gluckerte ins Glas, das sofort beschlug.

»Ich sag dir, das Leben ist echt scheiße, weißt du das?«

Ich wusste nicht, was sie meinte. »Probleme?«

Marina trank einen Schluck, der für zwei gereicht hätte. Sie musste doch sehen, dass ich ihr auf die Brüste starrte. Vielleicht sagte ich etwas. Oder gab ihr einen Hinweis, ganz diskret. Ich musste mich anders hinsetzen.

»Die haben einfach mein Handy abgestellt. Weil ich ein paar Tage mit der Zahlung im Verzug war.«

Sie schlug die Beine übereinander. Der Rock rutschte auch unten höher als es gut für meinen Blutdruck war. Hatte sie das Kleid nicht auch getragen, als ich sie und Emma in der Küche angetroffen hatte? Vielleicht hatte sie nur eins.

»Dann kauf dir doch eine Prepaid-Karte.«

Marina setzte das Glas ab. »Stimmt«, sagte sie, als hätte ich ihr erklärt, dass die Post sonntags nicht ausgetragen wird. »Das ist so heiß, ich kann gar nicht mehr klar denken.«

fächelte sich mit der Hand Luft zu. Durch diese Bewegung rutschte ihr Kleid am oberen Saum wieder über ihre Brustwarzen. Nur die Höfe waren noch teilweise zu erkennen.

»Der Klimawandel. Soll noch einer sagen, es gäbe ihn nicht.«

Marina stutzte und lachte heiser.

»Ich hätte es mir denken können, mein naiver Schönling. Du hast noch eine Menge zu lernen. Natürlich gibt es den Klimawandel, aber dass er durch den Menschen verursacht worden ist, ist ja wohl ganz eindeutig ein Hoax.«

Und dann erzählte sie. Sie hörte gar nicht mehr auf, davon zu berichten, CO_2 sei doch nur zu nullkommanullnullnullnullirgendwas Prozent in der Luft enthalten und der Mensch hätte kaum Einfluss auf den CO_2-Gehalt, außerdem müsse man sich fragen, wer daran ein Interesse habe, vom menschgemachten Klimawandel zu reden. Es sei doch ganz klar, dass die grüne Ökomafia daran verdiente, all die unfähigen Wissenschaftler, die sich an den Fördergeldern eine goldene Nase verdienten. Ich müsse nur mal die Augen aufmachen, statt mich belügen zu lassen. Es gäbe doch im Internet genügend Quellen, die ich nur heranziehen müsse.

Nur einmal sagte ich, die Wahrheit läge doch meistens irgendwo in der Mitte und bei aller Skepsis über den Atomausstieg und der Verteufelung fossiler Brennstoffe und deren Einfluss auf das Weltklima könne man doch immerhin fragen, ob es sinnvoll sei, Kohle und Öl zum Heizen und Autofahren zu benutzen. Vielleicht gäbe es eine viel bessere Möglichkeit, diese Schätze zu nutzen, vielleicht für ein Medikament, das es noch nicht gab. Daher sei es doch schon sinnvoll, regenerative Energiequellen zu nutzen und sich die fossilen Brennstoffe für später aufzuheben, man könne ja nie wissen.

Sie sagte naja und egal und wechselte das Thema, ganz kurz nur riss sie es an, berichtete von den gleichen Problemen bei medizinischen Fortschritten und den Pharmakonzernen, und dass man nicht alles glauben solle, man solle selbst nachprüfen, die Fakten recherchieren. In den Systemmedien würden die Interessen der großen Konzerne und der Eliten übergewichtet dargestellt, dass die Wahrheit meist zu kurz komme.

Mich belasteten solche Gespräche. Da spielte so viel Hass, so viel Unzufriedenheit mit, dass ich mich eher fragte, warum jemand sich mit so viel Engagement in diese Diskussion stürzte. War es das Gefühl von Machtlosigkeit? Oder Kränkung? Wollte sie nur provozieren, weil ihr die Aufmerksamkeit anderer Menschen fehlte?

Ich hielt Marina für einen intelligenten Menschen, daher nahm ich an, sie würde irgendwann im Verlauf des Gespräches, wenn ich lange genug zugehört hatte, ihre Aussagen relativieren und wir würden uns in der Mitte treffen. Als die Weinflasche leer war und Marina eine kleine Pause machte, zog sie ihre Haare nach hinten zu einem Zopf, knotete und drehte. Dabei streckte sie ihre Brust vor.

»Ich mag ja die Hitze.« Sie lächelte und lehnte sich zurück, die Hände noch immer hinter dem Kopf. Ihr Kleid war weit die übereinander geschlagenen Beine hochgerutscht. Plötzlich und ziemlich langsam hob sie das obere Bein und stellte es neben dem unteren ab, wie Sharon Stone in *Basic Instinct*. Ganz sicher machte sie es absichtlich.

»Ich wollte eigentlich zum See fahren, aber auf die Idee sind wahrscheinlich 50 Prozent der Berliner gekommen, oder?«

»Ich glaube auch«, sagte ich und hoffte, dass man mir die Nervosität nicht anhörte. Marina nahm die Hände nach vorne und fächelte sich Luft zu.

»Ist das mit dir und Emma eigentlich was Ernstes? Oder nur so eine Liebelei?«, fragte sie unvermittelt. Ihre schulterbreit geöffneten Beine standen noch immer parallel zueinander auf dem Boden. Das Kleid war bis zur Hälfte der Oberschenkel gerutscht und ich konnte nicht anders als hinsehen. Sharon Stone. Die Szene beim Verhör. Bei YouTube gab es Dutzende Clips davon, aufgehellt und digital nachbearbeitet, damit man alles erkennen konnte, was im Dunkeln hatte bleiben sollen, damit noch etwas für die Fantasie übrigblieb.

Hier in diesem Moment in der Küche blieb die Fantasie auf der Strecke.

Alles was Sie jetzt sagen, kann gegen Sie verwendet werden.

»Ich weiß noch nicht, wir verstehen uns gut. Ich mache mir da jetzt nicht so viele Gedanken.«

»Und im Bett versteht ihr euch auch?« Marina zwirbelte das Glas zwischen den Fingern. Es verursachte ein trockenes Kratzen auf der Tischplatte.

Am besten sagen Sie nichts mehr ohne ihren Anwalt.

»Wieso fragst du?«

Das Lächeln auf Marinas Gesicht wurde verschwörerisch. Sie ließ das Weinglas los und hämmerte mit den rotlackierten Fingernägeln auf die Tischplatte. Immer wenn sie die Finger stillhielt, konnte man die gezackten Ränder der Nägel erkennen. Dort war der Lack abgeplatzt.

»Ich kenne sie ja nun schon ein bisschen länger als du und weiß, dass sie, sagen wir mal, so ihre Grenzen hat. Und ich weiß auch, dass Männer immer ein wenig mehr wollen.«

Wieso kannte sie Emmas Grenzen? Was war an dem Nachmittag gelaufen, als die beiden leicht bekleidet in der Küche gesessen hatten?

»Ist das so? Was meinst du?«

»Nun.« Sie lächelte zur Seite weg, ihre Augen schienen einen Punkt in der oberen Ecke der Küche zu fixieren. Ich wünschte, sie würde dort wirklich Spinnweben sehen und nicht nur affektiert und berechnend die Situation voll auskosten.

»Ich kann nur von mir sprechen, aber mit 40 habe ich alle falsche Scham abgelegt und alle Vorbehalte ausgeräumt. Weißt du, mit zunehmender Lebenserfahrung sieht man die Dinge ja meistens etwas anders. Weißt du, es ist wie bei allen Dingen: Wenn du bereit bist, auch mal über den Tellerrand hinauszusehen, deinen Geist und auch den Körper öffnest bekommen die Dinge eine ganz andere Gestalt. Plötzlich willst du gar nichts anderes mehr. Verstehst du?«

Sie machte eine Pause. Ich hatte eine Ahnung, wovon sie redete, aber konnte sie das Gleiche meinen wie ich? Ich konnte mir eine Menge vorstellen. Aber ob sie darauf hinauswollte? Und wenn ja, warum erzählte sie das?

»Ich glaube schon«, antwortete ich atemlos. Ich musste in die Offensive gehen, bevor ich die Kontrolle verlor.

»Aber bislang habe ich nichts vermisst«, sagte ich. Lügner. Eine Sache wäre geil. Geiler. Aber das musste sie nicht wissen.

»Ganz sicher?«, hauchte Marina wie in einem schlechten Film, in dem irgendwo Stroh herumlag und die Darsteller eine Sekunde später wild anfingen zu ficken, ganz ohne Sinn und Verstand.

»Ganz sicher.« Ich verschränkte die Arme vor der Brust.

»Ach wirklich?« Marina ließ wieder die Fingernägel auf der Tischplatte klappern. Ihr Blick war auf einmal fahrig, als hätte ich sie aus dem Konzept gebracht. »Du kannst von deinen unerfüllten Sehnsüchten schon erzählen. Manche Wünsche muss man sich erfüllen, sonst fressen sie einen von innen auf.«

Irritiert blinzelte sie quer durch die Küche, als sei sie sich in dieser Sekunde erst bewusstgeworden, dass sie nicht von mir, sondern von sich redete. Von ihren Wünschen. Ich musste aus dieser Unterhaltung ausbrechen. Jetzt. Aber wie?

»Ich mag dich«, hängte sie an. »Versteh mich nicht falsch, ich respektiere deine Beziehung zu Emma. Aber vielleicht kann ich dir geben, was sie dir nicht geben kann…«

Sie hob den Blick. Ihre Augen waren zwei dunkel geschminkte Löcher in einem blassen Gesicht. Die Aufregung schnürte mir die Kehle zu. Sag etwas. Sag das Richtige. Sag: »War es das, was du erzählen wolltest? Was ich Emma ausrichten sollte?«

Marina blinzelte irritiert, setzte sich aufrecht hin.

»Nein, ja, was?«

Sie stammelte, ich hätte sie aus dem Konzept gebracht und eigentlich sei sie ja wegen etwas ganz Wichtigem gekommen, aber dann müsse sie eben noch einmal wiederkommen, wenn Emma da sei.

Danke, Sie können jetzt gehen.

Marina stand auf, schnappte sich die leere Weinflasche und rauschte zur Küchentür. Die Aufregung blieb, aber sie verwandelte sich in ein triumphierendes Flattern. Ich hatte die Oberhand behalten, hatte agiert, statt zu reagieren.

»Ich sage ihr, dass du eine neue Handynummer hast, das war es doch, oder? Die du ihr aber noch mitteilen wirst.«

Irritiert drehte sie sich an der Tür noch einmal um und nickte, nach einer kurzen Denkpause, die Klinke in der Hand, doch im Gehen sagte sie: »Manche Gelegenheiten sollte man nicht verstreichen lassen. Die besten kommen nämlich nie wieder.«

Grenzen. Nur in einer Hinsicht hatte sie die. Wenn ich meine Finger zwischen ihren Pobacken auf Wanderschaft schickte. Wenn sie vor mir kniete und ihm den Blick auf das Paradies erlaubte, das ich nicht betreten durfte.

Ich schloss hinter ihr zu. Jetzt Alkohol. Viel.

Emma kam spät von der Arbeit nach Hause. Ich war sogar davon ausgegangen, dass sie an diesem Sommertag in der Stadt bleiben würde. Ein Bier im Freischwimmer. Party im Mauerpark. Doch ihre SMS, die mich im Rausch an der Balkontür erreichte, kündigte sie sie schließlich doch an. Ich hatte eine alte Morgenpost gefunden und sie von vorne bis hinten gelesen, um mich abzulenken.

Ununterbrochen kreisten meine Gedanken um Marina.

Wenn du bereit bist, auch mal über den Tellerrand hinauszusehen, bekommen die Dinge eine ganz andere Gestalt.

Mein Blut kochte. Sie hatte mir ein Angebot gemacht, ganz eindeutig. Ich hatte es abgelehnt. Ebenfalls eindeutig. Hoffentlich erfuhr Emma davon nichts. Ich hatte Angst, sie könnte missverstehen, was zwischen Marina und mir nicht gelaufen war.

Die Spannung wuchs noch, als wir schließlich zu dritt in Marinas Küche saßen und ich während meines Berichts nicht wusste, wohin ich gucken sollte: in Marinas viel zu tiefen Ausschnitt oder auf Emmas enges Top.

Zuvor hatten wir unserer Nachbarin geholfen, ihre Sachen aus dem Keller in ihre Wohnung zu tragen. Als Emma endlich gekommen war und sich seufzend am Küchentisch niedergelassen hatte, hatte ich ihr sofort die ganze Geschichte erzählen wollen, doch es hatte keine Sekunde gedauert, bis Marina erneut an der Tür gestanden hatte.

Das sei der Grund gewesen, warum sie am Nachmittag bei uns geklingelt habe, ich hätte Emma doch bestimmt von ihrem Besuch erzählt. Marina nach unserer Begegnung wiederzusehen, war wie ein zweites Treffen mit einem One-

Night-Stand, nachdem man früh morgens aus der Wohnung gehuscht war. Sprachlosigkeit. Verlegenheit. Obwohl doch gar nichts gelaufen war.

»Nein, habe ich nicht«, hatte ich erwidert. »Ich dachte, es sei ums Telefon gegangen.«

»Welches Telefon?«, hatte Marina verständnislos gefragt. Emma hatte mich gemustert, als sei da etwas, das ich ihr verheimlichte. Hatte ich da was missverstanden? Einen Moment lang war die Angst in mir gewachsen. Unbegründet.

Unter den vielen Kisten und Kästen waren zahlreiche Schachteln mit Fototaschen, Bücher über Esoterik und vor allem alte Klamotten. So viele Schuhe und Mäntel und Kleider hatte ich noch nie gesehen, nicht einmal bei meiner Ex-Freundin, die einen Schuhfetisch hatte.

Und dennoch war ich nicht überrascht, wie gut das alles in die große Wohnung passte, in der Marina für sich allein drei Zimmer nutzte und dazu noch die große Küche. Mich überraschte eher, wie sehr sie sich darüber aufgeregt hatte, den Keller zu räumen. Ihr Schlafzimmer war, wie ich im Vorbeigehen sah, bis auf ein riesiges Bett komplett leer. Emma warf einen kurzen, prüfenden Blick darauf.

Im zweiten Zimmer standen riesige Regale und Schränke. Der ganze Raum war nichts als ein großes Lager. Die paar Kisten mehr fielen da kaum ins Gewicht. Und dennoch war Marina unglücklich. Während wir die Sachen aus dem Keller über den Hof und das Treppenhaus nach oben getragen hatten, hatte Marina nicht aufgehört, sich zu beschweren. Die vermeintliche Sanierung der Keller sei doch nur ein Anfang. Die würden die wahrscheinlich gar nicht sanieren, so wie man das Haus an der Schönhauser nicht sanierte, trotz des Baugerüstes. Das mache die Hausverwaltung nur, um die Mieter zu schikanieren, sie mürbe zu machen. Als nächstes

216

würde man das Wasser ab- und ein Baugerüst aufstellen, ohne dass sich auch nur ein Handwerker blicken ließe.

Was denn Bastian dazu sage, hatte Marina noch gefragt.

»Nichts«, hatte ich erwidert. »Wir haben darüber noch nicht geredet.«

Anschließend hatten wir uns in Marinas Küche niedergelassen und eine Flasche Wein geöffnet. Meine Nachbarin kippte munter die ersten Gläser, während ich erzählte. Hin und wieder warf sie einige Kommentare ein, die im Laufe des Abends lauter wurden und aggressiver.

»Das war bestimmt einer der Immobilienspekulanten«, sagte sie. »Die sich von der Polizei ihr Spekulationsobjekt räumen lassen. Und die Polizei macht da munter mit.«

»Es ist doch nicht die Aufgabe der Polizei, die Spekulation mit Immobilien zu verhindern.«

Marina machte eine abwertende Handbewegung.

»Wer angeordnetes Unrecht durchsetzt, begeht selbst Unrecht. Das wissen wir nicht erst seit Adolf Hitler.«

Ich mochte diesen rhetorischen Kniff nicht, dass jemand die Verbrechen des Nationalsozialismus durch Adolf Hitler ersetzte und glaubte, damit sei alles gesagt. Es war mir zu undifferenziert. Außerdem gefiel mir nicht, bei jedem Polizeieinsatz in Berlin gleich Nazimethoden zu schreien. Diese linke Polemik hielt ich für übertrieben, besonders von Seiten der Hausbesetzerszene. Als ich an diesem Nachmittag noch auf Indymedia nach den Hintergründen der Hausbesetzung gesucht hatte, war ich davon buchstäblich überhäuft worden.

Aber das würde ich nicht ansprechen. Emma hatte immer wieder mal herübergeblinzelt und ich hoffte, es bedeutete, wir würden heute Nacht wieder Herrn Kassulke aus der Reserve locken. Eine kritische Bemerkung konnte meine ganzen Pläne zunichtemachen.

»Aber es passt doch wunderbar zu allem, was wir über Bastian schon wissen, oder?«, fragte Emma aufgeregt. »Wir wissen, dass er die Bewohner unseres Hauses mobbt, dass er stalkt, dass er vielleicht sogar für den Tod zweier Menschen verantwortlich ist, sich für Bauprojekte interessiert, bei denen viel Geld zu verdienen ist und jetzt sogar in Zusammenhang mit einem Spekulationsobjekt gebracht werden kann. Für mich klingt das eindeutig.«

Ich konnte nicht abstreiten, dass all diese Indizien ein Bild ergaben, doch ich war unsicher, wie es am Ende aussah.

»Hast du schon einmal daran gedacht, zur Polizei zu gehen?«

Marina lachte spöttisch. »So wie beim Stalking? Was glaubst du, was die Polizei macht? Die lacht mich aus. Ich habe Bastian angezeigt, und am Ende hat er mich ausgelacht. Was soll das bringen?«

»Wenn er eine Straftat begangen hat, dann bringt es was, oder nicht? Sowas bleibt doch nicht ungesühnt.«

Marina beugte sich über den Tisch.

»Ungesühnt? In diesem Land sind die Behörden doch die größten Verbrecher. Die beschützen all die, die Verbrechen begehen und verraten diejenigen, die Schutz bräuchten.«

Es war, als hätte Marina nur auf den richtigen Augenblick gewartet, uns ihre Geschichte zu erzählen, als seien die Spekulationen über Bastian nur der Funke gewesen, der die Lunte an Marinas Sprengstoff entzündete.

Zu Beginn des neuen Jahrtausends hatte Marina, wie sie sagte, eine sehr schwierige Phase in ihrem Leben durchgemacht. Ausbildung abgebrochen, von einem schlecht bezahlten Job in den nächsten, dazu wechselnde Liebschaften. Sie hatte sich in Männer verliebt, die nur ihren Körper haben wollten, aber das habe sie damals nicht kapiert.

Sie war verliebt gewesen, jedes Mal, und hatte emotional alles in die Beziehungen gesteckt. Einmal hatte sie Glück gehabt und sich in einen reichten Typen verguckt, der sie mit in den Urlaub genommen hatte, nach Mallorca auf eine Finca mit Pool. Es gab einen Sommer lang Partys und Kokain und Sonnenschein und viel Sex. Am Ende der Party war sie schwanger gewesen. Zurück in Berlin hatte sie vor der Wahl gestanden, das Kind abtreiben zu lassen oder wegzugeben. Der Mann hatte gesagt, es sei nicht seines, er habe schließlich, wie sie sich bestimmt erinnere, keinen ihrer fruchtbaren Äcker gepflügt, genauso habe er das gesagt, betonte Marina, und sie solle sich bitte an einen der anderen Typen wenden, mit dem sie auf den vielen Partys auf der Finca rumgevögelt habe und die einen Dreck auf Verhütung gegeben hatten. Und weil Marina keinen Job, kein Geld und keine Ahnung hatte, wie sie ein Kind durchbringen sollte, es aber nicht übers Herz bringen konnte, das ungeboren Leben zu zerstören, hatte sie das Kind zur Adoption freigegeben. Aber eigentlich, so erzählte Marina, habe sie das Kind gar nicht weggeben wollen, dazu hätte das Jugendamt sie genötigt. Es sei das Beste für das Kind gewesen, und irgendwie hatte Marina es damals gar nicht so richtig verstanden, den Unterschied zwischen offener und halboffener und geschlossener Adoption und plötzlich war da ein neuer Mann und eine neue Liebe und diesmal, so hatte sie geglaubt, sei es der Mann fürs Leben und daher hatte sie unterschrieben, einfach nur, um die Sache hinter sich zu lassen. Sie habe doch nur das Beste für das Kind gewollt.

Jahre später, als der neue Mann schon wieder Geschichte gewesen war, hatte sie versucht, über das Jugendamt zu den Adoptiveltern Kontakt aufzunehmen, um ihre Tochter zu sehen, aber man hatte ihr mit Verweis auf die geschlossene Adoption jeglichen Kontakt verwehrt. Sie habe doch damals schließlich eingewilligt, ihre Unterschrift, sie solle selbst sehen.

»Das Jugendamt hat mich total verarscht«, heulte Marina. Emma nahm sie in den Arm. Mir gelangen ein paar tröstende Worte, über den bissigen Kommentar auf der Zunge hinweg.

Gerade als ich dachte, Marina würde sich wieder beruhigen, brach es noch einmal aus ihr heraus, und sie schimpfte, fluchte auf die Behörden, auf die Staatsdiener, die grundsätzlich nur die Reichen, die Starken, die Mächtigen schützten und diejenigen, die wirklich Hilfe brauchten, im Stich ließen. Schließlich warf sie uns aus der Wohnung.

7.

Puig, puig, puig. Das Klopfen an den Heizungsrohren war unverkennbar. Ein metallisches Echo, hell und vielschichtig. Emma sah verschwitzt herauf. Ihre Hände hatten sich über ihrem Kopf in das Bettgestell verkrallt. Am Handgelenk leuchtete die Fitbit.

»Er ist zurück«, presste ich hervor.

»Wer?«, keuchte Emma. Beinahe erleichtert nahm ich die Bewegungen wieder auf. Das Kopfteil hämmerte rhythmisch gegen die Wand.

»Egal«, keuchte ich. Herr Kassulke würde uns nicht den geilsten Sex der Woche verderben.

Profithunger

Dass bei der T-Figur-Illusion die
senkrechte Linie länger wirkt als
die waagrechte, liegt daran, dass
die scheinbar kürzere Linie geteilt
erscheint; das Gehirn bekommt
Schwierigkeiten beim Vermessen.

1.

Die Stimme am anderen Ende der Leitung war typisch für Frauen, die in Büros arbeiten. Sachlich und distanziert. Beinahe roboterartig, keinen Widerspruch duldend, sich in Sicherheit fühlend durch die Distanz, die ein Telefon bot.

»Ich kann Herrn Mosch nicht erreichen, aber Sie hatten ja das kaputte Balkongitter gemeldet, richtig? Also kann ich Sie doch sicher wegen Ihrem Keller ansprechen. Der Juni ist um. Unser Hausmeister sagt, Ihr Keller ist noch immer nicht leer. Wenn Sie ihn bis Ende der Woche nicht geräumt haben, müssen wir die Sachen auf Ihre Kosten entfernen und zwischenlagern. Oder wir werfen es weg, ganz wie Sie wollen.«

Ich schloss die Tür zum Konferenzraum. Hier war der Handyempfang am besten. Ich war froh über diese lange Einleitung der Frau, so hatte ich wortlos mit dem Handy in der Hand einmal quer durch das Großraumbüro gehen können, ohne meine Kollegen zu stören.

Im Konfi stellte ich mich an das Fenster und sah in den Innenhof hinab, in dem die Mülltonnen seit ein paar Tagen darauf warteten, von der BSR geleert zu werden. Daneben standen bereits die ersten Müllsäcke, die nicht mehr in die Tonnen passten. Irgendwo hinter der zweiten oder dritten Häuserzeile lungerte die Spree in ihrem versifften Bett.

»Welcher Keller?«, fragte ich ganz naiv, auch um ganz versteckt einen Vorwurf anzubringen. Ich hatte mich bereits damit abgefunden, dass wir keinen Kellerraum hatten, aber irgendwie wollte ich der Hausverwaltung diese Tatsache noch einmal aufs Auge drücken.

»Haben Sie unseren Aushang denn nicht gesehen? Wegen der Sanierung? Sie sind die einzigen, die ihren Keller noch nicht freigeräumt haben.«

»Aber wir haben doch gar keinen Keller. Wir haben nur diese Nische.«

»Doch, jede Wohnung hat einen Keller. Woher haben Sie denn diese Information?«

»Von Herrn Mosch. Wir haben nachgezählt. Es gibt acht Wohnungen plus die Gewerbeeinheit, aber nur acht Keller. Und der Trödler hat –«

»Die Gewerbeeinheit hat keinen Keller, zum Trödelladen gehört ein kleiner Extraraum hinten zum Hof. Sie haben die Nummer … ach, dieser Keller. Das wird wirklich Zeit, dass da mal was gemacht wird. Da ist keine Nummer drauf. Sie werden den Raum schon finden. Ist doch der letzte, der nicht geräumt ist.«

Ich war sprachlos. Und da war es wieder: das Gefühl, als zupfte ein talentierter Bassist in meinen Eingeweiden einen ziemlich flotten Darm.

»Funktioniert da der Haustürschlüssel?«

»Nein«, sagte sie. »Die Mieter haben da Vorhängeschlösser angebracht. Fragen Sie mal Herrn Mosch, der müsste doch den Schlüssel haben. Also, wann kann ich den Handwerkern sagen, dass Sie in Ihren Keller kommen?«

Ich starrte in den Hof hinab, doch ich sah nichts.

»Geben Sie uns eine Woche, okay?«

Hoffentlich gab es beim OBI in der Ostseestraße günstige Bolzenschneider.

2.

Emma hielt die Taschenlampe. So fühlte sich also ein Einbrecher. Diesmal fand sie den Lichtschalter. Die Neonröhren an der Kellerdecke flackerten auf. Wieder fünf Stufen knirschender Putz. Die Temperatur im Keller lag mindestens zehn Grad unter der Außentemperatur. In Emmas Nacken bildete sich eine Gänsehaut.

»Soll ich vorgehen? Oder frierst du nur?«

Emma versuchte sich an einem Lachen.

»Ich habe Angst vor dem, was wir finden.«

Ich legte ihr die Hände auf die Schultern. Gemeinsam nahmen wir die letzte Stufe. Die Türen zu den anderen Mieterkellern standen offen. Emma rümpfte die Nase. »Findest du, dass es hier feucht ist?«

»Ich finde, es riecht hier schimmelig.«

»So riecht es hier doch immer. Ist doch alles Beschiss«, fluchte sie und umklammerte den armlangen, vermutlich viel zu großen Bolzenschneider wie ein Schwert, mit dem sie einem Ork den Kopf abschlagen wollte. »Die wollen uns nur rausekeln.«

Die Hausverwaltung hatte noch gesagt, sie würden uns auch schriftlich ermahnen, den Keller zu räumen, um sich abzusichern. Ich sei nicht Mieter, sondern nur Herr Mosch. Bastian. Es war seltsam, seinen Nachnamen zu hören, als sei er ein Fremder. Aber war er es nicht auch? Herr Mosch, der verschwiegen hatte, dass wir einen Keller besaßen, weil er Geheimnisse vor uns hatte, die zu unseren Füßen schlummerten.

Wir bogen nach rechts ab. Alle vier Holztüren standen offen. Gebückt, obwohl die Decke hoch genug wäre, um aufrecht zu gehen, folgten wir dem Korridor zurück zur Treppe und versuchten unser Glück auf der linken Seite. Wieder drei leere Kellerräume und die ehemals von uns genutzte, jetzt leere Nische.

Dann kamen wir zur grau gestrichenen Stahltür an der Stirnseite, der einzigen Tür, die nicht offenstand. An manchen Stellen ließ die abgeplatzte Farbe rostige Stellen blicken. Ein Vorhängeschloss baumelte unversehrt unter dem Riegel. Ich hätte aufgrund der Spinnweben in den Ecken viel früher darauf kommen können, dass diese Tür nicht mehr benutzt wurde. Aber da hatte ich noch nicht gewusst, dass uns jemand etwas verheimlichen wollte.

Emma und ich waren uns einig gewesen, dass der Schlüssel, den wir in der Küchenwand gefunden hatten, nur deshalb nicht mehr ins Schloss passte, weil das dazugehörige Vorhängeschloss längst von Bastian geknackt und durch ein neues ersetzt worden war.

Was auch immer er in diesem Keller aufbewahrte – es sollte niemand davon erfahren. Ob wir denn überhaupt das Recht hätten, in diesen Keller einzubrechen? Was würde Bastian sagen, wenn er es herausfand?

Das hing davon ab, was wir fanden.

Das Vorhängeschloss war eines von der größeren Sorte, doch der überdimensionierte Bolzenschneider für 28,99 Euro tat mühelos seine Pflicht. Die Schneidbacken durchtrennten den Stahl. Ich legte das Werkzeug zur Seite und entfernte das Schloss.

Emma umklammerte meinen Arm. Was erwartete sie? Die buchstäbliche Leiche im Keller? Ein Verlies? Ich griff nach links in den Raum und ertastete sofort den Lichtschalter. Flackernd sprang das Licht an.

Sie stapelten sich bis in Brusthöhe.

Zehn, zwölf Stück. Staubbedeckt. Emma atmete tief durch. Ihre Erleichterung war deutlich zu hören.

»Hast du das erwartet?«

Geahnt. Und gehofft, dass es spannender wäre als Bananenkisten voller Papier und einige Umzugskartons. »Ich glaube, wir haben noch viel Arbeit vor uns.«

Emma ging vor den Kisten in die Knie und fuhr mit den Fingerspitzen über die Rücken der Aktenordner. Im ersten Karton befanden sich etwa fünf davon, die Seite mit dem Loch nach oben. Was in den Umzugskartons war, konnte ich nur ahnen, aber vermutlich waren es ebenfalls Akten. Finanzamt, Lohnzettel, Rechnungen. Was man eben im Keller aufbewahrte, statt es wegzuwerfen. Doch dann sagte Emma etwas, das meine Hoffnung wieder wachsen ließ.

»Krankenakten.« Sie zog einen Ordner heraus. »Von Sigrid Byczkowski. Das ist die…«

»Ich weiß.« Ich ließ die Kellertür los und kniete mich neben Emma. Eines wurde jetzt klar: Wir hatten nicht Bastians Keller gefunden, sondern den unserer Vormieter. Und bei noch einer Sache war ich sicher: Bastian hatte wirklich nichts von diesem Keller gewusst. Denn wenn er es gewusst hätte, wären diese Dokumente längst im Müll gelandet.

Dokumente? Es war Beweismaterial.

Hektisch, aufgeregt, fast wie im Fieber gingen wir die Akten durch, fanden Befunde und Rechnungen, Überweisungen und Durchschläge von Krankschreibungen. Auf den Ausdrucken waren viele Textzeilen gelb markiert und einige unterstrichen. Sigrid Byczkowski hatte eine Krankengeschichte, mit der man ein ganzes Buch füllen konnte. Ihre Symptome reichten von chronischen Schmerzen über ständige Übelkeit bis hin zu Hautausschlag. Die fein säuberlich angehefteten Befunde waren ebenso vielfältig und beschrieben psychosomatische Störungen, virale Infekte und Krankheiten, deren Namen ich nicht verstand. Aber wenn es sich um Viren oder Vergiftungserscheinungen drehte, hatte Sigrid die entsprechenden Passagen mit einem Ausrufezeichen versehen.

In der zweiten Kiste fanden wir Stapel von Fotos, die jemand auf Fotopapier selbst ausgedruckt hatte. Teilweise waren die Farben verrutscht oder das Foto war offensichtlich im Drucker stecken geblieben und die untere Hälfte des Bildes fehlte. Doch immer deutlicher wurde, dass diese Fotos in der WG aufgenommen worden waren. Man konnte auf manchen Bildern im Hintergrund das Bad erkennen, die schräg gestellte Wanne, das Doppelkastenfenster. An anderer Stelle hatte sich Sigrid vor dem Fenster fotografiert. Sie war eine spröde Schönheit gewesen, mit roten Haaren und vielen Sommersprossen. Hübsch, wie ich fand, aber verdammt unglücklich. Das Fenster jedoch kannte ich – es gehörte zu meinem Zimmer, und im Hintergrund konnte man das sanierte Haus auf der anderen Straßenseite sehen.

Was sich vor uns ausbreitete wie ein Memoryspiel, bei dem die Bilderpaare durch Assoziationen miteinander verbunden waren, war ein Panoptikum der Angst. Angst um die eigene Gesundheit. Sigrid hatte sich selbst fotografiert. Flecken auf den Beinen, auf den Armen und im Gesicht. Sie hatte rote Ekzeme mit Kugelschreiber umkreist, auf die Rückseite kurze Erklärungen geschrieben und dicke Ausrufezeichen dahinter gemacht.

Je länger ich durch die Akten wühlte, umso deutlicher wurde, dass sie der Wahrheit nicht einen Schritt nähergekommen war. Jede Diagnose, die sie von einem weiteren Arzt gestellt bekam, deutete in eine andere Richtung.

Pro Richtung ein Ordner: Allergien, Raumluft, Fluor in der Zahnpasta, Erbkrankheiten, Arbeitsumfeld, Hochspannung, Erdmagnetismus. Sie hatte alle Therapien hinter sich. Entgiftung, Entschlackung, Bachblüten und Homöopathie, aber niemand hatte ihr helfen können.

Diagnosen, Laboruntersuchungen, Blutbilder.

Blei kann ausgeschlossen werden, Kupfervitriol, Morbus Wilson möglich, erblich bedingt. Sie hatte alles gemacht, hatte sich die Haare untersuchen lassen und das Blut, hatte die Nägel und die Umgebungsluft auf Gift getestet und immer wieder signifikante Spuren gefunden. Mit jedem Arztwechsel waren neue Befunde hinzugekommen und die Ausdrucke ihrer Krankenakten. Aber von einer erfolgreichen Therapie war nichts zu lesen.

Irgendwann hatten wir alle Kisten geöffnet, und je länger wir durch die Aktenordner blätterten, umso klarer wurde das Bild. Was sich vor uns ausbreitete, war nicht nur eine Krankengeschichte. Es war endlich der fehlende Beleg für Bastians Terror. Sigrid Byczkowski war tatsächlich vergiftet worden.

»Ob die Polizei davon wusste?«, fragte Emma atemlos.

»Die hätten das doch mitgenommen.«

Emma lehnte sich an die Kellerwand. Sie sah besorgt aus.

»Was machen wir denn jetzt?«

Nach echten Beweisen suchen? Aber die würden wir hier nicht finden. Es gab Beweise dafür, dass Sigrid unter Vergiftungserscheinungen gelitten hatte, aber nichts bewies, dass Bastian der Giftmischer war.

»Erinnerst du dich daran, dass Marina gesagt hat, Bastians unerwiderte Liebe habe sie krankgemacht?« Emma erschien gespenstisch bleich und ungesund im kalkigen Licht. »Er hat sie wirklich krankgemacht.«

In meinem Kopf rasten die Gedanken im Kreis wie eine Wespe um ein gegrilltes Steak.

Marina hatte vielleicht doch Recht gehabt. Mit allem.

»Er hat es schon einmal gemacht«, sagte Emma beschwörend und ich erwartete, dass sie mich am Kragen packen und zu sich heranziehen würde. Doch sie ließ nur hilflos die Hände an der Seite baumeln, so dass ich sie in den Arm nehmen und drücken musste. Sie schluchzte. Zitterte. Umklammerte mich wie ein Äffchen einen Baum.

Hinter Bastians Fassade steckte mehr als der wortkarge Student, der seine Identität schützen wollte. Aber was genau? Zwischen gesundem Misstrauen und Paranoia, dachte ich so laut, dass man es beinahe hören konnte, ist nur ein schmaler Grat.

Dennoch blieb das Drücken im Bauch.

Ich wusste nicht mehr, was ich glauben sollte.

Wir verschlossen den Keller wieder und gingen zurück in die Wohnung. Mit den Worten: »Ich brauch jetzt erst einmal Alkohol« ging Emma an den Küchenschrank und nahm eine angebrochene Flasche Rotwein vom Büffet.

Wir waren uns einig, dass es nur eine Erklärung für die fehlenden Beweise von Fremdeinwirkungen beim Unfall geben konnte: es hatte tatsächlich keine gegeben.

»Sie hat sich umgebracht. Weil sie nicht mehr leben konnte.« Emma nahm einen großen Schluck. Ich merkte an ihrem Gesicht, dass der Wein nicht mehr so schmeckte wie am ersten Tag.

»Erweiterter Suizid? Aus Liebe?« Was auch immer in den Köpfen der beiden vorgegangen war, es war dominiert von purer Verzweiflung. Wenn ich eine Krankengeschichte wie Sigrid hätte, ohne Aussicht auf Heilung, vielleicht wäre ich auch bereit gewesen für drastische Maßnahmen. Und ob es nun doch ein Unfall, hervorgerufen durch die Krankheit, oder Absicht gewesen war, spielte am Ende keine Rolle. Wenn Bastian hinter der Vergiftung steckte, lag die Schuld eindeutig bei ihm.

Dann wäre er wirklich ein Soziopath. Der mit Gift seine Mitbewohnerin umgebracht hat. Und wir lebten mit ihm unter einem Dach. Erst langsam begriff ich die Dimensionen dieses Falles.

Warum hatte Bastian so lange gebraucht? Weil er Sigrid quälen wollte? Sich rächen dafür, dass sie ihn abgewiesen hatte? Und wie hatte er ihr das Gift verabreicht?

Beim Googeln fand ich Artikel über Menschen, die mit Schlangengift ermordet worden waren; Berichte von Pflegern, die ihre Patientinnen mit falscher Medikamentendosierung umbrachten; las von Agenten wie Alexander Litwinenko, der durch Polonium starb. Man mordete aus Gier. Aus politischen Motiven. Aus Hass. Um Aufmerksamkeit zu bekommen. Je raffinierter ein Gift, umso schwieriger war es nachzuweisen. Etwa 1000 Giftmorde pro Jahr blieben angeblich unentdeckt.

Ich wollte noch die nächste Seite der Suchergebnisse durchforsten, als ich auf einen Artikel stieß, der erst ein paar Tage alt war. Die Wahrheit sprang mich an wie ein Tiger, der im Dschungel gehockt und auf mich gewartet hatte.

In Ostwestfalen hatte ein Mann über 18 Jahre hinweg seine Kollegen mit Pausenbroten vergiftet. Er hatte toxisches Material wie Quecksilber, Blei und Cadmium in Pulverform auf die Brote seiner Kollegen gestreut. Diese waren dann an Herzinfarkten und Krebs gestorben. Über Jahre hinweg hatte der 58-jährige Mann so seit dem Jahr 2000 vielleicht 21 Tote zu verantworten.

Kaum hatte ich den Artikel für Emma zusammengefasst, kroch die Erkenntnis wie ein achtbeiniges Insekt meinen

Rücken hinauf, wühlte sich durch meinen Haaransatz und blieb auf meiner Stirn hocken.

Vor uns stand die Rotweinflasche.

Gift auf Pausenbroten. Emma sagte leise: »Habe ich dir eigentlich gesagt, dass mir in den letzten Tagen häufiger übel war? Ich habe erst gedacht, ich sei schwanger.«

»Ich dachte, du nimmst die Pille.«

»Ich bin ja auch nicht schwanger.«

Sie schob das halbleere Weinglas von sich weg. Ihre Finger zitterten.

»Er war an meinen Joghurts«, hauchte sie und schluckte trocken. »Und bestimmt auch am Wein.«

»Bitte«, sagte ich. »Bleib jetzt ganz ruhig. Er hat deinen Joghurt gegessen, aber nicht vergiftet. Das ist doch jetzt Quatsch.«

Emma beugte sich über den Tisch. »Woher willst du das denn wissen?«

»Weil ich nicht verstehe, warum er das machen sollte. Und bislang haben wir doch nur Belege, keine Beweise. Die hätten wir, wenn man ihn mit der Giftspritze erwischt hätte.«

»Wenn du so sicher bist, trink doch mal was vom Wein.«

Sie schob das Glas noch ein wenig weiter in meine Richtung. Der Rotwein schwappte bis knapp unter den Rand. Von irgendwoher kam eine Wespe und kreiste um den Tisch.

»Die Flasche steht seit ein paar Tagen offen. Und Rotwein schmeckt nach einem Tag schon anders.«

Emma Tonfall änderte sich. Ich wusste nicht, dass sie zu Sarkasmus fähig war. »Komm, trink, zeig mal, wie sehr du Bastian vertraust.«

Ein Soziopath. Kein Soziopath. Patsch, patsch, patsch. Hände auf dem Eis. Wer von uns war der Soziopath?

Ich nahm das Weinglas und setzte es an den Mund. Emma hatte doch auch schon davon getrunken. Was erwartete sie also? Dass ich tot umfiel? So doof war sie nicht.

Der Wein schmeckte voll und schwer, die Phenole hatten in den letzten Tagen genug Zeit gehabt, sich zum Schlechten hin zu verändern, er hatte nicht einmal im Kühlschrank gestanden. Aber ansonsten schmeckte er nicht anders als andere Rotweine, die zu lange oxidiert hatten.

»Und jetzt?«

»Das beweist gar nicht«, winkte Emma ab. Warum hatte sie mich dann dazu gebracht, den Wein zu trinken? Groll rollte meinen Hals hinauf auf meine Zunge.

»Jetzt wird es lächerlich«, konnte ich mir nicht verkneifen zu sagen. Emma runzelte die Stirn.

»Du meinst, meine Angst ist lächerlich?«

»Übertrieben vielleicht. Wir haben doch gar keine Beweise. Wir haben nur Indizien.«

»Mein Gott, bist du ein schlechter Polizist. Dir muss man die Wahrheit auch mit einem Stock einprügeln, oder?«

Speichel sprühte von ihren Lippen und ihre Augen blitzten angriffslustig.

»Wenn du der Meinung bist, die Polizei würde Bastian gleich festnehmen aufgrund deiner Beweise, schlage ich vor, du erstattest Anzeige.«

Ich hatte ein Déjà-vu. Dieses Gespräch hatten wir doch schon einmal geführt. Wortlos sprang Emma auf. Lief aus der Küche.

Ihre Tür knallte.

Ich beobachtete, wie eine Wespe sich auf den Rand des Glases setzte und zum Wein krabbelte.

Spät in der Nacht, meine Arme waren gerade schwer geworden und ich stand kurz vor dem Einschlafen, öffnete sich die Tür zu meinem Zimmer und jemand schlich auf nackten Sohlen an mein Bett und schlüpfte unter mein Laken, das bei der Hitze als Decke reichte.

Ich hatte vor einer Stunde noch vergeblich an Emmas Tür geklopft, doch sie hatten nicht geöffnet. Als ich es dennoch versucht hatte, ihr Zimmer zu betreten, war ich an der verschlossenen Tür gescheitert. Ich hatte bis zu diesem Moment gar nicht gewusst, dass sie einen Schlüssel hatte.

»Wo hast du gesteckt?«, flüsterte ich schlaftrunken.

»Bei meiner Freundin«, wisperte sie und griff zwischen meine Beine. Es ist kein Klischee, dass Männer immer geil sind. Vor allem, wenn eine tropische Nacht jeden Gedanken an Pyjamas vergessen macht.

Emma riss das Laken zur Seite. Es segelte auf den Boden. Mit einer katzengleichen Bewegung kniete sie sich zwischen meine Beine. Ihre Augen funkelten im Licht der Straßenlaternen. Ihre rechte Hand bewegte sich auf und ab, dann beugte sie sich vor, öffnete den Mund und ich fragte mich nur noch ganz kurz, worüber sie mit ihrer Freundin geredet hatte, dann war ich im siebten Himmel.

Später bewunderte ich wieder die Rückenmuskeln und die Grübchen links und rechts über ihren Pobacken und versuchte noch einmal, Grenzen zu überschreiten.

»Da immer noch nicht«, flüsterte sie, griff nach hinten und schob meine Hand weg, aber sie war nicht sauer, sie wusste nur, was sie wollte, und mein Bett knarrte, ächzte, stöhnte unter den rhythmischen Bewegungen.

Das Klopfen an den Wasserrohren nahm ich über Emmas lautes Seufzen kaum wahr.

3.

In den folgenden Tagen begegneten Emma und ich uns kaum. Die Temperaturen stiegen kontinuierlich an und die

Nächte wurden tropisch. Abends saß ich jetzt häufig mit einem Glas Rosé allein an der kaputten Balkonbrüstung und manchmal auch oben auf dem Dach. Einmal traf ich sogar auf Olga. Sie saß mit einem fremden, russisch sprechenden Mann dort oben und wir ignorierten uns so gut es ging.

Emma fehlte mir, auch Bastian, so verrückt es schien. Noch immer wollte ich glauben, dass sich alles um ein Missverständnis handelte.

Beim Einkaufen stellte ich mir vor, wie ich für alle drei eine Flasche Wein und etwas zu Essen mitbrachte. Einmal kaufte ich im Spezialitätenladen an der Prenzlauer Promenade Ecke tatsächlich Tapas für alle. Der Plan war so einfach gewesen: Wir würden am Tisch sitzen und über alles reden. Über Missverständnisse und über die Sicht der Dinge. Darüber, dass jede Sache zwei Seiten hatte und es die absolute Wahrheit nicht gab. Aber man müsse Vertrauen haben, würde ich sagen. Man müsse miteinander reden.

Ein war ein Flop. Ich hatte beide per WhatsApp und SMS eingeladen, ihnen Fotos vom gedeckten Tisch geschickt. Beide sagten unabhängig voneinander ab. Sorry, keine Zeit, bin verabredet, ein anderes Mal, Smiley.

Ich hatte die Pflaumen im Speckmantel, den Manchego, den Serranoschinken und die Oliven so gut es ging und frustriert allein gegessen. Den Wein hingegen für mich zu haben, hatte mich nicht so sehr gestört. Betrunken an der offenen Tür sitzend, malte ich mir aus, wie ich beim nächsten Mal die beiden unabhängig voneinander einlud, ohne jeweils vom anderen zu erzählen. Das rote Flatterband, das noch immer quer vor dem schief hängenden Balkongitter hing, rief mir wieder in Erinnerung, wie schlecht die Idee war. Dann hatte ich den Gedanken wieder verworfen und noch ein Glas Wein mit den Wespen geteilt.

Es war einfach eine beschissene Situation.

Als ich mich am nächsten Tag an den Resten bediente, hängte ich noch einen Zettel mit der Aufforderung, sich doch bitte zu bedienen, an die in die Verpackungen eingewickelten Tapas. Der Kühlschrank wirkte ohnehin sehr leer. Vielleicht bekam Emma Appetit.

Nach dem Ausscheiden der Mannschaft bei der Fußball-WM hatte sich auch in meiner Agentur der Fokus wieder auf die Arbeit gelegt.

Unkonzentriert schwitzte ich über meinen Layouts. Viel zu lang sah ich Emma nicht. Meine WhatsApp-Nachrichten beantwortete sie spät und lediglich knapp. Sie würde viel arbeiten und käme erst spät nach Hause. Falls sie überhaupt in ihrem Bett schlief, war sie so leise, dass ich sie nicht hörte. Auf mein Klopfen reagierte sie nicht und die Tür war abgeschlossen. Dafür traf ich Bastian morgens in der Küche. Ich bereitete mein übliches Müsli mit Früchten und Joghurt zu, Bastian trank ein Glas Orangensaft zum Toast.

Meinen Gruß erwiderte Bastian unbefangen, doch seine erste Frage zeigte, dass ihm der Ernst der Lage bewusst war. Wie es Emma gehe, fragte er, man würde sie gar nicht mehr sehen. Ihre Espressokanne stand noch ungespült auf dem Tisch. Ich sagte, es ginge so. Ich wollte Nähe herstellen, Bastian wieder einbinden. Misstrauen und Gerüchte entstehen doch meistens aus einem Mangel an Informationen.

Also erzählte ich ihm von den Kartons im Keller, von Sigrids Krankengeschichte, ich ließ nichts aus. Die Fotos, die Arztberichte, die Laborergebnisse.

»Wir haben einen Kellerraum?«, sagte er überrascht, nachdem ich geendet hatte. »Mir hatte Sigrid immer gesagt, die Wohnung hätte keinen. Aber dann hat sie da ihre Sachen versteckt.«

War er wirklich interessierter an einem Keller als an den Akten? Oder wollte er zu verstehen geben, dass er von diesen Kisten keine Ahnung gehabt hatte?

Davon, dass es Sigrid so schlecht gegangen war, dass sie sich lieber umgebracht hatte?

»Wusstest du von ihren Krankheiten?«

Bastian schob Daumen und Zeigefinger unter die Brille und massierte sich die Nasenwurzel. »Ich wusste, dass es ihr nicht gut ging, aber ich kannte das Ausmaß nicht. Wir haben zum Schluss nicht viel miteinander geredet.«

Sprach ich gerade mit dem Soziopathen, der sich wunderte, dass die von ihm bedrängte Frau den Kontakt zu ihm mied? Oder hatte ich da was missverstanden?

»Nach allem, was ich weiß, hatte sie guten Grund dazu.«

Bastian erstarrte in der Bewegung und blinzelte mich an.

»Fängst du jetzt auch damit an?«

»Ich fürchte, dass ich schon lange mittendrin bin. Und es geht nicht nur darum, was Emma und Marina von dir halten. Ich habe mit Mike und Bridget gesprochen, bei denen hast du auch kein Stein im Brett. Siehst du das eigentlich nicht, dass dich jeder hier im Haus schief anguckt?«

Bastian stand auf. In seinem Gesicht war viel Spielraum für Interpretation.

»So langsam wird mir das zu viel mit euch. Wir sollten uns mal zusammensetzen. Vielleicht wäre es besser, wenn wir uns Gedanken über ein weiteres Zusammenleben machen.«

Mit einer schnellen Handbewegung trank er seinen Orangensaft aus und knallte das Glas auf den Tisch.

»Ist das eine Kündigung?«, rief ich ihm noch hinterher. Im Flur rief er zurück: »Noch nicht, aber denk mal drüber nach, ob das alles noch Sinn macht.«

Dann knallte die Tür.

Getretene Hunde bellen. Oder: Angriff ist die beste Verteidigung. Es passte ihm alles in den Kram. Zermürben, bis wir freiwillig auszogen. Alle.

Mein Pflichtbewusstsein trieb mich aus der Wohnung, scheuchte mich die Treppe hinunter, an der Wohnungstür von Herrn Kassulke vorbei, auf die leere Straße, die in der frühen Hitze den Nährboden für Ratten bereitet. Die Straßenbäume ließen die Blätter hängen. Goss hier eigentlich jemand? Kümmerte sich überhaupt jemand um irgendwas?

Drei Tage lang hörte und sah ich nichts von meinen Mitbewohnern. Am vierten Tag kam ich aus dem Biergarten nach Hause.

»Wo sind sie?«, kreischte mich Emma im Flur an. Ihr Gesicht war zornesrot. Mir war der Alkohol ein bisschen zu Kopf gestiegen. Ich hatte mit David und Serkan ein paar Bier gekippt und ihnen von meinen Sorgen erzählt. David witzelte, ich könne auf seiner Couch schlafen. Wenn er denn eine hätte. Aber auf dem Balkon sei noch Platz. Ach nein, den habe er ja auch nicht. Serkan grinste, ich solle lieber einen Vorkoster beauftragen, meine Joghurts zu testen.

»Aber eigentlich ist das ja ziemlich traurig«, fügte er hinzu. »Was, wenn deine Freundin Recht hat und du wirklich mit einem Soziopathen zusammenwohnst?«

»Wenn ich mich nicht mehr melde und morgens nicht zur Arbeit komme, bin ich entweder im HomeOffice oder ich liege im Hof.«

Wir lachten. Doch irgendwie war uns dreien nicht ganz wohl dabei. Natürlich hatte dieser Fall mit einer persönlichen Sicht der Dinge zu tun. Aber hier ging es nicht um die Frage, ob ein Neubau neuen Wohnraum schuf oder die Gentrifizierung beschleunigte, oder ob ein breiterer Fahrradweg die Radfahrer bevorzugte oder die Autofahrer benachteiligte. Hier ging es um Leben und Tod.

Ich trat einen Schritt zurück und hob die Hände.

Auf einmal hatte ich Angst, Emma würde mich schlagen, so wütend war sie.

»Wo ist was?«, entgegnete ich naiv. Sie konnte alles meinen. Ihre Joghurts. Die Briefe ihrer Krankenkasse. Ihre Schuhe.

»Die Kartons. Wo sind sie? Was hast du damit gemacht?«

Augenblicklich bereitete sich im Magen ein flaues Gefühl aus. Die Kartons von Sigrid. Aus dem Keller, der trockengelegt werden sollte.

»Fuck«, stieß ich aus. Doch das Einzige, an das ich jetzt denken konnte, war, ob ich überzeugend genug geklungen, ob mein *Fuck* klar genug meiner Überraschung und meinem Ärger Ausdruck verliehen hatte. Ich wollte, dass sie mir glaubte. Natürlich wusste ich, was passiert war: Jemand hatte die Kartons aus dem Keller entfernt. Vermutlich die Hausverwaltung, aber Emma würde es auf Bastian schieben oder auf beide und im schlimmsten Falle sogar auf mich.

»Sag, dass du wenigstens ein paar Ordner aufgehoben hast«, jammerte sie plötzlich, krümmte sich wie unter Schmerzen. Ich schüttelte den Kopf. Griff nach ihren Schultern. Emma wehrte die Hand ab. Ihr Blick war giftig.

»Hast du ihm davon erzählt? Hast du ihm gesagt, was wir gefunden haben?«

Die Übelkeit schwand nicht. Ein schlechtes Gewissen schlug mir immer auf den Magen. »Ich wollte wissen, was er dazu sagt, ich…«

»Du Arschloch«, unterbrach sie mich. Beim Schreien beugte sie sich vor, die Arme an den Körper gelegt, die Hände nach hinten gestreckt. »Jetzt hat er die Beweise beseitigt. Wie kann man nur so doof sein.«

Die Schamesröte schoss ein.

»Jetzt könnte man fragen, warum du denn nicht was mit hochgenommen hast…«

In Verblüffung erstarrt, schnappte Emma kurz nach Luft, lachte kurz und sarkastisch auf. »Was? Jetzt bin ich schuld daran, dass dieser Irre mit Mord durchkommt? Du hast sie wohl nicht mehr alle.«

Sie drehte sich um, als wäre alles gesagt, und betrat ihr Zimmer.

»Wir können von Glück reden, dass Marina ein bisschen cleverer ist als du und Bastian zusammen«, sagte sie im Gehen. Das Knallen ihrer Tür hallte durch die ganze Wohnung.

4.

Ich fühlte mich nicht wie ein Detektiv, der einen Fall aufklärte, sondern wie ein Puzzlespieler, dem immer wieder vorhandene Teile weggenommen und neue Teile hingelegt wurden.

Natürlich war die Hausverwaltung am nächsten Morgen telefonisch nicht erreichbar, und selbstverständlich hielt ich es plötzlich für möglich, dass sie meinen Anruf absichtlich nicht entgegennahmen.

Mit der gleichen Selbstverständlichkeit antwortete Bastian auf meine SMS, dass er mit den Aktenordnern aus dem Keller nichts zu tun habe und ich solle ihn doch bitte mit diesen Verschwörungstheorien verschonen.

Ich klingelte am Abend bei Marina, und traf dort auch auf Emma. Lieber wäre ich an diesem Abend mit Serkan und David auf das Citadel Music Festival gegangen, doch ich fand keine Ruhe. Die S-Bahn quoll über vor Menschen, alles schwitzte, alles trank, alles grölte. Ich wollte hier weg, wollte raus aus der Stadt. Berlin im Sommer tut gut. Davon sangen Seeed, aber Berlin war auch dreckig und stank, davon sang Peter Fox. Die Stadt erschien in diesem Augenblick wie ein

Abziehbild ihrer selbst. Die Touristen suchten nach diesem Bild; selbst die Menschen, die hier dauerhaft lebten, ganz gleich, ob sie sich Berliner nannten oder Zugereiste, lebten ein Klischee.

In der Berliner Straße lachten die Menschen vor dem Flint & Watson. Sie feierten in der Brauerei bei Bier und Wein den letzten Sommer. Sie waren Gentrifizierer oder einfach Neuberliner. Sie waren beides. Es war nicht die Welt, sondern die Sicht auf die Welt. Die eigene Wahrheit entsteht dadurch, wie man die Dinge sieht.

»Der Skeptiker«, begrüßte mich Marina. Sie war den Temperaturen angepasst leicht bekleidet. Mich überraschte, dass sie auch ein zweites Kleid besaß.

In der Küche war es heiß, durch die offene Balkontür drang die Luft wie aus einer finnischen Sauna. Auf dem Tisch standen eine leere Flasche Wein und ein Holzbrett, auf dem Krümel deutlich auf den Konsum einer Pizza hindeuteten. Darum gestapelt lagen unzählige lose Blätter mit Ausdrucken irgendwelcher Internetseiten, drei Aktenordner, die vermutlich aus dem Keller stammten, sowie Bücher mit Titeln wie *Krank durch Medikamente* oder *Fluor – Vorsicht Gift.*

Emma sah auf. Ein verhaltenes Lächeln.

»Es tut mir leid«, sagte ich. Das verhaltene Lächeln wurde offener.

»Schon okay, ist nicht leicht für uns alle.«

Und dann, als hätte sie einen Schalter umgelegt, winkte sie mich zu sich, Handy in der Hand. Plötzlich glänzten ihre Augen.

»Wir haben tolle Neuigkeiten.«

Marina stellte sich neben mich. Viel zu nah, wie ich fand.

»Kennst du die PaSü Beteiligungs GmbH? Nein? Die wirst du noch kennen lernen.«

Stück für Stück präsentierten sie ihre Recherchen der vergangenen Tage. Ohne das Haus zu verlassen, hatten sie den umfangreichen perfiden Plan, der hinter Bastians Terror steckte, aufgedeckt. Es waren Indizien, keine Beweise, doch Marina und Emma waren sicher, die Wahrheit gefunden zu haben. Die beiden Frauen schienen einander die Rahmenbedingungen zu liefern, in denen die Gedanken nur so sprudelten.

»Wir haben doch immer nach einem Motiv gesucht? Wir glauben immer noch, dass Bastian ein Soziopath ist, der Marina und Sigrid tyrannisiert hat, weil sie nichts von ihm wollten.«

Marina mischte sich schwer atmend ein. »Glauben? Wir wissen es.«

»Okay, sorry, wir wissen es«, beschwichtigte Emma sie. »Wenn wir alle Fakten auf den Tisch legen, dann haben wir auch ein Motiv, das weit über seinen Wahn hinausgeht. Wusstest du, dass unser Haus Anfang des Jahres verkauft wurde? An die PaSü Beteiligungs GmbH. Wir haben damals ein einfaches Schreiben bekommen, dass die Mietverträge jetzt auf den neuen Eigentümer übertragen werden und sich für uns nichts ändern würde. Tobias war damals in heller Aufregung. Aber dann kam nichts. Jetzt wird doch seit ein paar Jahren in der Gleimstraße ein Haus nach dem anderen entmietet und Mietwohnungen werden in Eigentumswohnungen umgewandelt. Und was glaubst du, wie die Investoren heißen, die dort die Mieter rausekeln? Gleimstraße 52 Beteiligungs GmbH? So ein Zufall, was? Von wegen Beteiligung. Ausschluss heißt das. Und jetzt guck mal, wie diese ganzen Entmietungen angefangen haben, ganz gleich ob in der Wisbyer Straße oder in Friedrichshain: mit Baustellen, die nie fertig werden. Unsere Keller müssen saniert werden? Ach, so ein Zufall. Kurz nach der

Übernahme durch den neuen Eigentümer. Sind die Keller wirklich feucht? Ist mir noch nie aufgefallen. Was glaubst du, was Tobias gemacht hätte? Er hätte sich engagiert gegen diese ungerechtfertigte Sanierung. Aber gerade als er anfängt, davon zu reden, eine Bürgerinitiative zu gründen, fällt er zufälligerweise vom Dach. Nach so vielen Jahren, die er hier wohnt und auf dem Dach seinen Wein getrunken hat, fällt er kurz nach unserer Party, auf der er im Beisein von Bastian über Gentrifizierung gewettert hat, in die Tiefe.

Ein Unfall. Wie vor einem Jahr bei Sigrid und Gregor. Noch so ein Zufall. Was macht die Polizei? Stellt die Ermittlungen ein. In beiden Fällen. Und wenn du jetzt mal guckst, wie die Polizei gegen die Hausbesetzer in Friedrichshain und Kreuzberg vorgeht, wird dir doch alles klar. Da wird die Hausverwaltung, die in der Wisbyer Straße die Mieter rausekelt, von der Polizei geschützt, als denen mal Aktivisten einen Besuch wegen der Entmietung in der Berlichingenstraße abstatten.«

Zur Untermauerung ihrer Theorie verwiesen sie auf eine Indymedia.org-Seite, auf der es um die Praktiken eines Investors ging, der sich auf die Unterstützung der Politik verlassen konnte. 2004 waren unter dem rot-roten Senat Teile der kommunalen Wohnungsbestände verkauft worden, vor allem die GSW mit 65.000 Wohnungen für in ihren Augen lächerliche 405 Millionen Euro. Vom anschließenden Weiterverkauf hätte der Investor profitiert, aber nicht nur er.

»Die hängen doch alle zusammen. Das wird so deutlich! Und jetzt fragt man sich: Wie hängt Bastian da drin? Wir haben uns immer gefragt, womit er sein Geld verdient, oder? Er studiert, aber irgendeinen Nebenjob muss er doch haben. Und jetzt kommt's. Weißt du, wie einer der Hauptakteure hieß, der damals in den 70ern mit den Abrissen hier in Berlin das dicke Geld gemacht hat? Einer der Spekulanten?«

Emmas Monolog schien eine Ewigkeit gedauert zu haben. So viele Informationen hatten sie zusammengetragen, so viele Verknüpfungen hergestellt. Und jetzt endete sie mit einer Frage, deren Antwort auf einen in der Mitte dieser Verflechtungen hockte wie eine Spinne.

»Mosch«, sagte ich. Wie Bastian.

»Endlich hat er es kapiert«, rief Marina und schlug mit der flachen Hand so kräftig auf den Tisch, dass der Wein im Glas in der anderen Hand überschwappte und ihr über die Finger lief.

Wenn ich es richtig verstanden hatte, hielten sie Bastian für einen Kollaborateur oder zumindest Profiteur des Stadtumbaus. Alles schien eine große Verschwörung der Spekulanten zu sein, um sich die Stadt unter den Nagel zu reißen. Und je länger sie redeten, je mehr Fakten sie zusammentrugen, um so unsicherer wurde ich.

Was, wenn sie recht hatten, wenn durch die Verknüpfung der einzelnen Informationen, die an sich gar nichts miteinander zu tun hatten, das Bild eines schier unglaublichen Verbrechens entstand?

Ich musste an all die berühmten Todesfälle denken, hinter denen mehr vermutet wurde als die offizielle Erklärung.

Der Selbstmord von Uwe Barschel. Wenn man die Verwicklungen des Politikers in den Waffenhandel mit dem Iran und die Versuche verschiedener Institutionen, die Ermittlungen zu behindern, nicht mutwillig ignorierte, konnte man doch nur auf Mord schließen.

Der Mord an J.F. Kennedy. Niemand schoss viermal hintereinander mit einem solchen Gewehr auf diese Entfernung so präzise. Naiv war, wer bezweifelte, dass jemand hinter dem Zaun gelauert hatte, um den amerikanischen Präsidenten aus dem Weg zu räumen. Der Tod von Papst Johannes Paul I. Wer glaubte schon an einen

Herzinfarkt, wenn es auch Digitalis sein konnte, das Gift aus dem Fingerhut. Es gab immer zwei Seiten, zwei Betrachtungsweisen. Die Wahrheit lag manchmal in der Mitte, präferierte aber meistens eine Seite. Und mein Liebesleben, so banal es sich anhörte, hing davon ab, auf welche dieser beiden Seiten ich mich stellte.

An diesem Abend kam Emma mit nach unten. Wir waren allein, und Emma, sichtlich gestresst von ihrer langen und beängstigend detailreichen Recherche, stellte mich vor zwei Möglichkeiten.

»Ich geh mir die Beine beim Laufen vertreten.«

»Oder es kommt dir etwas dazwischen?«

Emma drängte sich an mich. »Kalauer sind zum Glück auch Humor.«

Wenn ich meinen Humor verliere, dachte ich, muss ich mir einen Therapeuten suchen. Pünktlich zu Emmas dritten Orgasmus jaulten wieder die Wasserrohre. Herr Kassulke war aber auch zu empfindlich. Ich hörte noch, wie Emma aufstand und ins Bad ging, um Wasser zu trinken. Bevor sie zurück ins Bett kam, war ich schon eingeschlafen.

5.

Patsch, patsch, patsch. Die Hände auf dem Eis. Eine gute Idee, in der Brauerei einen See anzulegen. Jetzt im Winter. Das Kind verschwindet im Loch.

»Nein«, sagt die Mutter ganz ruhig und ihr Gesicht schreit Bände. Eine Bommelmütze im Eiswasser. Das Bier in meiner Hand. Serkan macht den Kühlschrank auf.

Und ich denke: Nicht sie hat geschrien. Sondern ich.

Atemlos wachte ich auf, Blut rauschte in meinen Ohren.

So viele Jahre waren meine Träume eisfrei gewesen. Und jetzt das. Verficktes Unterbewusstsein.

Mein schlechtes Gewissen begleitete mich durch die Woche. Ich blieb häufig lange bei der Arbeit, weil ich mich vor den Konflikten drücken wollte.

Anderseits hatte ich Sehnsucht nach Emma, nach ihrem Körper. Wollte ihr beistehen, aber ich wusste nicht, wie. Und dann waren da noch Serkan und David, die mich fragten, ob ich mit ihnen in den Klunkerkranich ginge, dem Biergarten auf den Neukölln Arcaden, ein paar Bier ziehen, oder meinetwegen auch ins Deck 5 auf den Schönhauser Allee Arcaden. Was sie denn mit den Arcaden hätten, hatte ich gefragt und Serkan hatte geantwortet, ich solle jetzt nicht kleinlich werden.

Auf dem Weg zurück traf ich Bastian im Treppenhaus. An seiner Seite eine junge Frau mit kurzen, blonden Haaren. Sie kam mir bekannt vor. Eine kurze Kopfgooglesuche später identifizierte ich sie als einen der beiden späten Gäste von meiner Willkommensparty.

»Wohin des Weges?« Eine Frage, um Nähe herzustellen. Wir waren uns in den vergangenen Monaten fremd geblieben. Nichts wusste ich von ihm. Ob die Kurzhaarige eine Freundin war? Oder nur eine Bekannte? Immerhin waren sie nach der Party im Bett gelandet.

Er sagte, sie seien auf dem Weg zu einer Party. Open Air. Bei dem Wetter doch perfekt. Viel Absinth.

»Ah, Babylon Berlin?«

Bastian zwinkerte und rauschte die Treppe hinab. Seine Bekannte hob zum Abschied stumm die Hand. Er hatte sie nicht einmal vorgestellt.

Zu meiner Überraschung traf ich Emma am Kühlschrank. Sie schien zu grübeln.

»Hast du meinen Joghurt angefasst?«

»Wieso sollte ich deinen Joghurt anfassen?«

»Eben, wieso solltest du das machen?«

»Deshalb habe ich es nicht gemacht.«

»Aber er steht nicht mehr dort, wo ich ihn hingestellt habe.«

Emma hob den Joghurtbecher vor die Augen, zog den Deckel ab und hielt ihn gegen das Licht. Sie würde nach Einstichstellen suchen, sagte sie. Man könne Gift mit Hohlnadeln in alle möglichen Behältnisse spritzen. Das habe man damals bei Dieter Baumann auch gemacht, da sei es Nandrolon gewesen, ein Dopingmittel, das Gegner des Sportlers in die Zahnpastatube gespritzt hätten. Eine alte Stasimethode. Ob Bastian vielleicht auch Verwandte habe, die in der Stasi gewesen seien, müsse man mal recherchieren.

Wann immer Emma Wasser aus der Leitung zapfte, um ihren in einem verschlossenen Behälter aufbewahrten Kaffee zu kochen und dafür ihre Espressomaschine auf den Gasherd stellte, musste ich daran denken, dass sie das Wasser nur deshalb aus dem Hahn nahm, weil sie wusste, dass Bastian dort gewiss nichts reingetan hatte.

Genauso lief es mit ihren Ramen-Suppen, die sie in ihrem Zimmer aufbewahrte. Die Arbeitsschritte waren immer die gleichen: Wasser aus der Leitung abkochen, die Nudeln auspacken und die Verpackung gegen das Licht halten, um nach Einstichstellen zu suchen.

Auf meine Frage hin, ob sie da nicht etwas übertrieb, musterte sie mich beinahe geringschätzig und sagte, ich solle doch bitte mal darüber nachdenken, wer in diesem Haus übertrieb.

Bastian schien uns aus dem Weg zu gehen. Ich hatte beinahe den Eindruck, als lebe er schon gar nicht mehr in unserer Wohnung.

Das wiederum beruhigte Emma nicht, im Gegenteil: Sie sah die Abwesenheit unseres Mitbewohners eher ein Zeichen dafür, dass er das Zimmer nur als Alibi hier eingerichtet hatte, während sein eigentliches Leben in einem luxussanierten

Altbau stattfand. Er war doch nur hier, um im Auftrag der Hausverwaltung die Hausbewohner zu terrorisieren.

Ich vergrub mich ein bisschen zu tief in meine Arbeit. Zu sehr nahm mich mit, wie fanatisch und kompromisslos Emma und Marina die Fakten zusammentrugen. Immer wieder drängte ich, sie sollte doch bitte zur Polizei gehen, und einmal entgegneten sie, sie hätten tatsächlich eine Anzeige aufgegeben.

»Wegen Diebstahls«, hatte Emma gesagt. »Wir haben jetzt die Hausverwaltung angezeigt.«

Die Hausverwaltung sei doch auf der sicheren Seite, hatte ich widersprochen. »Die haben doch die Räumung der Keller angekündigt.«

Emma und Marina hatten sich angesehen, als würden sie sich sagen: Wir reden mit einem Idioten, und mich danach vor die Tür komplimentiert. Den Abend hatte ich im Bett mit Netflix verbracht, statt mit Emma. Leider wurde das langsam zur Regel als zur Ausnahme. Ich musste mir eingestehen, dass mich das ziemlich wurmte.

6.

»Lennart?«, hörte ich die Stimme aus dem Badezimmer. Es war klägliches Jammern. Sie hatte vermutlich mein absichtliches Schlüsselrasseln gehört, mit dem ich mich immer anmeldete, wenn ich zur Tür hereinkam. Ein Mittel zur Kontaktaufnahme in Zeiten der Vereinsamung in Wohngemeinschaften.

Emma hing über der Kloschüssel. Von ihrer Unterlippe hing ein langer Speichelfaden herab. Ihr Haar klebte nass an der Stirn. Kaum sah sie mich, übergab sie sich erneut in die weiße Keramik. Sie trug sogar noch ihre Turnschuhe. Neben ihr stand ihre Handtasche.

»Ich fühl mich so elend und ich spüre meine Hände kaum noch und mein Kopf dreht«, jammerte sie. Ich eilte zu ihr. Was auch immer sie gegessen hatte – es war jetzt alles in der Schüssel. »Dieser Arsch, jetzt hat er es doch geschafft.«

Sie war kaum zu verstehen.

»Warst du bei der Arbeit?«

»Ich bin früher gegangen.«

Wieder übergab sie sich. Ich hielt ihr den Kopf und stützte sie auf dem Weg aus dem Bad, um sie ins Zimmer zu begleiten. Emma schüttelte vehement den Kopf.

»Nein, nicht, ich will einen Arzt«, ächzte sie.

»Und wenn du dich erst einmal hinlegst? Die Arztpraxen sind längst geschlossen.«

»Dann bring mich ins Krankenhaus.«

»Und wenn wir erst die 116117 anrufen?«

»Nein, ich habe gesagt, ich will ins Krankenhaus.«

Zum Schreien reichte ihre Energie. Sie tastete nach ihrer Tasche. Draußen brüllte uns die Hitze an. Mit einem DriveNow brachte ich sie in die Notaufnahme der Maria Heimsuchung.

Mit uns warteten noch eine Handvoll anderer Menschen, die entweder zu dusselig gewesen waren, vor Praxisschluss ihre Leiden behandeln zu lassen, oder wirklich krank waren. Ich kannte die Diskussion um Notaufnahmen, die als bequeme, jederzeit erreichbare Arztpraxis genutzt wurden. Von Menschen, denen die ganze Woche der Rücken wehtat, die aber erst am Samstag feststellten, dass sie die Schmerzen nicht mehr ertragen wollten und kein Ibuprofen zur Hand hatten.

Auch ich hatte mich schon einmal mit einem fiesen Virus in die Heimsuchung fahren lassen und lief vor Scham immer noch rot an, wenn ich daran zurückdachte. Es war ein Mittwoch gewesen, an dem meine Hausärztin geschlossen hatte und auch viele andere Allgemeinmediziner. Von Fieberschüben geschüttelt hatte ich mich, statt den kassenärztlichen Bereitschaftsdienst anzurufen, von einem Taxi in die Notaufnahme bringen lassen. Ich hatte über 39 Grad Fieber gehabt, aber vermutlich hätte es auch eine Ibuprofen getan. Der behandelnde Arzt hatte mir danach recht unverblümt zu verstehen gegeben, dass er sich von den niedergelassenen Ärzten im Stich gelassen fühlte.

Ich war froh, dass Emma der Krankenschwester hinter der Glasscheibe nicht demonstrativ auf den Tresen kotzte, um ihr Anliegen zu beschleunigen. Sie kramte ihre Versichertenkarte aus dem Portemonnaie und wir setzten uns in den Warteraum.

Mit uns warteten viele, die zwar krank aussahen, aber nicht vor Schmerzen wimmerten. Einer hatte einen Gips am rechten Fuß, ein anderer hustete. Eine Mutter flüsterte immer wieder ihrem halbwüchsigen Kind etwas ins Ohr. Zweimal hielt der Krankenwagen unter dem Dach und die Automatiktüren spuckten zwei Sanitäter mit einem neuen Patienten aus.

Emma hielt meine Hand fest umklammert, zitterte und stöhnte beinahe demonstrativ laut. In ihren Innereien rumorte es hörbar. Hoffentlich sagte sie rechtzeitig Bescheid, bevor sie sich übergeben musste. Keine zehn Minuten später rannte sie zum ersten Mal auf Toilette.

Ob ich mitkommen solle, rief ich hinterher.

»Scheiße, nein«, rief sie zurück und ich wusste, dass sie es wörtlich meinte.

Ich nahm mit der Krankenschwester an der Anmeldung Blickkontakt auf, machte ein entschuldigendes Gesicht und hoffte, dass Durchfall die Sache etwas beschleunigte.

Tatsächlich kamen wir relativ schnell an die Reihe.

Emma musste sich auf eine Liege legen, dann wurde ihre Temperatur gemessen. Hoffentlich konnte Emma bei sich behalten, was noch in ihr steckte. Sie wirkte jedoch so ausgelaugt, dass ich eher fürchtete, sie würde aufgrund des Flüssigkeitsverlustes ins Koma fallen.

Ob ich bei ihr bleiben könne, hatte ich die Krankenschwester gefragt, und nur eine fahrig gemurmelte Bestätigung bekommen.

»Wenn du überhaupt willst?«, fragte ich Emma. Sie hielt ächzend meine Hand. Die andere hatte sie sich auf den Bauch gepresst. Nach Momenten, die wie eine Ewigkeit wirkten, holte uns ein Pfleger ab. Auf dem Weg durch die weißen Korridore übergab sich Emma auf das Bett. Mir entglitt Emmas Hand. Unruhe entstand.

»Belegbett«, hörte ich jemanden rufen. Ich blieb zurück.

Am besten, dachte ich, ihr bringt sie in Quarantäne. In den Toiletten hingen Seife und Desinfektionsmittel in Spendern, die man mit dem Ellenbogen bedienen konnte. Ich nutzte sie, bis meine Hände brannten.

Danach ging ich nach Hause.

7.

Ungewohnte Töne hallten durch unsere Wohnung. Im Flur brannte kein Licht. Mein Schlüsselrasseln konnte die Musik aus der Küche nicht übertönen. Radioeins unterbrach sein Programm für die Schlagzeilen der 22-Uhr-Nachrichten. Die Balkontür stand weit offen, Bastian saß wie ein Schattenriss auf einem Stuhl, ein Bier in der Hand. Die Straßenlaternen leuchteten die Fassade gegenüber aus. Saniert. Hübsch. Gentrifiziert. Der Kühlschrank warf ein gelbes Rechteck in die Dunkelheit. Ein letztes Bier lungerte kalt im Gemüsefach, gleich neben den vertrockneten Radieschen, die Emma vergessen hatte.

»Hello!«, sagte ich betont freundlich. Im Flaschenöffner auf dem Küchentisch steckte noch ein verbogener Kronkorken. Bastian drehte den Kopf. Seine Brille warf schwache Lichtreflexe.

»Ach, hallo Lennart.«

Die Stuhlbeine kratzten über die Dielen. Bastian rückte seinen Stuhl zur Seite. Nur ein paar Millimeter, aber mir gefiel die Geste. War das ein Friedensangebot oder ein bewusst gestreuter Hinweis, um mich auf eine falsche Fährte zu locken?

»Alles klar?«, fragte er. Das Bier schwitzte Kondenswasser in meine Handfläche. Im Laternenlicht wirkte mein Mitbewohner älter als sonst. Oder ging es ihm nicht gut?

Ich hatte Emma noch eine WhatsApp geschickt, bevor ich das Krankenhaus verlassen musste. Es gab zwar keine Besuchszeiten, aber man würde Emma ohnehin erst untersuchen, ich könne am nächsten Tag nachfragen. Ich solle eine Tasche für sie packen. Nur für den Fall. Mit Nachthemd, Zahnbürste, Hausschuhen.

Auf meine Nachricht hatte Emma nicht geantwortet, und ich hatte tatsächlich ein schlechtes Gewissen, dass ich sie nicht durch die Untersuchungen begleitete. Ist bestimmt nichts Ernstes, redete ich mir ein.

»Sie ist im Krankenhaus«, sagte ich fast beiläufig. Bastian stoppte die Flasche auf dem Weg zum Mund. Ich setzte mich.

»Was ist passiert?«, fragte er tonlos.

»Sie hat gekotzt wie ein Reiher. Keine Ahnung, ob es nur ein einfacher Magen-Darm-Infekt ist, aber man hat sie aus der Notaufnahme gleich auf die Station gebracht.«

Ich schilderte ihm kurz, wie Emma ihrem schlechten Befinden über die Bettdecke Ausdruck verliehen hatte und musterte ihn von der Seite.

Wenn er ihr etwas in den Kaffee getan oder sie sonstwie vergiftet hatte, würde er vielleicht einen Anflug von Genugtuung zeigen, doch sein Gesicht blieb ausdruckslos.

»Für einen Norovirus ist es die falsche Jahreszeit.«

»Muss ich dir sagen, worauf Emma tippt?«

»Sie ist echt krank.«

»Das meine ich ja.«

Genervt ausatmend ließ Bastian sein Bier sinken.

»Vielleicht hat sie einfach nur was Falsches gegessen.«

Es war keine Frage. Es war eine Feststellung. Das erinnerte mich daran, dass ich ihre Tasche packen sollte.

Ich stand auf.

»Bin gleich wieder da.«

Woran Emma auch immer litt – morgen wären wir schlauer. Und falls sich auch nur der kleinste Verdacht ergäbe, es könnte Gift im Spiel sein, wäre ich der erste, der zur Polizei ging. Es war jetzt nur noch eine Frage der Zeit.

In der dunklen Küche stieß ich an einen Stuhl. Im Flur knarrten die Dielen. Wenn Bastian mit einem Küchenmesser in der Hand hinterherschlich, würde ich ihn kommen hören.

Das Bild irritierte mich. Ein Angriff aus dem dunklen Hinterhalt. Ich unterdrückte die Angst. Vermutlich hatte Bastian wegen der Mücken kein Licht gemacht, obwohl dieses Jahr nicht so eine Plage herrschte wie 2017. Dennoch tastete ich nicht nach dem Schalter, sondern griff nach der Klinke.

Erst als sich die Tür zu Emmas Zimmer nicht öffnen ließ, fiel mir ein, dass ich sie nach dem Schlüssel hätte fragen sollen. Emma war nicht einfach nur wütend auf Bastian. Sie hatte Angst. Angst um ihr Leben.

Plötzlich hörte ich Schritte. Die Dielenbretter ächzten. Über meiner Wirbelsäule kribbelte es. Hatte nicht vor ein paar Sekunden Besteck in der Schublade geklimpert? Wie klang ein Messer, das in die Hand genommen wurde?

Hatte ich eine höhere Überlebenschance, wenn mich das Messer in den Rücken traf oder in die Brust?

Der Gedanke war absurd, so absurd, dass ich mich lächelnd umdrehte. Bastian stand vor mir. In der Hand die leere Bierflasche. Mein Herzschlag ratterte wie Spielkarten in den Speichen eines Kinderfahrrades.

»Alles klar?«

»Ja, ich, Emma hat ihre Tür… ich habe vergessen, den Schlüssel…«

Ich hätte es nicht sagen müssen, hätte drüber hinweggehen können und Emma bei Rossmann eine neue Zahnbürste, bei H&M neue Unterwäsche kaufen können. Stattdessen hatte ich gesagt, was mir in den Sinn gekommen war. Stotternd. Überrascht.

»Sie hat abgeschlossen?«, fragte Bastian irritiert. Wieso wusste er das nicht? Durchwühlte er nicht ihre Sachen, wann immer sich ihm die Gelegenheit dazu bot? Oder war das auch nur wieder ein Versuch, mich in Sicherheit zu wiegen?

Am liebsten hätte ich ihn gepackt und angeschrien, ich könne diese Ungewissheit nicht mehr ertragen, dieses Pendeln zwischen Angst und Vertrauen, nicht zu wissen, wem man glauben könne.

»Ja, hat sie«, sagte ich mit fester Stimme.

Ich hörte Bastian atmen und jetzt roch ich, dass er mehr als dieses eine Bier getrunken haben musste. Er schob mich unsanft zur Seite. Die Türklinke klickte. Ein verächtliches Schnauben ertönte.

»Das ist meine Wohnung«, knurrte er. »Hier waren noch nie irgendwelche Türen abgeschlossen. Und ich finde es eine

Frechheit, wenn ihr erzählt, ich würde Geheimnisse haben, während ihr eure Türen abschließt.«

Seine letzten Worte schrie er fast und ich trat unwillkürlich einen Schritt zurück. Doch seine Gewalt richtete sich nicht gegen mich. In einer schnellen Bewegung, die ich ihm gar nicht zugetraut hatte, trat er gegen die Tür. Das Holz knackte.

»Dieses verfickte Misstrauen ist doch genau der Grund für diese Scheiße«, schrie er dabei. »Weil jeder jedem alles zutraut.«

Ehe ich etwas sagen konnte, hatte er sein Bein ein zweites Mal gehoben. Beim nächsten Tritt sprang die Tür auf, begleitet von einem hellen metallischen Klingklang.

Emmas Raum war dunkel und warm. Doch da war noch etwas. Ein süßlicher Geruch lag in der Luft. Der Geruch von Verwesung. Von Moder. Mein Mitbewohner schnüffelte. Seine Wut schien verraucht. Sein Arm bewegte sich, und instinktiv trat ich zur Seite, doch in diesem Moment klickte ein Lichtschalter.

»Fuck«, entfuhr es Bastian, als Licht ihr Zimmer flutete. Die Haare in meinem Nacken richteten sich spürbar auf.

Ich hätte es wissen müssen.

8.

Der Kronkorken landete im hohen Bogen auf dem Fußboden. Ich bückte mich ächzend danach und legte ihn zu den anderen auf den Tisch. »Und jetzt?«

»Vielleicht wäre es ganz gut, man würde sie im Krankenhaus auch auf ihren Geisteszustand überprüfen.«

»So wie Marina?«

Bastian schüttelte langsam den Kopf.

»Was weißt du über sie? Mal ehrlich.«

»Über Marina?« Ich zuckte mit den Schultern. »Ich weiß, dass sie von einer Invalidenrente lebt, Bücher über alternative Medizin liest und ziemlich weit ausgeschnittene Kleider trägt.«

Bastian lachte spöttisch. »Oh ja, das tut sie.«

Und sie sagte Dinge, die sie nicht sagen sollte. Wie zum Beispiel, dass sie alle falsche Scham abgelegt und alle Vorbehalte ausgeräumt hatte.

»Und deshalb glaubst du ihr?«

»Ich glaube ihr nicht, aber Emma.«

»Weil du mehr über sie weißt?«

»Mehr als über dich.«

»Und du? Was glaubst du?«

Mist. Die Frage hatte ich befürchtet.

»Du hast so viele Geheimnisse. Die lassen so viel Spielraum für Interpretationen.«

»Ihr macht mich also zum Täter, weil ihr nicht alles von mir wisst? Wir können doch nicht in den Kopf des anderen blicken. Irgendwann muss man doch einem Menschen vertrauen.«

Es war wie die Geschichte mit den Bioeiern. Wir hatten dem Bauern vertraut. Und am Ende hatte er uns betrogen. Weil ihm alle vertrauen wollten, weil sich keiner hatte vorstellen können, dass jemand so skrupellos war.

»Okay. Wenn du etwas über mich erfahren wolltest, was wäre das?«

Welche Aussagekraft hätten seine Worte jetzt noch? Er konnte sich eine Geschichte ausdenken. Und entweder glaubte ich sie ihm, oder ich stellte wieder alles infrage. So wie Emma alles infrage stellen würde, was Bastian jemals sagte. Bastian wusste es. Und er wusste, dass ich es wusste.

Dennoch stellte er mich vor die Wahl, ihm mit oder ohne Geschichte zu vertrauen.

Ich holte tief Luft. »Wie verdienst du dein Geld?«

Bastian lachte. »Das ist alles?«

Ich zuckte wieder mit den Schultern.

»Und dann glaubst du mir?«

Er wartete meine Antwort nicht ab und faltete die Hände.

»Ich gebe dir jetzt mal einen Einblick in meinen finanziellen Hintergrund. In etwas, das hier in Berlin niemand macht. Alle jammern, sie hätten kein Geld, um die Miete zu bezahlen, weil sie zu wenig verdienen oder Hartz4 nicht ausreicht, aber wieviel Geld jemand tatsächlich zur Verfügung hat und wozu er das ausgibt, sagt er nicht. Er sagt nicht, dass er raucht oder sein Geld am Automaten verspielt, wie viel Alkohol er trinkt und dass er lieber alle vier Wochen neue Klamotten bei Primark kauft, weil er keine Lust hat, ein T-Shirt häufiger als dreimal zu tragen. Warum nicht? Weil es niemanden was angeht. Nicht, was du verdienst und nicht, wofür du dein Geld ausgibst. Aber bei mir ist das ja was Anderes.«

Ich schämte mich plötzlich. Weil ihn mein Misstrauen dazu brachte, sich zu offenbaren. Einmal in Fahrt gekommen, ließ sich mein Mitbewohner jedoch nicht mehr davon abhalten, die ganze Geschichte zu erzählen.

»Mein Opa lebte in Bayern, in Aschheim bei München, um genau zu sein. Meine Oma war kurz zuvor an Krebs gestorben. 2004 starb auch seine Schwester, also meine Großtante, und hinterließ ihm neben Regalen voller wertloser Bücher sowie einer hässlichen Schrankwand auch eine Eigentumswohnung in Rosenheim und ihre Ersparnisse. Das waren vielleicht 100.000 Euro, eine Menge Geld, aber mein Opa hatte eine gute Rente, ein abbezahltes Haus, der brauchte das Geld nicht. Er wollte es aber auch nicht verschenken. Noch nicht.

Ein Freund, mit dem sich mein Opa immer zum Skatspielen getroffen hat, hat ihm von einem Unternehmen aus der Nachbarschaft erzählt. Die Aktien seien billig und er meinte, die würden was mit Kommunikation machen, damit könne man doch immer Geld verdienen. Aber das sei gar nicht der Punkt, warum sie sich Aktien kaufen sollten. Die hätten bei den regelmäßigen Aktionärstreffen immer ein tolles Büffet, Essen bis zum Abwinken. Das sei bestimmt ein Heidenspaß. Sie hatten Langeweile, glaube ich, mein Großvater und sein Freund.

Also sind sie eingestiegen, und mein Großvater, keine Ahnung, warum er gleich 10.000 Euro investiert hat, für eine Teilnahme an der Aktionärsversammlung hätte auch eine Aktie gereicht, und das wäre eine super Rendite gewesen. 50 Euro investieren und den Rest des Lebens mindestens einmal im Jahr so viele Bockwürste und Schnitzel mit Kartoffelsalat wie sie wollten. First-World-Problems.

Und dieses Unternehmen war nur der Anfang. Aktien, dachte er sich, besser als das Sparbuch. Mein Opa hat also insgesamt für 100.000 Euro Aktien gekauft, das ganze Geld meiner Großtante. Nur so zum Spaß. Nach dem Platzen der Dotcom-Blase waren die Kurse überall so niedrig, der hat da echte Schnäppchen gemacht. Technologieaktien, ich sag dir, die Namen hast du vorher noch nie gehört. Ich auch nicht. Teilweise ein paar Euro pro Anteil. Und bei den meisten Unternehmen ging seitdem der Börsenkurs unaufhaltsam nach oben.

Meinem Opa war das aber egal. Der hatte seine Wurst auf den Aktionärsversammlungen. Insgesamt stecken im Portfolio über Zehntausend Anteile. Pro Anteil werden bis zu 3 Euro Dividende im Jahr ausgeschüttet. Die hat er in neue Aktien gesteckt. Bis er dann vor zehn Jahren gestorben ist und mir die Aktien vererbt hat.

Und die werfen weiterhin richtig schön was ab. Ungefähr 28.000 Euro. Jedes Jahr. Nach Abzug der Kapitalertragssteuer bleiben pro Monat also knapp 1.800 Euro übrig, genug, um für diese Wohnung hier zu zahlen und mein Leben. Und wenn es nicht reicht, verkaufe ich ein paar Aktien.«

Er holte Luft und trank von seinem Bier. Das war's, dachte ich. Mehr wollte ich nicht hören. Aktien. Ein BWLer. Natürlich. Emma hätte ihn einen knallharten Kapitalisten genannt.

Mein Mund war plötzlich trocken.

»Die Aktien sind doch bestimmt richtig was wert«, sagte ich wie beiläufig. 100.000 Euro. Angelegt vor der Wirtschaftskrise. »Warum verkaufst du sie nicht und finanzierst dir von dem Geld eine Wohnung?«

Bastian winkte ab. »Mein Großvater hat mir testamentarisch verboten, die Aktien vor Ablauf einer Frist von zehn Jahren zu verkaufen. Also erst Anfang des nächsten Jahres. Ob ich das überhaupt mache, muss ich sehen.«

»Puh«, machte ich. Bastian rieb sich die Nasenwurzel. Auf der Straße klapperten hochhackige Schuhe. Könnte Marina sein. Oder sonst wer. Ich musste jetzt ins Bett. Außerdem lag noch Emmas Zimmer vor mir wie die Rinderställe des Augias.

»Zufrieden?«

Bastian lehnte sich zurück. Ein Opa, der mal eben 100.000 Euro in Aktien anlegt, weil er das Geld nicht brauchte. Ich konnte es ihm glauben. Oder auch nicht.

»Erzählst du es Emma?«

»Vermutlich.«

»Es wird sie nicht zufriedenstellen.«

»Ich fürchte auch.«

Bastian drehte die leere Bierflasche auf dem Tisch.

»Ich stehe weiter zu meiner Ankündigung. Wenn Emma sich nicht beruhigt, schmeiß ich sie raus. Ich habe keinen Bock auf Krieg in der WG, okay? Vielleicht sucht sie Hilfe bei einem Therapeuten.«

Beschwichtigend hob ich die Hände.

»Ich werde sie beruhigen, versprochen.«

Wir gingen beinahe freundschaftlich auseinander.

Mit der Herkulesaufgabe ließ er mich dennoch allein. Vielleicht wartete ich damit einfach auf Emma.

Aktivismus

Die Drehung der Achse wird als
eine Bewegung der Streifen auf
dem Barber-Pole um 45° nach
oben wahrgenommen.

1.

Der Staubsauger dröhnte und fand unter dem Bett all den Staub, der zwar nicht krankmachte, aber ein weiterer Beleg dafür war, dass Emma, die schlapp im Bett lag, die Hygiene etwas vernachlässigt hatte.

»Es beweist doch noch gar nicht seine Unschuld«, drängte Marina, nachdem sie den Staubsauger abgeschaltet hatte.

Ich warf die Joghurtbecher, deren Deckel sich schon wölbten, in den blauen Müllsack. Hinzu kamen ein Milchkarton, dessen Inhalt sauer roch, eine halbvolle Packung Frischkäse mit Kräutern, auf dessen Oberfläche sich blauer Schimmel tummelte, sowie Käse und Brot, die zwar nicht offensichtlich verdorben, jedoch deutlich angetrocknet waren.

»Es beweist, dass Emma Angst hat. Und dass diese Angst gefährlich ist.«

»Gefährlich ist doch vor allem Bastian«, rief Emma. Dabei richtete sie sich auf, presste stöhnend eine Hand auf den Bauch und ließ sich wieder ins Kissen fallen. »Oh, ich würde die Wahrheit so gerne aus ihm rausprügeln.«

Ich hatte sie am Nachmittag nach der Visite des Arztes aus dem Krankenhaus abgeholt. Ich musste sie stützen, als wir die knarrenden Stufen nahmen. Wie viel Geld so ein Krankenhausaufenthalt der Klinik wohl brachte, dachte ich kurz und schämte mich dafür, dass ich nicht nur an Emmas Gesundheitszustand denken konnte.

Marina hatte bereits vor der Wohnungstür gewartet. Gemeinsam hatten wir dem Saustall in Emmas Zimmer den Kampf angesagt. Emma waren Schimmel und Müll kein bisschen peinlich gewesen, im Gegenteil: Sie verteidigte sich damit, dass nur Bastians Verhalten sie dazu gezwungen habe.

»Woher hast du nur deine Resilienz?«, fragte Marina.

Ich hob den blauen Müllsack in die Höhe.

»Ich weiß nur, dass sich Emma selbst krank gemacht hat, weil sie leicht verderbliche Lebensmittel im Hochsommer in ihrem Zimmer aufbewahrt. Eine Lebensmittelvergiftung ist doch kein Beweis für einen versuchten Giftmord.«

Marina wischte sich über die Stirn.

»Was ändert das denn an Bastians Plan, Emma hier rauszuekeln? Du hast selbst gesagt, dass er Emma rauswerfen will.«

Ich seufzte. »Weil sie ihn nervt. Aus seiner Sicht verdächtigt sie ihn zu Unrecht.«

»Aus seiner Sicht?«, krächzte Emma dazwischen. Ihre Stimme war schwach. »Und was ist mit unserer Sicht? Den Dokumenten im Keller? Der anstehenden Sanierung, damit wir ausziehen? Man sollte ihm unseren Bolzenschneider mal an seine Giftmischerfinger setzen, dann erzählt er ganz schnell die Wahrheit.«

»Ich weiß es nicht. Ich fand ihn irgendwie ehrlich. Er hat sogar erzählt, woher er sein Geld hat.«

Kaum hatte ich die Worte ausgesprochen, bereute ich es schon, weil ich wusste, dass die beiden Frauen mit dieser Information nicht umgehen konnte.

Marina und Emma sahen mich sprachlos an. Unsere Nachbarin stützte sich auf das Rohr des Staubsaugers.

»Das sagst du uns jetzt?«

Zähneknirschend, weil ich kein Geheimnis für mich behalten konnte, berichtete ich den beiden von Bastians Geldquelle. Ich erwähnte seinen Opa, erinnerte mich sogar an Aschheim und die Erbschaft und die Frist von zehn Jahren.

Marina setzte sich zu Emma auf die Bettkante.

»Was meint ihr, wie viel das jetzt wert ist?«

»Keine Ahnung. Spielt das eine Rolle?«

Ich sah auf die Uhr. Ich musste in die Brauerei. Dort wurde das Halbfinale der WM übertragen. Kroatien gegen England. Mit David und Serkan ein Bier trinken. Auf andere Gedanken kommen.

»Kann ich euch allein lassen?«

Emma winkte müde ab.

»Geh nur.«

2.

Die Brauerei war nur halb gefüllt, trotz des Fußballspiels. Vielleicht war die Zielgruppe zu spitz. Und die in Berlin lebenden Engländer und Kroaten trafen sich woanders.

Die überschrittene Halbwertszeit der Location war deutlich zu spüren. Nebenan standen Bagger vor Absperrzäunen, dazwischen rotweißes Flatterband. Alle wussten, dass Ende September Schluss war. Ein Boardinghouse sollte dort entstehen, wo jetzt noch ein großer 20-Fuß-Container die Garderobe für den Club der Visionäre improvisierte.

Ob die beiden Linden überlebten, konnte keiner sagen. Wie groß der Biergarten nach der Sanierung sein würde – niemand wusste es. Aber klar war, dass danach nichts so wäre wie zuvor. Elf Büros, neun Gewerbeeinheiten und sieben Handelsflächen würden nicht nur das Gesicht der Brauerei verändern, sondern den ganzen Kiez. Büroarbeiter wollten in der Mittagspause essen gehen, die Gäste des Boardinghouses suchten nach Restaurants am Abend. Das Eine zog das Andere nach sich. Der Kiez veränderte sich ständig. Ich hoffte nur, dass meine beiden Mitbewohner sich wieder beruhigten. Denn eigentlich gefiel mir der Gedanke an Veränderung. Eine Stadt konnte nicht ewig von ihrer maroden Substanz und dem Charme des Verfalls leben. Ohne einen Investor würde die Brauerei verfallen. So musste man das auch sehen.

Irgendwann hatte mich das Fußballspiel so in meinen Bann gezogen, dass ich alles andere vergaß. Emma und Bastian, Marina und die Wohnung. Ich jubelte mit Serkan und David über die Tore, wer auch immer sie schoss.

Am Ende wusste ich nicht, auf wessen Seite ich sein sollte. Ich fand, sie hatten es beide verdient: Das fußballverrückte England, dessen Nationalspieler in der teuersten Liga der Welt spielten. Die seit 1966 immer unglücklich gescheitert waren und das so oft im Elfmeterschießen. Oder die Underdogs aus Kroatien. Die für meinen Geschmack ein wenig zu nationalistisch auftraten.

Ich spürte, wie der Druck, für eine Seite Partei zu ergreifen, mich vom eigentlichen Spielgeschehen abrücken ließ. Es war nicht mein Spiel. Ich gewann keinen Titel, keine Prämie. Nur die 22 Spieler auf dem Platz hatten etwas vom Sieg.

Plötzlich war ich der stille Beobachter. Ich wollte mich nicht entscheiden müssen, doch ein Spiel wie Fußball lebt davon, dass man auf einer Seite steht. Sonst wird das Spiel reizlos.

Am liebsten wäre ich noch vor dem Abpfiff gegangen.

3.

Eskalation bedeutet, eine weitere Stufe nach oben zu nehmen. Wenn man an der Schraube dreht. Wenn man die Situation dramatischer macht. Eskalation als Ausdruck von Aktion und Reaktion.

Die Untersuchung ihrer Blutwerte war ein Verschnaufen auf dem Treppenabsatz. Ein Papier voller Nullen hinter dem Komma, bevor die ersten Zahlen kamen, waren Stufen zum Dach, von dem man nur noch mit viel Mühe herunterkam. Oder durch einen Sprung in den Hof. Falls man nicht geworfen wurde.

Emma wirkte, als stünde sie unter Drogen. Marinas Küche wurde zur Ausnüchterungszelle. Meine Mitbewohnerin wechselte mühelos zwischen hysterischem Heulen, zornigem Fluchen und selbstmitleidsvollem Jammern. Dieser Arsch, dieser raffinierte Arsch, sagte sie, habe es doch geschafft, und jetzt käme er wieder davon. Dabei fuchtelte sie mit dem Laborbericht herum, als sei er die Anklageschrift, von dem sie ihr Plädoyer ablas.

MCHC bei über 45, Baso unter einem Prozent, Delta-Aminolävulinsäure über 5 Prozent, Koproporphyrin-III bei über 75 Microgramm, und das Wasser aus dem Hahn, das habe Sigrid schon untersucht, die Ergebnisse habe Marina in den Unterlagen aus dem Keller gefunden, zum Glück, aber da sei nichts, kein Blei im Wasser. Und außerdem stünde der Verdacht auf Morbus Wilson. Nie zuvor sei sie krank gewesen, niemals. Morbus Wilson! Emma, schrie und tobte.

»Wie bei Sigrid, oder nicht?« Marina holte ein Buch über Heilfasten und sagte, all die Beschwerden wie Haarausfall und die Bauschmerzen und der Durchfall, das können auch auf eine Thallium-Vergiftung hinweisen.

»Hier, die Streifen auf meinen Fingernägeln, die sprechen doch eine deutliche Sprache.« Emma streckte ihre Hand vor.

Ihre Nägel waren abgekaut und wellig. Weiße Streifen? Mit viel Wohlwollen konnte man die erkennen.

»Ich weiß nicht«, sagte ich. »Thallium?«

»Das ist in Rattengift, weißt du das nicht? Was weißt du denn überhaupt, du bist so naiv!« Theatralisch ließ sich Emma an den Küchentisch fallen. Marina legte ihr eine Hand auf den Rücken. Auch sie sah müde aus, aber wieso zum Teufel trug sie unter ihrem Kleid wieder keinen BH?

»Wurde denn Thallium in deinem Blut gefunden?«

»Nein, weil ich noch nicht danach gesucht habe«, blaffte Emma. Aus ihren Augen regnete es. Emma war noch immer krankgeschrieben. Gemeinsam waren die beiden Frauen, so hatten sie es erzählt, in der letzten Videothek in der Schönhauser Allee gewesen. Sie hatten nach dem Film *Das Handbuch des jungen Giftmischers* gesucht, doch er war anscheinend zu alt. Eine DVD war nie erschienen. Auch bei Amazon gab es ihn nicht mehr zu kaufen, aber eine Rezension der VHS-Ausgabe hatten die beiden Frauen gefunden. Emma las von ihrem Handy ab:

»Hier, da schreibt ein Rezensent: *Als ich diesen Film zum ersten Mal sah, wusste ich, dass dies ein Film ist, den ich mir unbedingt kaufen muss. Die Story von diesem Film ist so krass, dass es mir richtig gefällt. Egal ob Wissenschaftler oder nicht man muss diesen Film habe*n.«

Sie ließ das Handy sinken. »Wenn das nicht Bastian geschrieben hat. Ist dir mal aufgefallen, wie häufig er *krass* sagt?«

Wenn ich ehrlich war, so hatte ich das noch nie bemerkt.

»Ist das euer Beweis?«

Marina schlug die Hände über den Kopf zusammen. »Beweise, er will Beweise. Du würdest doch noch immer an seine Unschuld glauben, wenn man dir die Beweise auf dem Silbertablett servieren würde. Hast du mal *Loose Change* gesehen? Die Dokumentation über die wahren Hintergründe von 9/11? Und?«

Ich kannte den Film, wie vermutlich jeder, der zu viel Zeit auf YouTube verbrachte. In meinen Augen reine Zeitverschwendung. Wie viele Verschwörungstheorien war auch dieser Film am Ende nicht überzeugend und voller inhaltlicher Fehler.

Ich zuckte mit den Schultern.

»Siehste?«, rief Marina. Ihre Titten wippten und ich hoffte, dass sie oben aus dem Kleid rutschen und einen Nippel freigeben würden, der sich bislang nur durch den Stoff drückte wie eine Murmel. »Genau das meine ich.«

Warum sagte ich immer das Falsche? Selbst wenn ich meinen Mund hielt? »Was hat das denn jetzt mit Emmas Vergiftungserscheinungen zu tun?«

»Ha, du gibst also auch zu, dass Emma vergiftet worden ist?«

»Sie ist krank, und irgendwoher muss die Krankheit ja kommen. Also: Ja, Emma ist vermutlich vergiftet worden. Aber von wem und wie wissen wir nicht.«

Emma hob den Kopf und funkelte mich an.

»Doch, das wissen wir.«

Sie legten einen, wie sie sagten, weiteren Beweis vor. Ich nannte es Beleg, eine Spekulation. Doch sie wollten nicht hören. Und am Ende glaubte ich ihnen sogar ein bisschen. Weil es plausibel erschien. Weil es ins Bild passte.

Sie hatten die Daten über Bastians Einkünfte gegoogelt. Aschheim und die 20.000 Euro. Das Unternehmen, in das Bastians Großvater das geerbte Geld unter anderem investiert hatte. Es gab in der Heimatstadt des alten Mannes bestimmt viele Unternehmen, aber nur eines war in den letzten Jahren immer wieder in die Schlagzeilen geraten: die Wirecard AG. Ihre Anfänge hatten sie in einer Firma namens InfoGenie

Europe AG gehabt. Und in genau die hatte Bastians Großvater Anfang 2005 wohl sein Geld gesteckt.

Emma stand zwischendurch auf, um am Wasserhahn ihr Glas zu füllen. Marina hingegen goss sich zum vierten Mal Wein nach. Ich fand, dass sie schon undeutlich gesprochen hatte, als sie von ihren Recherchen berichtete. Dafür bewegte sie sich impulsiver, so dass ihre Brüste immer deutlicher wippten.

»Drei Monate später fusionierte die InfoGenie Europe AG mit dem Unternehmen eines der Hauptaktionäre und sie benannten sich um. Jahrelang hatte sich der Kurs dieses neuen Gemeinschaftsunternehmens super entwickelt, jedes Jahr fast verdoppelt. Und heute sind die 10.000 Euro...«

Hier machte sie wieder eine dramatische Pause. »...mehr als eine Million Euro wert.«

Eine Million Euro? Hatte sie wirklich eine Million gesagt?

»Eine Million Euro. Mindestens. Kapierst du jetzt, was er vorhat? Es ist alles so sonnenklar.«

Emma und Marina sahen sich an, als hätten sie darauf gewettet, dass ich beschwichtigend reagierte.

Was hatte Bastian gesagt? Er hatte die Aktien nicht verkaufen dürfen, weil ihm sein Großvater in seinem Testament eine Sperrfrist von zehn Jahren bestimmt hatte. Und die zehn Jahre waren im Januar nächstens Jahres vorbei. Gerade rechtzeitig, um sich mindestens eine sanierte Eigentumswohnung in unserem Haus zu kaufen.

Jetzt lagen plötzlich Motive und Möglichkeiten offen.

Aber ich wollte es nicht glauben, konnte es nicht fassen, dass Emma wirklich Recht haben könnte.

Emma sagte, ein Glas Leitungswasser in der Hand, über den Tisch hinweg. »Es gibt nur eine Möglichkeit: Entweder kann man ihm alles nachweisen...«

»Was anscheinend nicht funktioniert«, mischte sich Marina ein. Ungerührt fuhr Emma fort.

»Oder er gesteht alles.«

In meinem Magen rumorte es. Marina stand auf, um eine neue Flasche zu öffnen. Ihre weinroten Lippen wirkten wie geschminkt.

»Das wird er nie tun. Der gesteht doch bis heute nicht, dass er mich gestalkt hat. Der hat schön alles abgestritten. Und das wird er auch weiterhin tun. Das machen die Männer immer so. Damals, als man mir meine Tochter weggenommen hat, haben sie die wahren Gründe auch nicht zugegeben. Da ging es immer nur ums Vertuschen, damit die Wahrheit nicht ans Licht kommt.«

Die Aggression in ihrer Stimme stand konträr zu ihrer Körpersprache. Sie wirkte auf einmal hilflos, flehend. Ihr Schreien passte gar nicht zu ihren traurigen Augen, in denen ich einen Schatten der Erinnerung ausmachte.

»Immer diese verfluchten Lügen«, presste sie noch hervor. Gleich fängt sie an zu weinen, dachte ich. Stattdessen entkorkte sie die Flasche und goss sich nach.

»Ich finde, ihr solltet zur Polizei gehen.«

Emma stand auf. »Wir drehen uns im Kreis.«

Ihr Blick bedeutete, dass das Gespräch beendet war.

4.

Die Nacht verbrachte ich allein, ebenso wie den nächsten Morgen bei einem kurzen Frühstück in der Küche. Meine Gedanken kreisten ständig um Emma, Marina und Bastian.

Meine Freundin – sofern sie das überhaupt noch war – litt an einer Vergiftung, so wie Sigrid. Und Bastian immer mittendrin. Es überforderte mich. Am liebsten wäre ich noch heute in den Zug gestiegen und in den Harz zum Wandern gefahren. Einfach weg. Abstand gewinnen. Langsam spürte ich die Ereignisse der letzten Wochen wie einen schweren Ritterhelm, dessen Visier heruntergeklappt war. Mein Blickfeld war eingeschränkt, ich fühlte einen permanenten Schmerz im Kopf und meine Schultern taten weh. Nicht einmal der blaue Himmel und die Hitze konnten mich aufheitern.

Immerhin hatte ich in der Agentur zu tun. Neue Layouts für alte Jobs. Mach das Logo größer, nimm einen anderen Bildausschnitt. Können wir das Motiv nicht größer einspiegeln? Durchsuch die Bilddatenbank. Kauf Lizenzen. Korrigier die Präsentation. Erfasse deine Stunden. Geh Mittagessen mit David und Serkan. Rede über das Konzert in der Waldbühne. Die neue Serie bei Netflix. Den Sommer. Den Klimawandel. Denk an something completely different.

Späte Korrekturen eines Kunden verhinderten, dass ich pünktlich gehen konnte. Unkonzentriert wie ich war, hatte ich falsche Maße für ein Visual genommen, und als ich Änderungen vorgenommen hatte, musste ich das ganze Layout ändern. Ein neues Detail veränderte das ganze Bild.

Ich hatte mein Handy auf *Nicht stören* gestellt, um mich auf meine Arbeit konzentrieren zu können. Zehn Anrufe in Abwesenheit waren die Folge. Mein Puls ging von Gelassenheit auf Panik in einer Sekunde. Zehnmal Emma, innerhalb von drei Minuten. Der letzte Versuch war eine Stunde her. Keine Nachricht hinterlassen.

Meinen Rückruf beantwortete die Mailbox.

Die Aufregung schnürte mir den Hals zu. Ich probierte es auf dem Weg nach unten zwei weitere Male. Als ich aus der Agentur trat, war Berlin schon im Feiermodus. Die Hitze lastete auf der Stadt, doch niemand ächzte. Stattdessen trunkenes Grölen auf den Brücken, Plätzen, Bahnsteigen.

Auch die U-Bahn nahm den Fahrplan gelassen. Was waren schon fünf Minuten, wenn die Nächte endlos waren.

In Neukölln stieg sie eine Tür weiter zeitgleich in die Ringbahn. Ich sah sie nur einen kurzen Augenblick, aber ich erkannte Marina bereits an den langen schwarzen Haaren. Ihr fahriger, leerer Blick streifte mich, blieb nicht hängen. Ich hob die Hand. Keine Reaktion. Rasch ging sie durch das Gedränge in die entgegengesetzte Richtung.

War Marina auch auf dem Weg nach Hause? Hatte Emma sie ebenfalls angerufen? Ich wollte sie ansprechen, dachte dabei an das enge schwarze Kleid und wie wir uns in der engen Bahn aneinanderdrängen mussten, weil der Platz nicht ausreichte. Sie überschritt Grenzen, die Emma nicht überschreiten würde.

Als ich ihr durch den Waggon nacheilte, fand ich die Zettel auf den freien Sitzen liegen. Faltblätter, eng bedruckt, in DIN-A4. Eines nach dem anderen legte sie auf die Sitze. Zwei betrunkene Engländer mit roten Gesichtern und nackten Oberkörpern beäugten sie, lachten laut und der eine zeigte mit der Hand, in der eine Tyskie-Bierflasche klebte, in ihre Richtung, doch die wenigsten Menschen sahen von ihren Handys auf, unterbrachen ihre Gespräche oder nahmen den Zettel auf, um ihn zu lesen. Sie lief wie ein Geist durch den Zug, in etwas schleppendem Schritt, umkurvte die anderen Fahrgäste in traumwandlerischer Sicherheit, als hätte sie Routine.

Ich griff nach einem der Zettel. Schwarze Schrift auf gelbem Papier. Die Typo wirkte wie die einer alten Schreibmaschine. War es Absicht, oder hatte sie ihre Botschaft tatsächlich auf einer Schreibmaschine geschrieben? Nein, die Schriftgröße variierte, manche Wörter waren fettgedruckt.

Warnung an 13jährige Mädchen und ihre Eltern.

Filmemacher aus anderen Ländern würden Mädchen in Deutschland beobachten und filmen, um ihre Gedanken zu lesen und sie fernzusteuern. Diese Aufnahmen würden in Filme eingefügt, die Gedankensteuerung verleite die Mädchen dazu, Dinge zu sagen und zu tun, die sie normalerweise nicht machten.

Die Aufregung in meinem Bauch würgte mich. Ich fürchtete, mich übergeben zu müssen. Auf der Stelle. Im Zug.

Strahlung. Fernsteuerung. Fremde Mächte.

Der ganze Text war einerseits in vollständigen Sätzen geschrieben, andererseits war die Argumentation auf den ersten Blick so abstrus, dass ich zu keinem anderen Schluss kommen konnte: Marina war total durchgeknallt. Nichts von dem, was sie uns erzählt hatte, war jetzt noch glaubwürdig. Aber war es das jemals gewesen? Wenn man nur lang genug an eine Sache glaubt, wird sie irgendwann Realität. Und wenn es nur im eigenen Kopf ist.

Das Irre daran war, dass es ansteckend wirkte.

Bevor ich Marina ansprechen konnte, lief die Bahn in den nächsten Bahnhof ein und spuckte meine Nachbarin aus. Die Türen schlossen sich vor meiner Nase.

Egal. Was hätte ich sie schon fragen können? Emma war wichtiger. Nie war der Weg nach Hause länger gewesen. Auf halber Strecke ein Notarzteinsatz bei der S-Bahn. Die Straßenbahn stand im Stau. Das Faltblatt, das Marina verteilt hatte, hielt ich fest umklammert. Es musste Emma zur Vernunft bringen, musste ihr die Augen öffnen, damit sie erkannte, wie verblendet jemand sein konnte, wie paranoid.

Darauf lief doch schließlich alles hinaus. Paranoia statt Vertrauen. Die Grenze war längst überschritten, und wenn sie das Faltblatt nicht zur Vernunft brachte, musste es ein Psychologe tun.

Beim Öffnen der Haustür entglitt der Schlüssel beinahe meinen Fingern. Zwei Stufen auf einmal nahm ich, doch der Weg nach oben schien länger als sonst.

In der Wohnung brannte Licht. Hell erleuchtet der Flur. Die Küchentür stand offen und ich hörte Stimmen. Flüstern. Zischelnde Stimmen. Emma und Bastian waren in der Küche.

Sie ist zuhause, dachte noch, sie lebt, ihr geht es gut.

An der Küchentür blieb ich stehen. Emma stand vor Bastian, der auf einem Küchenstuhl saß. Emma hob den Kopf, und als ich ihre Augen sah, wusste ich, dass etwas nicht stimmte. Mit ihr. Mit der ganzen Situation. Mit dem Bolzenschneider in ihrer Hand.

Einen Meter weiter sah ich die Fesseln. Das Blut. Die Verzweiflung auf Bastians Gesicht. Seine Handgelenke waren hinter dem Rücken an den Streben des Küchenstuhls fixiert.

»Gottseidank«, rief er. Am Kopf eine Wunde. Blut lief ihm ins Gesicht. Nein, es lief nicht mehr, es war bereits getrocknet. »Lennart, fuck, ruf die Polizei, bitte.«

Meine Beine waren wie gelähmt. In meinem Kopf kreischte jemand, doch ich verstand ihn nicht.

»Erst soll er die Wahrheit sagen«, schrie Emma zurück und hob den Bolzenschneider wie ein Schwert über den Kopf.

»Emma, nicht. Denk nach, bitte.«

»Gar nichts mache ich. Bastian soll reden, er soll endlich zugeben, dass er mich vergiftet hat. Sonst hau ich ihm den Schädel ein. Die Polizei macht doch nix, die hat er doch alle auf seiner Seite.«

»So! Ein! Scheiß!«, presste Bastian zwischen den Zähnen hervor. Er zerrte vergeblich an seinen Fesseln.

»Kein Scheiß. Die Indizien sind doch erdrückend.«

»Die Indizien? Welche Indizien? Die Akten im Keller? Glaubst du wirklich, ich hätte sie im Keller gelassen, wenn ich von ihnen gewusst hätte?«

»Siehst du? Du gibst es zu, dass du sie vernichtet hättest. Also hast du sie vergiftet.«

»Sie hat sich mit meinem Auto umgebracht, weißt du, was für ein Scheißgefühl das ist? Sie hat mich damit hineingezogen. Ich hatte mit ihrer verfickten Krankheit nicht das Geringste zu tun. Das bildest du dir nur ein, du und diese Irre da von oben. Ich habe niemanden vergiftet. Warum kapierst du das nicht?«

Emma kehrte wieder ihren Spott heraus.

»Frag doch mal meinen Arzt. Der sieht das ganz anders. Sigrid hat das bestimmt auch anders gesehen. Und Marina kann dir ebenfalls was erzählen.«

Ich machte einen Schritt in den Raum und hob das Faltblatt, das ich noch immer in der rechten Hand hielt.

»Emma, wir müssen bitte alles, was Marina erzählt hat, nochmal hinterfragen«, drängte ich und hielt ihr das Faltblatt hin. Emma sah mich irritiert an.

»Was soll das? Hat Marina dir das gegeben? Wann hast du sie gesehen? Ich erreiche sie nicht. Den ganzen Tag ist sie nicht an ihr Handy gegangen, und zuhause ist sie auch nicht. Ich habe Angst, dass Bastian ihr auch was angetan hat.«

»Das hat Marina heute in der Bahn verteilt. Ich habe sie dabei gesehen. Ein total wirres Dokument.«

Ich erklärte ihr kurz, worum es im Text ging.

Mädchen, Strahlung, Filmaufnahmen, der Wahnsinn, die Paranoia.

 Bastian ließ den Kopf sinken.

»Das sag ich die ganze Zeit. Marina ist paranoid. Ich habe sie nie verfolgt, das hat sie sich eingebildet. Weil ich überhaupt nicht auf Frauen stehe, okay? Ich bin schwul.« Er klang wie ein gestresster Grundschullehrer, der seinen Kindern zum dreihundertachtundachtzigsten Mal erklärt hatte, dass eins und eins zwei sind. Emma verzog das Gesicht, beinahe angewidert.

»Das ist ja eine tolle Ausrede. Schwul. Und warum habe ich dich nur mit Frauen hier gesehen? Du kannst mir viel erzählen. Das beweist doch gar nichts. Das beweist doch gar nichts. Bastian hat die Hausgemeinschaft zerstört, Mike und Bridget haben dir das doch auch erzählt, Lennart. Sind die denn auch irre?«

Von Bastians Stuhl kam ein verzweifeltes Lachen.

»Ich habe hier gar nichts kaputt gemacht. Die Idioten hier, die so viel von Gemeinschaft erzählen, haben es nach dem Unfall doch offensichtlich nicht geschafft, sich ohne Sigrid und Carsten umeinander zu kümmern. Vielleicht gab es auch nie eine Gemeinschaft. Vielleicht habe nicht ich sie zerstört, sondern Carsten und Sigrid haben sie geschaffen, und mit ihrem Tod hat sie sich wieder aufgelöst.«

Emma schüttelte den Kopf. Ihre Stimme hatte einen verzweifelten Klang angenommen. »Du redest Quatsch, nicht ich. Du hast doch Tobias genauso auf dem Gewissen, weil er dir im Weg war. Du willst uns alle aus dem Haus haben. Ich habe doch die ganzen Beweise. Deine Verbindungen zu dieser PaSü-Beteiligungs-GmbH, die Vorgeschichte deines Vaters, deine Aktien und was weiß ich nicht alles. Und wenn du die Kartons nicht aus dem Keller geholt hättest, könnten wir dir auch damit dein ganzes Tun nachweisen. Du Psycho, du irres Arschloch. Und ich hatte immer gedacht, du seist einfach nur schräg drauf.«

Jedes ihrer Worte nahm an Schärfe zu, je länger sie redete. Verzweifelt wartete ich auf eine Pause, um sie zu bitten, den Bolzenschneider wegzulegen. Doch kaum hatte sie das letzte Wort ausgespuckt, ließ sie das Werkzeug auf Bastians rechtes

Bein sausen. Es gab ein sattes Klatschen, und nach einem kurzen Moment der Verblüffung stöhnte Bastian auf, krümmte sich und jaulte wie ein getretener Hund. Der Stuhl knackte.

»Hör auf«, brüllte Bastian. »Hör damit auf.«

»Gib es zu«, rief Emma noch, da war ich schon auf dem Sprung. Ich wollte ihr das Werkzeug aus den Händen reißen, wollte sie zur Vernunft bringen.

»Das ist doch Wahnsinn«, drängte ich in der Bewegung nach vorn und dachte, sie wäre froh, wenn ich ihr in dem Moment der Verzweiflung beistehen, ihr die Verantwortung aus der Hand nehmen würde. Ich wusste, dass Emma sportlich war, als Kletterin sehr kräftige Arme und Hände hatte, doch mit dem kurzen, trockenen Schlag, der mich in der Bewegung am Kopf erwischte, hatte ich nicht gerechnet.

Dann gingen die Lichter aus.

5.

»Emma, nicht, ich…«, hörte ich jemanden schreien und hoffte einen irrationalen Moment lang, dass nicht ich es war. Dann öffnete ich die Augen. Mein Kopf dröhnte. Der Schmerz pulsierte hinter meiner Stirn.

Ich wollte mich bewegen, doch meine Arme gehorchten mir nicht. Erst jetzt begriff ich, dass ich Bastians Schicksal teilte. Nun spürte ich auch das Rohr im Rücken, an das meine Daumen gebunden waren. Vermutlich waren es wieder Kabelbinder.

»Was soll der Scheiß, mach mich los. Lass uns reden, bitte«, flehte ich. Etwas lief kitzelnd über meine Stirn. Vermutlich Blut. Der Schmerz in meinem Kopf war heiß und zog sich bis in meinen Nacken. Noch nie hatte mich jemand bewusstlos geschlagen. Bislang hatte ich gedacht, dass das nur in Filmen passierte.

Meine Mitbewohnerin bedachte mich mit einem kurzen Seitenblick.

»Wenn du auf meiner Seite bist, solltest du mich nicht daran hindern, die Wahrheit herauszufinden. Du bist doch auf meiner Seite, oder? Oder hast du mich auch hintergangen?«

Was? Auf ihrer Seite? Emma schwang den Bolzenschneider, mit dem sie mich geschlagen hatte, wie um zu sagen: Wenn du nicht auf meiner Seite bist, dann bist du gegen mich und dann werde ich auch aus dir die Wahrheit herausprügeln.

»Ich bin auf deiner Seite, aber vielleicht ist Bastian ja auch...«

»Hör auf«, unterbrach sie mich. Ihre Stimme klang so tief, so entschlossen, so anders. Stand sie unter Drogen? Sie schwitzte und ich konnte es riechen, aber vielleicht war ich es auch selbst oder Bastian. Vielleicht schwitzten wir alle. Nicht weil dieser verdammte Sommertag so verdammt heiß war. Sondern aus Angst.

»Marina hat erzählt, dass du ihr zweideutige Angebote gemacht hast.«

Was redete sie da? Marina? »Ich habe was?«

»Und weil sie dich hat abblitzen, hast du jetzt dieses, dieses Pamphlet da fabriziert, um ihr was anzuhängen? Du Arsch.«

Ich konnte gar nicht glauben, was sie da sagte, doch meine Worte erreichten sie nicht mehr. Emma rümpfte die Nase und wandte sich ab.

»Also, und jetzt will ich die ganze Geschichte hören. Lennart hat von deinen Aktien erzählt, mit denen du dein Leben finanzierst. Eine Million Euro sind die wert. Und nächstes Jahr darfst du darüber frei verfügen.«

»Was? Ich habe doch keine Million auf dem Konto«, murmelte Bastian, der wie ein nasser Sack auf dem Stuhl hockte, regelrecht fassungslos. Emma umkreiste ihn langsam,

»Die Aktien standen noch nie so hoch, und wer weiß, wo die stehen, wenn Wirecard in den Dax aufsteigt. Darauf spekulierst du doch. Genau wie auf die Sanierung des Hauses. Kaufst du dir damit eine Wohnung oder gleich das ganze Haus? Das liegt in der Familie, oder? Wie Heinz Mosch, der Spekulant. Wie der Großvater so der Enkel.«

»Wovon redest du? Mein Großvater war doch kein Spekulant, der war bei der Bundesbahn. Wieso Wirecard? Und seit wann wird das Haus verkauft? Woher hast du diese Informationen? Du bist so verblendet, dass …«

Er sah den Schlag ebenso wenig kommen wie ich. Emmas Bewegung war kurz und trocken wie der Hieb, mit dem sie mich von den Füßen geholt hatte. Nur dass er Bastian am Schienbein erwischte, wo es so verdammt weh tut.

Bastian kreischte wie ein kleines Kind. Ihn leiden zu hören, war unerträglich. Ich schloss die Augen. Und wenn sie Recht hatte? Wenn er schuldig war? Aber Folter und Selbstjustiz konnten doch nicht die Lösung sein.

»Hört bitte auf«, hörte ich mich sagen. »Bitte!«

Emma schrie wieder. »Er soll aufhören mit diesem Theater. Sag es ihm doch. Los. Sag die Wahrheit. Sag sie mir.«

»Ich habe sie dir gesagt«, stöhnte Bastian. Er krümmte sich. Unter ihm knarrte der Stuhl wie eine alte Kutsche auf einem Waldweg.

»Das ist nicht die Wahrheit«, keifte sie. »Und das weißt du.«

Emma ging zur Balkontür, stapfte, trampelte, empört, riss sie auf. Das rotweiße Flatterband baumelte schlapp in der Abendhitze. Mit dem Bolzenschneider wies Emma auf das schief hängende Balkongitter.

»Und das? Soll ich dich mit der Nase darauf stupsen wie eine Katze, die auf den Teppich gemacht hat? Soll ich? Soll ich?«

Bastian heulte vor Wut und Schmerz.

»Du kapierst es nicht, oder? Du kannst kein ehrliches Geständnis aus mir herausprügeln, weil ich das erzählen werde, was du hören willst, nur damit du aufhörst.«

Emma presste sich die Hände an die Ohren.

»Hör auf damit, du bist so raffiniert. Du bist damit durchgekommen, immer schon, weil du alle einwickelst mit deinem Gerede.«

Wieder drohte der Bolzenschneider.

»Ich schneide dir jeden Finger einzeln ab, wenn du nicht endlich zugibst, wenn du nicht endlich mit diesen Lügen aufhörst.«

»Du bist doch nicht ganz dicht.«

Emma stellte sich hinter ihn, ließ die Backen des Bolzenschneiders klicken. Dann setzte sie die Zange an Bastians Hand und ließ einen Finger zwischen die Schneidflächen gleiten.

»Emma, mach doch jetzt keinen Mist!«, fluchte ich. Bastian gurgelte panisch: »Hör auf, hör auf, bitte, ich …«

»Dann rede endlich.« Emma hatte sich nicht mehr im Griff. Und Bastian schien es endlich zu verstehen. Er kapitulierte. Ich hoffte so sehr, dass sie alles schluckte, was er ihr sagte, nur damit sie aufhörte.

»Okay, okay, du hast gewonnen«, stammelte er. Heulend. Lachend. Verzweifelt. Er schnappte nach Luft, fast wahnsinnig vor Angst. Und dann sagte er etwas, das ich so nicht erwartet hatte.

»Ich sage dir alles, was du hören willst. Alles. Nur leg den Bolzenschneider weg, okay? Ich gebe alles zu. Du hast Recht gehabt. Mit allem.«

Emma ließ das Werkzeug sinken, ging um den Stuhl herum, und je länger Bastian sprach, um so blasser wurde sie.

»Du willst wissen, was ich gemacht habe? Ich habe dein Essen vergiftet, dein Trinkwasser. Alles, sogar deine Kleidung. Ich habe das Zeug in deine Flipflops gestopft, als Nervengift, das über deine Haut eindringt. Kennst du Nowitschok? Sowas habe ich dir verabreicht. Und weißt du auch, warum? Weil wir dich als Testobjekt benutzen.«

Emma blieb vor Staunen der Mund offen. Und ich konnte ebenfalls nicht glauben, was er da sagte. Es klang so absurd, so ausgedacht, aber Emma nickte bei jedem Wort beinahe unmerklich. Irgendetwas klingelte in meinen Ohren. Waren das die Nachwirkungen des Schlages? Oder läutete jemand an der Tür?

»Wir testen unter Realbedingungen, was passiert, wenn Islamisten und Rechtsterroristen unser Trinkwasser vergiften, unsere Lebensmittel. Welche Gifte sind am wirksamsten, welche schlagen gar nicht an, wie schnell merken die Menschen, dass sie vergiftet werden – all das wird untersucht.«

Aus Emmas Mund kam nur ein fassungsloses Flüstern. »Aber warum nur ich? Warum nicht Lennart? Steckt er mit drin?«

Bastian lachte wie irre, in den Augen standen ihm Tränen, Speichel sprühte von seinen Lippen. »Weil er ein Mann ist, das ist die nächste Stufe. Wir testen Gifte, die nur bei Frauen wirken. Marina ist auch krank. Warum, glaubst du, liest sie so viel über alternative Heilmethoden? Und Tobias, der wusste davon, deshalb musste ich ihn leider umbringen. Der wusste, dass alle Menschen, die glauben, sie würden aus ihren Häusern geekelt, damit man die Wohnungen besser verkaufen kann, in Wirklichkeit Versuchsobjekte sind. Und danach findet der große Bevölkerungsaustausch statt. Nur wer immun ist, darf neu einziehen. Klingt das für deine Ohren plausibel, Emma, bist du jetzt zufrieden? Ist das die Wahrheit, die du hören willst?«

Aus dem leichten Nicken wurde ein heftiges. »Ja, ja, ja«, stammelte sie, und ich musste automatisch, unwillkürlich daran denken, dass sie dieses Wort so schnell und oft hintereinander zuletzt in meinem Bett gestammelt hatte. Innerhalb von einer Sekunde wurde aus dem fast fanatischen, ungläubigen Blick eine hassverzerrte Grimmasse.

Jetzt hörte ich es wieder. Jemand klingelte an der Wohnungstür. Bitte, flehte ich in Gedanken, bitte helft uns.

»Ich habe es gewusst«, fauchte sie noch und holte mit der schweren Zange aus. In diesem Moment stieß sich Bastian mit den Füßen ab.

Erst kippte der Stuhl fast wie in Zeitlupe, dann sauste er nach hinten und krachte zu Boden. Emmas Schlag mit dem Werkzeug ging zwischen Bastians Knien hindurch und traf die Querstrebe des altersschwachen Küchenstuhls, die splitternd zerbrach. Auch der Rest des Stuhls hielt dem Sturz nicht stand, die Rückenlehne flog auseinander.

Ehe Emma reagieren konnte, trat Bastian mit dem rechten Fuß gegen den Bolzenschneider. In ihren wütenden Schrei mischte sich Bastians Stöhnen, als er sich auf die Füße kämpfte. Die Streben, an denen seine Hände mit den Kabelbindern befestigt waren, rutschten aus den Plastikringen und fielen zu Boden. Ich sah noch, wie die zu weiten Kabelbinder ebenfalls von seinen Handgelenken rutschten.

Die Türklingel wurde jetzt im Sekundentakt betätigt.

»Stopp«, schrie ich und versuchte ebenso vergeblich, eine Fessel zu lösen. Das Plastik hielt und leider auch das Heizungsrohr.

»Raus aus meiner Wohnung«, kreischte Emma. Sie taumelte zur Seite, den Arm nach hinten geschwungen, sichtlich bemüht, den Bolzenschneider nicht loszulassen. Dann war Bastian auf den Beinen und stürzte sich mit vor Wut oder Hass oder beidem verzerrten Gesicht auf sie wie ein angeschlagener Catcher. Seine Hände krallten sich in Emmas Schulter. Der Schwung riss sie nicht um, doch sie stürzten gemeinsam zur Balkontür.

»Ich war zuerst hier«, hörte ich ihn zischen. Meine beiden Mitbewohner hatten sich ineinander verschlungen wie zwei müde Tänzer nach einem Tangomarathon. Nur dass hier der Tanz tödlich enden konnte.

Es klingelte jetzt Sturm. Jemand donnerte gegen die Tür. Ich zog und zerrte an meinen Fesseln, aber das Plastik schnitt nur noch tiefer in meine Haut.

Eine Drehung und eine Sekunde später standen sie in der Balkontür, stießen gegen das Gitter, durchbrachen die Sperre aus rotweißem Flatterband. Ich hörte das metallische Kratzen, das heisere Scharren von Zement.

Die beiden Menschen, mit denen ich die letzten Monate zusammengelebt hatte, kämpften um den Bolzenschneider wie Frodo und Gollum um den Ring, ohne den drohenden Absturz zu ahnen.

»Lass los«, heulte Emma und Bastian keuchte: »Lass du los.«

Sie stießen sich gegenseitig an das Gitter, Bastian setzte sein ganzes Gewicht ein, Emma umklammerte den Bolzenschneider, als wüsste sie, dass, sobald Bastian ihn in die Finger bekam, er den Spieß umdrehen und sie damit grün und blau schlagen würde.

»Hört doch auf«, schrie ich noch einmal, und in diesem Moment gab das Gitter nach. Der letzte verbliebene Haken riss aus der Mauer, die Brüstung klappte nach hinten zur Straße um wie ein Buch, das an der Tischkante aufgeschlagen wurde.

Ein heller Schrei. Emma sackte ab, krallte sich in Bastians T-Shirt, kippte nach hinten. Seine linke Hand am Bolzenschneider, seine rechte Hand griff ins Leere. Bastian entfuhr noch ein heiseres »Fuck«, bevor sie ihn mit sich in die Tiefe riss. Das Letzte, das ich von ihm sah, waren seine weit aufgerissenen Augen, aus denen er mich anstarrte, als könne er nicht glauben, dass es so weit gekommen war.

Emmas Schrei war laut und kehlig. Nie zuvor hatte ich jemanden so schreien hören. Bastian hatte zum Schreien anscheinend keine Zeit mehr.

Eine halbe Sekunde später krachte es unten auf der Straße. Es gab zwei Geräusche: ein metallisches Scheppern, mit dem das Balkongitter auf einem Autodach und dem Bürgersteig aufprallte, und ein dumpfes Klatschen.

Dann folgte Stille.

Jammert, bitte jammert, stöhnt, beweist, dass ihr am Leben seid, dachte ich noch.

Kurz darauf brach jemand durch die Wohnungstür.

Gentrifizierung

Bilder, die nur unter einem
bestimmten Blickwinkel zu
erkennen sind, bezeichnet man
auch als Anamorphose.

1.

Erwarteten die Polizisten, dass ich zitterte? Erwarteten sie, dass ich Symptome eines Nervenzusammenbruchs zeigte? Erwartete hier eigentlich irgendjemand eine emotionale Reaktion?

Mein Bauch fühlte sich an, als habe ihn jemand aufgeschnitten und mit Eiswürfeln gefüllt. Am liebsten hätte ich geweint, aber ich konnte nicht. Kalter Schweiß stand auf meiner Stirn. Lief hier eine Klimaanlage?

Ich stand offensichtlich unter Schock, war ich denn der Einzige, der das sah? Viel zu cool blieb ich, viel zu rational. Vielleicht sollte ich nach einem Psychologen fragen, nach einem Profi, der ahnte, was ich durchgemacht hatte und mir einen Rat gab, wie ich damit umgehen sollte. Oder gab es solche Polizisten nur in den Krimis?

Auf einen Anwalt hatte ich verzichtet, als Zeuge durfte ich ohnehin die Aussage nicht verweigern, wie mich die Polizisten belehrten, die mich vom Krankenhaus ins Revier gefahren hatten. Wie es Emma und Bastian ginge, hatte ich sie wiederholt gefragt. Ob ich Angehöriger sei, war die Gegenfrage gewesen, und als ich verneinte, hatten sie gesagt, dass sie dann auch keine Antwort geben dürften.

Bei Tobias hatten sie es noch gekonnt.

Noch immer brummte mein Schädel. Auf meiner Stirn prangte ein großes Pflaster. Der Arzt, der mich in der Notaufnahme der Maria Heimsuchung behandelt hatte, wollte mich eigentlich über Nacht stationär aufnehmen, aber ich hatte dankend abgelehnt. Auch er hatte meine Frage nach Emma und Bastian und ob sie noch am Leben waren, unbeantwortet gelassen. Überlebte man einen Sturz aus dem zweiten Stock auf Asphalt und Stahl? Und wenn ja, wie überlebte man ihn?

Der Arzt hatte in meine Augen geleuchtet, mich gefragt, ob mir übel sei. Verdacht auf Gehirnerschütterung. Schädeltrauma. Aber da war nichts als Schmerz. Der Polizist sagte, er nähme meine Aussage lieber im Revier zu Protokoll.

Nicht als Verdächtiger, man hatte mich schließlich mit den Händen hinter dem Rücken an die Heizungsrohre gefesselt gefunden. Dennoch war, noch bevor ich nach unten geführt und von einem Sanitäter verarztet worden war, ein Mann von der Spurensicherung aufgetaucht, im Anzug aus weißem Papier, und hatte meine Hände überprüft, meine Wunde am Kopf, auf der Suche nach fremder DNA.

Ich hatte zuvor gedacht, dass es solche Vorgehensweisen nur im amerikanischen Fernsehen gab oder im Tatort. Andererseits sah eine Szene, in der jemand eine Aussage zu Protokoll gibt, in den Serien auch ganz anders aus.

Ich hatte eine ins Gesicht gerichtete Lampe erwartete, einen kettenrauchenden Polizisten, doch draußen schien der Mond, und der Beamte brachte etwas zu trinken. Niemand rauchte. Selbst der Stuhl aus Stahlrohr, auf dem ich unruhig hin und her rutschte, war gepolstert.

Wo sollte ich anfangen? Was sollte ich erzählen? Sie konnten die Wahrheit erfahren. Oder meine Sicht der Dinge.

Auf der Straße hatten Nachbarn und Anwohner gestanden, Menschen, die ich in den letzten drei Monaten nie zuvor gesehen hatte. Sie starrten. Irgendwo in der Menge war Olgas Gesicht aufgeblitzt. Ob sie die Polizei gerufen hatte? Oder war es Herr Kassulke gewesen? Ich meinte, ihn kurz in der

Reihe der Gaffer entdeckt zu haben, das zerknitterte Gesicht von den blauen Lichtern in stetem Rhythmus aus dem Halbdunkel gerissen. Oder hatten die Nachbarn von Gegenüber die Polizei gerufen? Ich hörte noch das Martinshorn rufen: zu spät, zu spät, zu spät.

Wieder protokollierte eine Frau meine Aussage auf einem Computer. Es war ein kleines Déjà-vu. Wie bei Tobias. Wie beim ersten Unfall. Wenn ein Unfall sich wiederholt, könnte man von einer Serie sprechen. Dann ist es kein Zufall mehr, sondern Vorsatz.

»Gut, dann erzählen Sie mal.«

»Wie detailliert soll ich sein?«

»Erzählen Sie einfach alles, was wichtig ist.«

Wichtig? Was war schon wichtig. Mein Kopf war seltsam leer. Vielleicht hatte ich doch eine Gehirnerschütterung. Aber mir war nicht übel und die Schmerzmittel, die mir der Arzt im Krankenhaus gegeben hatte, wirkten erstaunlich gut.

Wichtig war, dass auf der Straße die Schaulustigen davon abgehalten wurden, einen Blick auf Emma und Bastian zu werfen. Wichtig war, dass ich erfuhr, wie es den beiden ging. Wichtig war, dass die Blaulichter an den Krankenwagen, mit denen meine Mitbewohner abtransportiert wurden, noch leuchteten. Wichtig war, dass eine der beiden Sirenen abgeschaltet wurde, noch bevor der Krankenwagen in die Berliner Straße eingebogen war. Dass ich heulen wollte und nicht konnte. Dass ich mich so elend fühlte wie nie zuvor in meinem Leben.

Niemals würde ich den verzweifelten Ausdruck in Bastians Augen vergessen, bevor er in die Tiefe gestürzt war.

Meine Mitbewohner, schilderte ich, ein Kampf. Sind sie denn noch am Leben? Warum sagte keiner was?

»Spielt das eine Rolle?«, fragte der Beamte. »Für das, was passiert ist?«

Was war passiert? Was war wichtig? Bastians Mordversuch? Sein Geständnis? Welche Wahrheit wollte der Polizist erfahren?

Ich machte verzweifeltes Gesicht und hoffte, dass es ihm nicht entging. Vielleicht lief eine Kamera im Hintergrund. Dann wäre es gut, Indizien zu streuen, um die eigene Aussage zu untermauern. Ich sollte mehr solcher kleinen Gesten zeigen. Man konnte ja nie wissen.

Es gab zwei Wahrheiten. Emmas Wahrheit und die von Bastian. Und meine lag dazwischen. Ich konnte nicht wissen, was Emma erzählen würde, falls sie es noch konnte. Gebrochene Beine. Vielleicht ein gebrochener Arm. Oder ein gebrochenes Genick. Welche Verletzungen trägt man bei einem solchen Sturz davon, und was folgt darauf? Nicht alles heilt.

Ich erzählte vom Streit zwischen den beiden. Und wie ich mich einmischen wollte und dabei k.o. gegangen war.

»Wer hat Sie niedergeschlagen?«, fragte der Polizist.

Wer? Emma. Aber war sie wirklich schuld an allem?

»Ich weiß es nicht. Es ging alles so schnell. Und als ich wieder zu mir kam, kämpften die beiden schon.«

Die Schreibkraft tippte hastig. Ihre Finger klapperten über die Tastatur.

»Sie wissen also nicht, von wem die Aggression ausging?«

Von Emma. Von Bastian. Von Marina.

»Nein, ich weiß es nicht. Emma hatte versucht, mich anzurufen. Sie hatte Angst.«

»Berechtigt?«

Das war doch die Frage. Genau das war die Frage. Und die konnte man je nach Sicht der Dinge beantworten.

»Ich weiß es nicht«, sagte ich. »Ich weiß es wirklich nicht.«

Der Morgen war längst angebrochen, die BSR-Fahrzeuge drehten bereits die ersten Runden, als ich das LKA in der Keithstraße verließ. Die Nacht war tropisch gewesen und seit dem Sonnenaufgang war die Temperatur schon wieder gestiegen. Obwohl ich nur ein T-Shirt und Shorts trug, schwitzte ich.

Am Wittenbergplatz nahm ich die U-Bahn. Vorher hatte ich erleichtert Schlüsselbund, Geldbörse und Handy in den Hosentaschen ertastet. Nachtschwärmer machten die Fahrt in der U2 zu einer Party, auf der ich mich wie ein ungeladener Gast fühlte. Der Spaß ist vorbei, wollte ich ihnen sagen, ihr tanzt auf Gräbern. Wisst ihr nicht, dass die Stadt schon längst den Mördern gehört?

Mit einer Rosinenschnecke und einem Kaffee setzte ich mich im Café an der U-Bahn-Station Vinetastraße an einen Tisch. Schlafen konnte ich sowieso noch nicht, dazu war ich zu aufgewühlt. Aber auch an Arbeit war nicht zu denken. Jetzt in die Agentur zu fahren und so zu tun, als sei nichts passiert, erschien unvorstellbar.

Der Arzt in der Maria Heimsuchung hatte zwar keine Krankschreibung für mich gehabt, aber ich wollte heute noch meinen Hausarzt aufsuchen. Nach einem solchen Vorfall würde er mich bestimmt eine Woche krankschreiben.

Ich schickte per Handy eine E-Mail an meine Agentur und meinen CD, sprach zudem auf den Anrufbeantworter am Empfang und informierte anschließend David und Serkan mit einer WhatsApp darüber, dass ich nicht käme.

Vielleicht sollte ich jetzt einfach auch meinen Urlaub nehmen. Viel war ohnehin nicht zu tun. Das Sommerloch klaffte noch immer.

Hatte ich bei der Polizei das Richtige gesagt? Konnte man die Aussage, ich könne mich nicht daran erinnern, wer mich niedergeschlagen hatte, als Lüge auslegen? Die Kabelbinder am Stuhl – der war doch schon zerbrochen, als ich die Küche betreten hatte. Oder würde ich mich immer auf den Schlag berufen können, der meine Erinnerung durcheinandergebracht hatte?

Ich rief noch einmal das Krankenhaus an, um zu erfahren, auf welchem Zimmer Bastian und Emma lagen. Wenn man schon nichts über ihren Gesundheitszustand sagen konnte, erfuhr ich vielleicht auf diese Weise, ob sie überlebt hatten.

Doch ich biss auch da auf Granit. Anscheinend gab es allein durch die Umstände eine Auskunftssperre. Polizeiliche Ermittlungen. Verdacht auf äußere Gewalteinwirkungen. Tut mir leid, da kann ich ihnen nichts sagen. Auch nicht, ob die betreffenden Personen überlebt haben.

Überlebt. Allmählich begriff ich die Tragweite. Der Kaffee in meiner Hand schlug leichte Wellen. Entfaltete sich jetzt der Schock?

Was würde ich machen? Mit der Wohnung? Mit ihren Sachen? Wen müsste ich ansprechen? Wie erreichte ich ihre Eltern oder sonstige Verwandte? Aus meiner Familie hatte mich noch niemand durch sein Ableben so unvermittelt vor eine solche Aufgabe gestellt, und darüber war ich in diesem Moment verdammt froh. Ich wollte nicht, dass sie so plötzlich aus meinem Leben verschwanden.

Beim nächsten Blick auf mein Handy erschrak ich. Fast zwei Stunden hatte ich beim Bäcker gesessen und gegrübelt.

Jetzt spürte ich die bleierne Müdigkeit in den Knochen.

Ich stellte meinen Becher in die Geschirrablage und ging die letzten Meter heim. Wann war ich das letzte Mal so spät nach Hause gekommen? Nach der Weihnachtsfeier in meiner Agentur? Die in Tegel landenden und startenden Flugzeuge lärmten längst. Die ersten Berufstätigen kamen mir auf dem Nachhauseweg entgegen. Ich wollte ihnen ungefragt vom Drama in meiner Wohnung erzählen, ihnen sagen, dass sich meine Mitbewohner gegenseitig an die Kehle gegangen waren. Doch ich behielt alles für mich.

Es ging niemanden an, wie es in mir aussah.

Auf dem Bürgersteig vor dem Haus fühlte ich mich fremd. Das rotweiße Absperrband unter unserem Balkon sagte: Hier hat sich einiges geändert, nichts wird sein wie zuvor. Dieses Haus – es ist von nun an das Haus, in dem berechtigtes Misstrauen in blinden Hass umgeschlagen hat. In dem ich zwischen die Fronten geraten war.

Auf den Gehwegplatten lagen Zementbrocken zwischen roten, erst kürzlich getrockneten Flecken. So einen Sturz überlebte man nicht. Im Hausflur roch es nach Essen und feuchtem Putz. Zwei Handwerker klebten einen Zettel an das Brett für die Nachrichten der Hausverwaltung.

»Morgen«, sagte ich. »Keller?«

»Was?«, fragte der eine, ein bärtiger, ältlicher Typ in Latzhose. Sein weißes T-Shirt spannte sich über einem stattlichen Bauch.

»Nee, die Wasserrohre«, mischte sich der andere ein, ein jüngerer Mann, braungebrannt und glattrasiert und mit einem Ring im Ohr. »Sind ja noch aus Blei. Aber das wussten Sie, oder?«

Die Haare in meinem Nacken stellten sich auf. Hatte Emma nicht gesagt, unsere Vormieterin Sigrid habe das Wasser auf Blei testen lassen? Hatte sie gelogen? Der jüngere Mann machte ein skeptisches Gesicht.

»Das macht das Gesundheitsamt, ist tierisch kompliziert. Würde mich wundern, wenn die das vernünftig gemacht hat.«

»Aber darf man das Wasser dann überhaupt trinken?«

Ich fühlte mich auf einmal ganz schlecht.

Der ältere Handwerker winkte ab.

»Ach was, die Rohre sind doch total verkalkt. Da löst sich kein Blei mehr. Da müssten Sie schon ständig gegen die Rohre schlagen. Dann fällt der Kalk ab und danach kommt vielleicht das Blei. Aber wer macht das schon. Ich meine, gegen die Rohre schlagen.«

Meine Beine wurden weich.

»Sind deswegen die leeren Wohnungen noch nicht wieder vermietet?«

Der Beringte zuckte mit den Schultern.

»Keine Ahnung, ich bin nur der Handwerker, da müssen Sie schon die Hausverwaltung fragen.«

Auf einmal war mir schlecht.

3.

Die Sonne sank langsam vom wolkenlosen Himmel. Mein letztes Bier war längst schal. Um die leeren Flaschen kreisten Wespen. Wie weit war es nach unten? 25 Meter?

Das Hirn ist ein Schrottplatz. Keine Erinnerung geht verloren, sie liegt nur irgendwo herum und rostet. Erinnerungen wie aufgerissene Augen; wie Hände, die Bolzenschneider halten und ins Leere greifen oder auf blankes Eis schlagen. Hilflos.

Patsch, patsch, patsch.

Erinnerungen, die mir die Schamesröte ins Gesicht trieben. Auch Jahre später noch.

Patsch, patsch, patsch.

Vielleicht hatte Tobias einen Gedanken ebenfalls nicht ertragen können. Einen Gedanken, der ihn so geplagt hatte, dass er sein Leben nicht mehr für lebenswert gehalten hatte.

So wie Sigrid ihrem Leben ein Ende setzen musste, weil ihr die Krankheiten den letzten Lebensmut geraubt hatten. Vielleicht war es das Blei im Wasser gewesen, der Stress bei der Arbeit, irgendwelche Allergien. Der Körper ist so komplex wie die Psyche, und irgendwie hängt alles zusammen.

Die Dächer von Berlin glühten. Von hier oben sah die Stadt nicht nach dem Drecksloch aus, als das es immer häufiger erschien. Von hier oben konnte man nur sehen, wie verbaut die Stadt war, wie unsymmetrisch und verunstaltet durch Krieg und Teilung und verfehlte Stadtplanung. Von hier oben konnte man die Hundescheiße nicht sehen und den Müll, die Coffee-to-go-Becher, die Rotfahrer und Falschparker, die Kampfradler und die verspäteten Busse und Trams, die überteuerten Neubauwohnungen und die arabischen Clans.

Von hier oben sah man nur die vielgestalten Dächer, den Fernsehturm, die Häuserschluchten und Straßen, und man konnte hoffen, dass die meisten Menschen in Sicherheit lebten.

Der Kriminalpolizist hatte nach der Vernehmung gesagt, ich könne erst wieder nach Abschluss der Spurensicherung in die Wohnung. Ich hatte gehofft, dass ich wenigstens mein Zimmer betreten konnte, um mich ins Bett zu legen, doch die Männer in den weißen Anzügen hatten mich auf Mittag vertröstet.

Ich solle froh sein, wenn sie die Wohnung nicht versiegelten, weil sie noch auf einen Spezialisten warteten. Das dauere im Extremfall auch mal 48 Stunden.

Ich war eine Etage höher gegangen. Ob Marina schon wieder zuhause war? Was machte man nach einer Phase des Irrsinns, in der man Flugblätter verteilte, auf denen vor Gedankensteuerung gewarnt wurde? Kam man dann wie nach einem langen Arbeitstag nach Hause, um sich ein Wurstbrot zu machen und sich mit einem Bier an den Küchentisch zu setzen? Oder dauerte eine solche Phase ein paar Tage und am Ende würde Marina in der Psychiatrie aufwachen und sich an nichts erinnern? Es konnte aber auch sein, dass ich gar nicht sie beim Verteilen der Flugblätter in der S-Bahn gesehen hatte, sondern eine ihr ähnlich sehende Frau.

Vielleicht hatte sie die Polizei gerufen. Vielleicht war sie schon wach. Vielleicht konnte sie mir sagen, was ich jetzt tun sollte. Ich brauchte Unterstützung.

Vielleicht war es der mangelnde Schlaf, vielleicht auch der noch immer unterschwellig lauernde Schock, der meine Biochemie durcheinandergebracht hatte, aber spürte, wie meine Gedanken faserig wurden, wie ich immer sprunghafter assoziierte.

Ich hörte die Glocke schellen. Zweimal. Vielleicht sollte ich doch zur Arbeit gehen. Mich auf das Sofa im kleinen Meetingraum legen und eine Runde pennen. Aber ich wollte meinen Kollegen nicht die gleichen Fragen beantworten, die in der Nacht schon der Polizist gestellt hatte. Oder ich ging ins Krankenhaus, um Gewissheit über Emma und Bastian zu erlangen. Ich wusste es nicht. Ich brauchte jemanden, der meine Gedanken ordnete.

Gerade als ich mich umdrehte, öffnete sich die Tür und Marina erschien. Sie trug wieder ihren Kimono. Ihre Haare hingen wirr ins Gesicht. Sah so jemand aus, der zuvor noch paranoid klingende Flugblätter verteilt und die Nacht durchgemacht hatte? War sie gerade aufgestanden oder wollte sie schlafen gehen?

»Lennart«, sagte Marina erschrocken und streckte die Hand aus, zuckte jedoch zurück, bevor sie das Pflaster an meiner Stirn berührte. »Was ist passiert?«

Bleib bei der Wahrheit. Aber was ist die Wahrheit?

»Ich hatte gestern Abend einen Unfall.« Ich musterte sie von oben bis unten, sie und den Kimono, den sie nur nachlässig zugezogen hatte und der sich durch ihre hastige Bewegung wieder öffnete.

»O Gott, das Gitter«, rief sie aus und zog mich herein. Auf dem Weg in ihre Küche, die im geordneten Chaos unterging, redete sie wie ein Wasserfall. »Ich wusste es, irgendwann musste es passieren. Ich habe heute Morgen die Absperrungen auf dem Bürgersteig gesehen. Warst du betrunken? Bist du runtergefallen? Weiß Emma davon?«

Die Aktenordner lagen noch immer auf dem Esstisch, aber sie waren sauber gestapelt. Wenn sie Flugblätter verteilt hatte, müssten dann noch welche hier herumliegen?

»Sag doch endlich!«

Bevor ich antworten konnte, bot sie mir noch einen Kaffee an. Ich lehnte ab. Ich war durch. Vielleicht konnte ich auf ihrem Sofa schlafen. Oder in ihrem Bett, während sie sich vergeblich darum bemühte, mehr über Emma zu erfahren.

Was sollte ich ihr erzählen?

»Emma und Bastian hatten einen Streit«, sagte ich und hielt mich an der Lehne eines Küchenstuhls fest. Das dunkle Holz war klebrig. »Sie haben gekämpft und nicht aufgepasst, und das Geländer hat nachgegeben …«

Marina presste den rechten Handrücken an den Mund, die Augen weit aufgerissen. Der Kimono schmiegte sich an ihren Körper.

»Nein, nein, nein«. Ihre Rufe wurden zu einem Schreien, einem Kreischen, hysterisch. »Wie geht es ihr? Ist sie schwer verletzt? So wie du guckst? Dieses Arschloch war es, oder? Oder ist sie tot? Sie ist es, sie ist tot!«

»Ich weiß es nicht. Die Umstände sind noch ungeklärt sind…«

Hatte ich uns damit schon die Antwort gegeben? War die Informationssperre auf den Tod der beiden zurückzuführen, oder darauf, dass eine Tötungsabsicht dahinterstecken konnte?

»Ich ertrage das nicht, ich halte das nicht aus«, kreischte Marina, presste sich die Hände an die Schläfen wie eine Schauspielerin in einem amerikanischen Film aus den 50erjahren. Ich machte einen Schritt auf sie zu. Als hätte sie es erwartet, warf sie sich in meine Arme, presste ihre großen, schweren Brüste an mich und zuckte und schluchzte. Ihre Emotionen wirkten unecht in ihrer Dramatik. Aber ihr Körper fühlte sich gut an.

Ich umschlang sie, legte ihr eine Hand auf den Hinterkopf. Die andere streichelte die glatte Seide des Kimonos. Dabei fiel mein Blick auf die Wand hinter ihr. Die Wasserleitungen liefen von der Decke nach unten, wo sie im Boden verschwanden. Neben den Rohren stand der Stiel einer Axt auf den Dielen. An den Rohren war auf Hüfthöhe die Farbe abgeplatzt. Als hätte jemand immer wieder dagegen geschlagen. Mit dem Axtstiel.

Welches Geräusch das wohl machte? Ob es klang wie bei Herrn Kassulke, der gegen die Rohre geschlagen hatte, bis unter dem Kalk das Blei zum Vorschein gekommen war? Die letzten Male hatte es sich anders angehört.

»Jetzt haben wir nur noch uns beide«, flüsterte sie tränenerstickt an meiner Schulter. »Nur noch wir zwei.«

Sie drehte den Kopf. Ihre Wange war nass. Plötzlich spürte ich ihre Lippen. Erst vorsichtig, dann drängend. Ihre Zunge begehrte Einlass und Marinas Hände zogen mein T-Shirt hoch. Ich erwiderte den Kuss. Was hatte sie gesagt? Wenn du bereit bist, auch mal über den Tellerrand hinauszusehen, bekommen die Dinge eine ganz andere Gestalt. Dann ist, was früher schmutzig und unnormal war, plötzlich lustvoll. Ich griff unter ihren Kimono, streifte ihre Brüste. Sie erschauerte. Der Stoff glitt über ihre Schultern und fiel zu Boden. Ihre ungeduldigen Finger zogen meine Shorts herunter.

Als ich mich vorbeugte, legte sie seufzend den Kopf in den Nacken und zog mich zum Küchentisch. Stürmisch schob ich mich in sie, stieß die ganze Wut und den Hass und die Angst in sie hinein, und der Tisch wackelte und knarrte, ächzte und stöhnte und bald fielen die Akten, die sauber aufgestapelt an der Tischkante lagen, polternd zu Boden, doch niemanden störte es, niemand schlug gegen die Wasserrohre, auch später am Abend nicht, als mir Marina zeigte, welche Grenzen sie überschreiten wollte.

Vielleicht war Herr Kassulke bei seiner Familie. Vielleicht auch nicht. Man kann nicht alles wissen.

4.

Fünf leere Flaschen Schöfferhofer standen verdammt nah am Abgrund. Fünf Flaschen, um die Wespen kreisten.

In einer davon wimmelte es.

Ich schlug die vier Briefumschläge, die ich aus dem Buffet geholt hatte, bevor ich nach oben gegangen war, in meine offene Hand. Was konnte in diesen Briefen schon stehen? Was hatten Gregor und Sigrid angeleiert, das jetzt enthüllt wurde? Wasserproben? Gerichtsurteile? Berichte eines Privatdetektivs? Die Wahrheit?

In Wahrheit waren die Symptome von Sigrids Krankheit nicht auf Bastian zurückzuführen; in Wahrheit war Tobias betrunken vom Dach gefallen; in Wahrheit hatte ich Bastian bei meinen Verfolgungsjagden immer aus den Augen verloren, bevor er sein Ziel erreichte; in Wahrheit hatte die Silhouette der Person in seinem Bett, in der Nacht nach meiner Einweihungsparty, nicht einer Frau mit kurzen

294

Haaren gehört, sondern einem Mann; in Wahrheit hatte Marina sich sein Stalking nur eingebildet und die Tatsachen verdreht, so wie sie behauptete, ich hätte mit ihr geflirtet; in Wahrheit hatte sie immer gegen die Wasserrohre geklopft und das Blei gelöst, das in dem vielen Wasser, das Emma trank, um ihre Fitbit mit Daten zu füttern, seine Spuren hinterlassen hatte; in Wahrheit war der Schlüssel nicht in der Trockenbauwand versteckt gewesen, sondern hatte im Marmeladenglas gesteckt; in Wahrheit waren die beiden leeren Wohnungen nicht neu vermietet worden, weil man erst die Leitungen austauschen musste und bei der Konjunktur einfach keinen Handwerker fand; in Wahrheit steckten in den Umschlägen nur Abrechnungen von Kreditkarten.

Ich legte die Briefe zur Seite, nahm den Kronkorken von meiner Flasche, trank den letzten Schluck und musste bitter lachen.

Alles hatte zwei Seiten. Es kam nur darauf an, wie man die Dinge sah. Was, wenn jemand später einmal auf die Idee kam, dass ich als einziger Überlebender dieser Tragödie alles inszeniert hatte? Dass nicht der Zufall oder Bastian hinter der ganzen Sache steckten, sondern ich? Dass ich Emma vergiftet hatte, um es Bastian in die Schuhe zu schieben. Weil ich ein Soziopath bin, der sich von Filmen und Büchern hat inspirieren lassen. Was weiß man am Ende schon von mir?

Niemand kann in meinen Kopf sehen. Deshalb müssen wir irgendwann aufhören, alles zu hinterfragen.

Die Wespe krabbelte an den Rand der Bierflasche. Schöfferhofer Grapefruit. Der Zucker im Mischgetränk schien die Wespen magisch anzuziehen. Die Fliegenklatsche schwebte über der Flasche, schien zu warten, bis die Wespe zur Hälfte in den Flaschenhals geklettert war, dann legte sich das Plastikgitter von oben auf die Flasche.

Die Wespe schwirrte irritiert in der Flasche hinab zur Neige. Die Flasche wurde, ohne dass die Fliegenklatsche die Öffnung freigab, einmal kurz durchgeschüttelt. Die Wespe verschwand in einer Woge aus orangem Bier, das mit fünf oder sechs anderen toten Insekten vermischt war.

Man müsste nach Herrn Kassulke sehen, müsste die Hausverwaltung fragen, ob sie noch einen Schlüssel zu seiner Wohnung hatte. Man müsste. Man könnte.

Die Wespe schwamm hilflos mit den Flügeln schlagend in der trüben Brühe, paddelte noch ein paar Minuten. Patsch, patsch, patsch. Dann ließen ihre Bewegungen nach.

In Wahrheit hatte ich nicht sehen wollen, wie die Mutter das Kind in der Körpermitte packte, wie sie es schüttelte und auf den Kopf stellte, wie das Kind schrie und nach Atem schnappte und kreischte.

Ich hatte sehen wollen, wie es im Loch verschwand.

Weil ich das Grauen faszinierend fand. Das Unvermeidliche nicht vermeiden konnte. Weil die Dinge nicht in meiner Hand lagen.

Aber Wespen sind keine Menschen. In Wahrheit hatte ich versucht, meinen Mitbewohnern zu helfen, zu vermitteln, ihre Sicht der Dinge positiv zu beeinflussen.

Es war mir nicht gelungen.

Das ist die Wahrheit. So wie ich sie sehe.